EL FABRICANT DE RECORDS

MARTÍ GIRONELL

EL FABRICANT DE RECORDS

Premi Prudenci Bertrana 2022

Columna

COL·LECCIÓ CLÀSSICA
PRIMERA EDICIÓ: SETEMBRE DEL 2022

PUBLICAT D'ACORD AMB PONTAS LITERARY & FILM AGENCY

AV. DIAGONAL, 662-664 - 08034 BARCELONA
ISBN: 978-84-664-2949-8
DIPÒSIT LEGAL: B. 12.043-2022
FOTOCOMPOSICIÓ: GRUP62
IMPRÈS A CATALUNYA - *PRINTED IN CATALONIA*

www.columnaedicions.cat

El jurat del 55è Premi Prudenci Bertrana de Novel·la (2022), convocat per la Fundació Prudenci Bertrana, el formaven: Montse Barderi, Glòria Gasch, Gemma Lienas, Gerard Quintana i Care Santos.

El paper utilitzat per imprimir aquest llibre està qualificat com a ecològic i procedeix de boscos gestionats de manera sostenible.

A l'Eva, en Quim i en Pep,
amb qui anem fabricant records.
A la meva mare, Carme.
I al meu pare, Martí, sempre en el record.

«Ja ho veurem!».

FRASE POPULAR

«La fotografia és un mitjà d'expressió i comunicació, però també és un instrument per analitzar emocions».

ROLAND BARTHES

«El caràcter, com la fotografia, es revela en la foscor».

YOUSUF KARSH

«La vida no es la que uno vivió, sino la que uno recuerda y cómo la recuerda para contarla».

GABRIEL GARCÍA MÁRQUEZ

«Els qui ens mirin també voldran trobar el millor d'ells mateixos als retrats».

JOAN MARGARIT

Introducció

El doctor Masgrau no recordava que tenia una reunió. Feia tard, però no n'era conscient, així que xino-xano havia pujat pel carrer de la Força i havia travessat la placeta per entrar a l'edifici on treballava. S'havia aturat a mirar la façana del palau que acollia el Centre de Recerca i Difusió de la Imatge de Girona, que ell dirigia i que aquell matí transmetia una llum diferent. Els obrers ja havien retirat les bastides que les últimes setmanes n'entelaven la vista. L'Ajuntament de Girona, en un ple de començaments de l'any 2011, havia acordat restaurar l'edifici que el centre ocupava d'un temps ençà i ara el malson que havien significat les obres i el tragí dels obrers amunt i avall per l'interior de l'edifici i les bastides exteriors estava a punt d'acabar. La restauració que li havien fet era evident perquè les pedres polides lluïen. Va repassar bé la façana de dalt a baix mentre assentia amb el cap en senyal d'aprovació. Aleshores va somriure satisfet i va decidir entrar.

Quan va posar els peus al vestíbul del centre, es va dirigir al taulell i de seguida va veure la cara d'urgència que li dedicava en Marià, el recepcionista.

—Doctor Masgrau, té visita.

—Una visita? Aquest matí?

—L'espera a dalt.

En Marià va assenyalar les escales que s'enfilaven cap al primer pis, on hi tenia el despatx, i amb el palmell de la mà el doctor Masgrau es va clavar un cop al front.

—Os pedrer! No sé on tinc el cap. M'havia ben passat per alt!

L'home es va afanyar a pujar de dos en dos els esglaons cap al seu despatx. Quan hi va arribar, la porta era oberta i a dins, assegut davant de la taula, hi havia un individu esperant-lo.

—Déu vos guard i perdoni'm pel retard. —El doctor Masgrau li va allargar la mà per encaixar-hi—. Em sap molt de greu, senyor...

—Martí Calvo. Sebastià Martí Calvo.

L'home es va aixecar de la butaca per estrènyer-li la mà.

—Però em pot dir Tià. De tu, si us plau.

En Tià era un home de mitjana edat, gros, cepat i apersonat. A peu dret, impressionava, feia respecte. Però l'expressió dels ulls i de la cara, amb uns clotets a les galtes, li infonia un aire cordial i bonhomiós. El doctor Masgrau no coneixia de res aquell home, però li recordava algú del passat que la seva memòria no acabava d'ubicar. El va convidar a tornar a seure mentre es treia el barret d'una revolada i el llençava a un dels braços del penjador que hi havia darrere de la porta.

—Et puc oferir alguna cosa? Un te? Un cafè? Aigua?

—No res, gràcies. Soc jo que tinc una cosa per al centre. —D'un lateral de la butaca va treure una capsa de cartró vella i atrotinada, ratada per les puntes i tacada d'humitat—. És una capsa de secrets —va dir.

El doctor Masgrau va alçar les celles blanques en senyal de sorpresa, i va estirar el coll per veure-la mentre es cargolava la punta refistolada del bigoti, també blanc, que li feia conjunt amb unes enormes patilles blanques que li emmarcaven la cara i li conferien un posat murri.

—No pateixis per l'aspecte extern. Per sort, el contingut no ha patit les urpades del pas del temps. Ja et vaig avançar al correu electrònic que vinc a fer el que fa temps que em rondava pel cap. Des que va arribar a les meves mans que tenia aquesta idea entre cella i cella: fer-ne donació al centre.

—T'ho agraeixo molt... Però tot i que tinc present aquest correu que dius que em vas enviar, no recordo que em concretessis el contingut.

—Tens raó, doctor, no t'ho vaig voler deixar per escrit. Ja t'he dit que era una capsa de secrets, i estarem d'acord que els secrets no es poden confiar a segons qui ni esbombar-los de qualsevol manera...

—I doncs?

—Són negatius, plaques i fotos originals i inèdites... —En Tià va fer una pausa que el doctor Masgrau va intentar escurçar amb una mirada insistent—. Són d'en Valentí Fargnoli.

—Fotos inèdites d'en Fargnoli!?! —va exclamar el doctor Masgrau.

—Sí, senyor. El meu pare era en Sebastià Martí Roura, i va ser el seu ajudant durant uns anys. Ell les hi va guardar per voluntat expressa d'en Fargnoli. Amagades. Segons sembla, eren unes fotos compromeses.

—Realment t'assembles molt al teu pare —va dir el doctor Masgrau mirant aquell jove, tot aixecant-se de la butaca per acostar-se a la capsa.

Ara ja sabia per què li sonava aquella cara. En Sebastià Martí Roura havia estat un fotògraf amb galeria pròpia a Girona, que ara regentava el seu fill, i, en certa manera, havia seguit l'estela d'en Valentí Fargnoli, de qui va ser l'ajudant abans de l'esclat de la guerra civil. Ell també havia recorregut el territori fotografiant monuments arquitectònics de vàlua i paisatges de les comarques gironines, com molts anys abans, a llom d'una bicicleta, havia fet el seu mentor.

El doctor Masgrau s'havia ajupit i resseguia amb un dit les juntes de la capsa de cartró.

—Sempre he pensat que en Fargnoli era conscient que amb la seva càmera estava captant imatges que es convertirien en un testimoni documental, valuós i preuat, del seu temps. —I somreia davant d'aquell tresor—. I crec que el teu pare també ho sabia.

—Com deia una fotògrafa americana que admiro, la fotografia és un secret d'un secret. —En Martí Calvo parafrasejava Diane Arbus, però no havia volgut semblar pedant i dir-ne el nom. No calia.

—I això justament és el que em portes: una capsa de secrets, oi?

—Permet-me, doctor Masgrau —va fer en Tià ajudant en Masgrau a posar la capsa sobre la taula de treball—. Examina'n el contingut i valora el que t'he portat. Són fotografies que en Fargnoli no va publicar mai. Segons em va explicar el pare, en Fargnoli les guardava ben amagades. Eren els seus secrets, deia.

—Les examinarem amb tota l'atenció que de ben segur mereixen, i tant! Potser ja ha arribat l'hora que vegin la llum, que se sàpiguen tots aquests secrets?

—Deixa'm contestar-te amb una dita popular d'aquell temps en què la fotografia començava a entrar a les vides dels nostres avantpassats... i que té tants sentits com li vulguem donar.

—Tu diràs, Tià...

—Ja ho veurem!

Capítol 1

—*Fragnoli!*

En Sebastià Martí Roura va deixar anar un crit mentre obria els braços per estrènyer ben fort el seu amic, que acabava d'entrar al local. Ell era l'únic que podia dir malament el seu cognom sense rebre una esbroncada sonora.

Era una tarda freda de finals de març del 1944 i ja feia tres anys que havia obert la galeria al carrer de la Cort Reial de Girona. Era un estudi modest que tenia una certa clientela fixa. No matava llops, però tenia prou feina per anar tirant sense haver de patir. Per això poc que s'imaginava, en sentir els picarols de la porta que anunciaven l'entrada d'un client a la botiga, que seria ell.

En Valentí Fargnoli, orgullós de les seves arrels italianes, discutia acaloradament amb qualsevol que gosés trabucar les lletres del seu cognom, i deixar anar una tirallonga de fàstics i renecs. Amb la gorra un xic decantada cap a la dreta, li va dedicar un somriure que va quedar emmarcat per un bigotet estret i prim que li recorria el llavi superior, com un exèrcit de formigues. Va deixar a terra la capsa que duia per fondre's en una abraçada amb el que havia estat el seu ajudant feia més de deu anys.

La col·laboració entre en Fargnoli i en Martí Roura havia estat curta, però intensa. En Martí Roura havia treballat al seu costat de l'any 1932 al 1936, quan va plegar perquè se'n va anar a la guerra a lluitar per la República. Quan va tornar del front, i després de fer diverses feines, va aconseguir obrir el seu propi negoci, que és el mateix que ara regenta al carrer de la Cort Reial.

Amb aquella abraçada, en Martí Roura li va notar tots els ossos. En Fargnoli estava més prim i amb les faccions de la cara més xuclades i magres.

—Com estàs? Et veig bé!

No es va atrevir a ser sincer. Trobava el seu amic més sec i escanyolit que mai.

Era un home d'estatura mitjana, entorn d'un metre seixanta, cabells negres i ondulats, i ulls castanys foscos enfonsats en una cara ovalada i pàl·lida.

Només aquell bigotet donava una mica de vida a la seva fesomia. Per contra, en Martí Roura era alt i corpulent, amb el front ample i solcat per les arrugues, senyal del pas dels anys i dels maldecaps. Desprenia una barreja d'afabilitat i respecte, que no imposava. Tenia les faccions de la cara molt marcades, i la barba no amagava uns clotets a les galtes que se li veien quan somreia.

—Au, va, no diguis mentides! —el va renyar en Fargnoli, que el va tallar en sec—. De fet, m'estic morint!

—Collons! —Va deixar anar el renec mentre obria bé els ulls en senyal de sorpresa.

—Sí, noi. És així de cru i de trist —va sentenciar en Fargnoli.

En Sebastià Martí Roura va penjar el cartell de tancat a la porta de l'estudi i el va fer passar a la rebotiga.

—I doncs, què tens? Què et passa? —va preguntar tot seguit.

—És un mal que m'està corcant per dins, però, de fet, no he vingut a parlar d'això, sinó d'això altre —i amb la punta de la sabata va tustar la capsa que havia quedat a terra, entre els dos homes.

En Martí Roura no va voler insistir en el que tenia perquè va veure que en Fargnoli no en volia parlar. Així que es va ajupir per agafar l'embalum que havia deixat als seus peus el seu vell amic.

Ara que s'hi fixava, se'l veia esgotat per haver traginat aquella capsa fins a la botiga. Des de casa seva era un bon tros, i ho rematava el tram final, que feia pujada, i que va fer veure la padrina a en Fargnoli.

—Són unes fotos inèdites que vull que et quedis.

En Martí Roura va alçar les celles.

—Inèdites? —va repetir, amb un punt d'admiració.

—Sí, sí. Algunes no les ha vistes mai ningú. —I amb una petita pausa, en Fargnoli va subratllar la importància que per a ell sempre havien tingut aquelles fotografies—. No era el moment. D'altres, les menys íntimes, ara fa uns anys, just quan te'n vas anar a la guerra, ja les vaig portar, juntament amb bona part del meu arxiu públic, al Servei de Monuments de la Comissaria Delegada de la Generalitat de Catalunya a Girona. Però aquestes no. Aquestes, me les vaig quedar.

—I per què? —va preguntar en Martí Roura, que veia que en Fargnoli no acabava de decidir-se a parlar clar—. Què hi ha en aquesta capsa que et neguiteja tant?

—No res d'important —es va afanyar a contestar en Fargnoli, mentre amb un gest ràpid, aprofitant que ell el mirava fixament als ulls i havia descuidat la vigilància de les fotografies, entaforava un dels sobres al fons de la capsa—. Són fotos que m'estimo molt. No les vaig fer per vendre-les o per presentar-les a cap concurs. Són moments familiars i íntims, o persones i escenes que m'han colpit especialment al llarg de la meva vida i que he volgut guardar per a mi. A vegades, amb la Rosa, n'hem remirat algunes, les familiars, i ens han ajudat a recordar moments molt nostres, però ara tot això ja no té cap sentit. Fes-ne el que et sembli... —va mormolar en Fargnoli amb el cor encongit. Continuava sense parlar clar perquè se li veia que estava fet un bon embolic, i volia i dolia.

De fet en Fargnoli no hauria pogut dir què li sabia més greu, si desfer-se de les seves fotografies preferides, aquelles que havia cuidat bé tota la vida, o haver de mentir al seu antic ajudant. I si el posava en un compromís? I si algú s'assabentava que les fotos eren ara a casa d'en Martí Roura i acabava tenint problemes? Havien passat molts anys de tot allò, però...

Es van sentir uns trucs a la porta de la botiga de fotografia. En Martí Roura es va aixecar de seguida per atendre aquells cops insistents i en Fargnoli, instintivament, va córrer a amagar la capsa sota la taula.

—Deuen venir a buscar un encàrrec. Ara torno, serà un moment. —I va desaparèixer rere la cortina de la rebotiga.

En Fargnoli va sentir com sonaven els picarols en obrir la porta i la veu amortida d'en Martí Roura amb una clienta. Se la sentia riure, segurament per l'efecte que ell tant coneixia que produïa obrir un sobre i repassar les fotos revelades. Va sospirar alleujat. Segurament aquella visita no era més que una clienta habitual que venia a recollir un encàrrec.

Mentrestant, a ell se li feia impossible no pensar en les fotos que havia fet al llarg de la seva vida. Instantànies que atresoraven instants irrepetibles.

Se li feia impossible no recordar la primera que va fer reaccionar una persona desconeguda: la del mercat de bestiar als peus de la muralla del Pes de la Palla.

Va ser el 1901. A sota del Pont de Pedra, s'hi feia el mercat del bestiar, a l'areny del riu Onyar, davant el portal de l'Àngel. Amb els diners de la setmanada que li pagava el seu germà, l'Adolf, que feia d'ebenista i aprenent del fotògraf Artur Girbal, en Valentí es va fabricar la primera màquina de fotografiar, de fusta. Es va comprar una placa de vidre a la botiga d'en Víctor Sarquella, al carrer Nou, on es podien trobar des de queviures fins a material de tot tipus. Va agafar la seva màquina i el trespeus, i se'n va anar cap al Pont de Pedra. El va travessar per situar-se a l'altra riba del riu, des d'on tenia una perspectiva més bona. A dalt, el pont estava clafert de tartanes i carretons dels ramaders. I a baix, molt a la vora de l'aigua, es podien veure tots els animals exposats per al mercadeig.

El fascinava l'ambient del mercat del bestiar. Cavalls, mules, eugues, ases, vaques, vedelles, bous i toros. I en gàbies de fusta: conills, gallines, ànecs, galls dindis i, fins i tot, cabres, xais i porcs, que trescaven arreu de la ciutat. El bestiar, cavallar, mular i boví, que a l'estiu pasturava pels prats ufanosos dels Pirineus, baixava gradualment tot fent parada comercial i festiva a Camprodon, Olot i Banyoles abans de culminar el trajecte a Girona. A la ciutat arribaven coincidint amb la festa major en honor a Sant Narcís, a finals d'octubre. I els amos sempre miraven que es reunissin els millors exemplars a l'espai on se subhastaven o es venien a particulars.

Els dies de mercat eren dies festius, i les parades a les diferents places i carrers de la ciutat s'omplien amb tots aquells que volien vendre i tots els que desitjaven comprar. Gent de tota la comarca s'aplegava a la ciutat, que durant unes hores exercia de veritable pol econòmic. La visita s'allargava fins a la tarda, quan després de dinar qui més qui menys aprofitava per fer altres encàrrecs. En Fargnoli havia estat a molts mercats de bestiar, però si recordava aquell era perquè havia acabat en tragèdia.

El bestiar estava inquiet, i remugava fort, perquè es congriava una bona tempesta. Un cel ben tapat, encapotat, malcarat, amb núvols negres i panxuts que, carregats d'aigua, es movien feixucs empesos per un vent que presagiava el diluvi. Tothom tenia clar que en cauria una de grossa, però els negocis són els negocis. Només es van estroncar quan després d'un llamp encegador va retrunyir l'espetec sec d'un tro, el cel es va esberlar i va deixar caure una espessa cortina d'aigua. Les gotes, esperonades pel vent, queien amb tanta força que van despullar tots els arbres de fulles seques. La palla que hi havia per tot arreu va acabar convertint la sorra de l'areny en una catifa relliscosa i fastigosa. Aquella barreja va fer un llot que feia difícil la feina dels ramaders, que havien d'anar amb compte de no patinar mentre deslligaven el bestiar no venut per muntar la rècula que els tornaria cap a casa. Des de l'altra banda del mercat, en Fargnoli havia fet la seva primera foto i es disposava a recollir-ho tot perquè no volia que la pluja li fes malbé el material. Ja havia plegat el trípode i estava desant les plaques de vidre a la caixa.

Va ser en aquell instant que es va aixecar una cridòria entre la gernació que maldava per encarar la sortida natural pel portal de l'Àngel o pujar les escales per poder sortir en direcció al carrer del Carme. Alguns no van dubtar gens i corrien a capbussar-se al riu. Un toro que s'havia deslligat corria desbocat per la vora del riu. Arrossegava un cap de la corda per terra mentre brandava les banyes punxegudes amenaçant compradors i venedors, que miraven de fugir.

Darrere seu s'obria pas un home a grans gambades, renegant i amenaçant-lo amb una verga alçada. Devia ser l'amo de l'animal. Un mosso que estava d'esquena a tot el sarau es va trobar el toro de cara. Li va clavar una cornada entre pit i panxa que el va ferir de mort. Va quedar estanglat a terra, a tocar dels còdols, mentre la sang tenyia de vermell l'Onyar.

La pluja queia sense pietat. Uns quants homes del mercat havien pogut atrapar i reduir el toro, i ja el tenien ben estacat. La gentada abandonava compungida l'areny del riu i alguns membres de la família del finat es discutien amb l'amo de l'animal.

En Fargnoli ho havia vist tot des de l'altra banda de la ribera. Si hagués tingut una altra placa, hauria pogut acostar-s'hi i fotografiar el noi abatut pel toro.

I segurament li podria haver servit per col·laborar amb el setmanari *El Autonomista*. Però es va conformar a fer de la seva única placa una fotopostal del mercat que es vendria a la farmàcia Pérez Xifra.

L'establiment del carrer dels Abeuradors, tal com deia un rètol ben visible en una de les cantonades, oferia, al marge de productes de farmàcia, drogueria, ortopèdia, xocolata i postals, també «productos químicos para fotografía, artes y ciencias». En Fargnoli hi havia anat, com tantes altres vegades, a proveir-se de bromur, la substància que necessitava per compondre el gelatinobromur. Es tractava d'un preparat fet de gelatina i bromur d'argent que era molt sensible a la llum. El procés per aconseguir una fotografia consistia a fer servir una placa de vidre sobre la qual s'estenia una solució de bromur de cadmi, aigua i gelatina sensibilitzada amb nitrat d'argent. No calia que es mantingués la placa humida constantment, de manera que es posava fi a un dels grans inconvenients del col·lodió, que sempre s'havia de mantenir humit. A més, millorava la sensibilitat del gelatinobromur, i si es deixava assecar durant més temps la placa emulsionada, s'aconseguia rebaixar el temps d'exposició a centèsimes de segon. Amb aquestes troballes, la fotografia començava a acostar-se al concepte de fotografia instantània.

L'amo de la farmàcia sempre li deia que les seves

fotopostals es venien la mar de bé i l'animava a continuar.

—D'aquesta mateix, la del dia del mercat de bestiar, no saps pas quantes n'he arribat a vendre!

No havia acabat de dir-ho que va entrar a la farmàcia una dona vestida de negre de dalt a baix. Ulls enfonsats, senyal d'haver plorat molt, pell pàl·lida, cabells recollits en un monyo rodó. Es va acostar al taulell i, adreçant-se als dos homes, es va interessar per aquella mateixa fotografia.

—S'emportarà l'última. Precisament aquest jove —va assenyalar en Fargnoli— és l'autor de les fotografies postals, i ara li anava a dir que me n'hauria de fer més còpies.

La dona li va fer un somriure de circumstàncies mentre esperava que el farmacèutic li posés la foto dins un sobre marró.

—Què li dec?

—Una pesseta, si és tan amable.

Va pagar i li va faltar temps per enfonsar els dits llargs i prims a l'interior del sobre. La va treure d'una revolada. I els seus ulls van començar a moure's per la imatge. Inquiets. Inquisitius. Buscant amb ànsia alguna cosa o algú entre la multitud que hi apareixia. Parpellejava ràpidament. De sobte els ulls es van aturar. Estaven fixos en un punt determinat de la foto. La dona va començar a sanglotar. Era un plor sentit que arrencava del bell mig del pit. Va ofegar un lament, un gemec, tapant-se la boca amb la mà.

—Senyora, cs troba bé? Que potser vol prendre unes herbes?

La dona va mirar un segon el farmacèutic, però va tornar de seguida a la fotografia que havia fet en Fargnoli, sense parar de plorar.

—Era el meu home, el que va morir per la cornada del toro —va dir finalment quan la pena i el plor la van deixar parlar—. Quan l'he vista... quan he vist la foto a l'aparador he pensat que hi hauria el meu Ramon. És l'única imatge que conservaré d'ell. Serà l'únic record que no perdré mai.

Amb la punta del dit amanyagava l'angle de la foto on apareixia el seu home. Un caparró tocat amb una barretina de gairell que amb prou feines deixava veure la cara del marit de la dona. Però ella en va tenir prou per reconèixer-ne les faccions. Aquella fesomia que tenia gravada a la retina. El nas ample, els pòmuls arrodonits, els llavis gruixuts, el clotet a la barbeta... I a l'instant li van venir al cap un grapat d'imatges i de records en què només hi eren ells dos, mentre li lliscaven unes llàgrimes que queien sobre la foto, com si fossin gotes de pluja, com la pluja d'aquell dia que va desencadenar la desgràcia.

Un cop es va haver refet, i abans d'anar-se'n de la farmàcia, es va girar cap a en Fargnoli.

—Gràcies per fer-la! —va dir amb un mig somriure i els ulls humits i envermellits.

En Fargnoli, amb el cor encongit, la va correspondre amb un cop de cap.

Estava trasbalsat.

Capítol 2

En Martí Roura va tornar a la rebotiga i va retrobar en Fargnoli amb els ulls entelats.

—Ai, Sebastià! T'he sentit parlar amb aquesta clienta i estava recordant una postal que vaig fer fa temps. Quants records!

—Quina casualitat. Com que hi ha confiança amb la senyora Collmalivern, li he dit que tenia tancat perquè estic amb tu, i li ha fet gràcia perquè resulta que a casa seva tenen una arqueta del teu germà, l'Adolf.

—El meu germà...

En Fargnoli era el gran de cinc germans, en Benet, l'Adolf, l'Antoni i en Frederic, d'una família d'immigrants. Els pares, l'Antonio i la Maria, eren originaris d'un poble de la regió del Laci, Belmonte Castello, i van decidir emigrar a Barcelona per buscar feina. I allà, en una pensió de la Rambla perquè es va avançar, hi va néixer en Valentí, el 12 d'abril de 1885.

El seu pare es dedicava principalment a la venda ambulant de sants de guix, que elaborava artesanalment, encara que sempre li deien que era un «*estampero* ambulant». Aquesta feina feia que portés la família per diferents indrets del país, i per això els germans d'en Valentí van néixer a Verges, a la Bisbal d'Empordà i a Figueres abans d'establir-se definitivament a Girona, on hi va fer carrera l'Adolf.

Ebenista i orfebre, l'Adolf Fargnoli, tot i que tenia cinc anys menys, havia estat sempre un referent per a en Valentí. S'hi emmirallava malgrat que eren com la nit i el dia. L'Adolf era pàl·lid, menut i esprimatxat, amb un caràcter més reservat i introvertit, poc amic de sortir dels seus dominis —de casa al taller i del taller a casa passant per l'església.

En Valentí admirava aquell artesà que creava unes arquetes magnífiques que tenien la capacitat de plantar cara al pas del temps i que atresoraven una essència que les feia úniques. Eren elogis que tant Gaziel com Marquina havien fet públics en diaris i setmanaris enaltint l'art del seu germà. Fins i tot Salvat-Papasseit li havia dedicat un poema, «De dalt de tot del cel», que havia vist la llum l'any 1921.

L'Adolf era una inspiració per a en Valentí, i el seu millor amic. Es va entusiasmar quan el va deixar fer d'aprenent al taller a canvi d'una petita setmanada, tot i que ell ho hauria fet sense rebre cap compensació. En Valentí s'emmirallava en la capacitat que tenia el germà per revestir les obres d'una pàtina, d'un vernís, que les convertia en uns objectes que transcendirien el seu temps. Com la fotografia.

Feia temps, amb l'ajut del germà va fer una arqueta i la va transformar en una màquina que capturava moments. Era un aparell que li permetria enregistrar, fixar i emmagatzemar una imatge d'un objecte o d'una persona. El mecanisme era ben senzill: a través del pas dels rajos de llum que tingués al davant, l'individu o objecte concrets hi quedaven reflectits gràcies a un sistema òptic fet de plaques de vidre. Un cop capturada la imatge, la reproduïa sobre una superfície plana en què un material sensible retenia l'instant captat per la màquina i el convertia en una foto. Per això l'aparell era conegut pel nom de càmera de fer fotografies. Així va ser com va comprar una placa de vidre a la botiga d'en Víctor Sarquella i bromur a la farmàcia Pérez Xifra, i va començar a fer proves. Amb ous i una mica de sal va aprendre amb el seu germà a positivar i a revelar les imatges. Al cap d'un temps van muntar un modest laboratori al rentador que hi havia al costat del colomar de l'edifici on vivien. Era el lloc idoni: tenia poca llum i estava allunyat de les estances familiars, de manera que s'evitaven les males olors, sobretot la del vinagre rebaixat que feien servir en el bany d'aturada. Allà podien treballar a qualsevol hora, fins i tot a la nit, sense molestar ningú.

—I en aquells claus de ganxo que hi ha a la paret hi penjarem un parell de llums de seguretat per veure'ns-hi bé —li va dir l'Alfons mentre li allargava un parell de llanternes de llautó—. A dins hi posarem una llàntia d'oli o una espelma i així tindrem prou llum. Saps per què en diuen de seguretat, d'aquests llums?

En Valentí va fer que no amb el cap.

—Perquè fan la llum necessària per treballar amb el material sense que es veli. Ara sí que ho és, de segur, però fa uns anys no ho era pas. Els pioners de la fotografia revelaven en uns espais encara més precaris que aquest i per postres feien servir materials altament inflamables i corrosius: mercuri, cianur, cotó, pólvora, etc. Treballaven en la penombra, fumant i bevent, i, a més, reaprofitaven ampolles que havien contingut whisky o brandi, així que ja pots comptar les desgràcies que van provocar i les vides que es van perdre.

—Però nosaltres no jugarem pas amb foc, oi?

—No pateixis i tingues paciència, Valentí. Ja ho veuràs. Farem màgia! —li va dir picant-li l'ullet.

L'Adolf el guiava amb mestratge per fer els tres banys necessaris per revelar les plaques: el de revelatge, el d'aturada i el de fixació.

—Agafa la placa i posa-la ara a la safata.

En Valentí obeïa i feia un primer bany revelador amb la substància que faria aparèixer la imatge. L'agitava una mica, l'escorria perquè caigués el líquid sobrant i després, amb molta cura, la treia inclinada perquè s'acabés d'escórrer l'aigua, i tot seguit la submergia en una altra safata per fer-li el bany d'aturada. Un altre petit sacseig perquè agafés i quan la treia d'aquí, cap al fixador.

—Agitar i parar. Així! Molt bé! Uns tres minuts. D'aquesta manera, la sal elimina la plata sobrant perquè no hi quedin taques. La safata no pot estar quieta. És molt important fer-hi un petit sacseig constant, que no pari. Això és sagrat. És com una litúrgia.

I en Valentí garbellava les safates com els buscadors d'or arran de riu.

—En cosa de minuts tindràs la imatge fixada. I després caldrà fer-hi el rentat de la placa, que cal que sigui llarg perquè s'elimini el material químic. Perquè quedi ben neta has d'aplicar aigua a la placa durant ben bé dues hores.

»—Ara estén-la amb les agulles al fil d'estendre —li va recomanar l'Adolf mentre agafava un negatiu.

L'Adolf es va posar a batre unes clares amb sal. Tot seguit, va amarar amb aquell líquid un paper fi que es va treure de la butxaca. El va deixar assecar i el va sensibilitzar amb un bany de nitrat de plata. Un cop sec, va posar el paper sensibilitzat amb el negatiu en una petita premsa de contacte i el va exposar a la llum del sol durant uns minuts. Només el temps just fins que la imatge agafés la intensitat desitjada.

—I aquí la tens: apareix per ennegriment directe, sense revelat químic —va anunciar l'Adolf.

»La clara d'ou té una proteïna que, combinada amb altres productes com el clorur d'amoni o la sal, permet positivar en paper, per contacte directe, a partir d'un negatiu, sense utilitzar cap més producte.

—M'agrada molt aquest to setinat, amb colors marrons i rogencs —va dir en Valentí mentre passejava els ulls per la fotografia—. I fins i tot presenten més contrast i nitidesa. Semblen envernissades! —va exclamar.

Allà dalt, al colomar de casa els pares, se sentia feliç i a recer. Li agradava sortir a cercar imatges i córrer pels carrers buscant racons i moments que pogués fotografiar, però no hauria canviat per res del món la sensació que l'envaïa quan es tancava en aquell quarto fosc i esperava que la imatge que havia capturat aparegués sobre el paper i hi quedés fixada per sempre.

—Ai, Valentí... —va sospirar en Sebastià—, mai he vist cap fotògraf que gaudís com tu quan s'entra a revelar. Recordo que sempre ho deies i se't notava. Jo volia avançar-te feina i sovint arrufaves el nas i em feies sortir de la cambra fosca.

—Home, estava tan acostumat a revelar, que si no ho feia jo mateix em semblava que no havia acabat la feina i que no era honest firmar-ne els negatius. A més, el quarto de revelar sempre m'ha transmès una sensació de seguretat que no he trobat enlloc... I mira que m'ha agradat voltar, eh!

Aleshores a Girona s'hi estava més segur que a Barcelona. Tot Catalunya era un polvorí a la primeria del segle XX. Els atemptats contra autoritats polítiques, les bombes indiscriminades contra la població civil i les execucions dels presumptes autors, no sempre precedides de judicis amb prou garanties, se succeïen en una cadena de venjances i revenges que semblava que no tingués aturador.

En Valentí recordava perfectament el dia que el seu pare havia arribat a casa al migdia amb un diari a la mà i parlant de l'esclat d'una bomba al Liceu de Barcelona, la nit anterior, la del 7 de novembre del 1893, durant la representació de *Guillem Tell* de Rossini amb què s'inaugurava la temporada.

Un home havia llançat dues bombes des del cinquè pis a la platea i havia matat un munt de gent. Malgrat que va escoltar amb atenció tot el que el seu pare explicava mentre dinaven, no en va treure l'aigua clara en aquell moment, si bé més tard va anar sabent, gràcies als comentaris d'uns i d'altres, que hi havia hagut dos detinguts, que els havien executat, que després n'havien trobat un altre, un tal Salvador o Santiago, que també havien executat, i que durant el judici el tal Salvador havia dit que havia llançat la bomba per venjar-se dels rics que explotaven el poble i perquè tothom sabés que allò que havia començat un tal Paulino, que feia només uns mesos havia volgut matar un general a la Gran Via de Barcelona, continuaria fins a la victòria final.

Fins al cap d'uns anys en Valentí no va entendre de què anava tot allò, i no va poder lligar caps entre l'atemptat contra Martínez Campos, perpetrat per Paulí Pallàs a Barcelona, i la bomba del Liceu que havia llançat Santiago Salvador. Eren anarquistes que volien atemptar contra la burgesia que s'enriquia amb la industrialització i posar fi a l'espoli de les colònies a còpia d'explotar les classes treballadores que malvivien treballant de sol a sol i en condicions infrahumanes a les fàbriques i als tallers. Les idees anarquistes havien arrelat entre la població obrera arribada d'arreu a Catalunya per trobar millors condicions de vida, i alguns activistes les havien portat fins a les últimes conseqüències: la violència extrema que esclatava aquí i allà deixava molt sovint una petjada de mort entre víctimes civils. L'atemptat contra Martínez Campos, capità general de Catalunya, l'execució de quatre anarquistes a Jerez de la Frontera, la bomba del Liceu, l'atac a la processó de Corpus al carrer dels Canvis Nous, el procés de Montjuïc i les noves execucions, i, finalment, l'assassinat del president del Govern espanyol, Antonio

Cánovas del Castillo, a Guipúscoa l'any 1897, eren només algunes mostres del que passava.

En Valentí s'ho mirava de lluny. A les comarques gironines tota la fressa que feien els anarquistes arribava una mica desdibuixada, però sentia certa simpatia per aquella part de les idees llibertàries que parlaven de la recerca de la igualtat entre els homes. Eren uns ideals que propugnaven l'educació i la formació com a camí per a l'alliberament dels obrers i els treballadors. Per això en Valentí aplaudia la lluita obrera i admirava com proliferaven les classes nocturnes, els ateneus populars i les biblioteques arreu del país amb l'esforç de mestres voluntaris. Unes iniciatives que superaven els entrebancs que empresaris, autoritats administratives i clergat interposaven, com aquella Escola Moderna, de la qual tothom parlava, fins i tot a Girona, que Francesc Ferrer i Guàrdia havia fundat a Barcelona inspirant-se en les noves tendències pedagògiques europees i amb l'objectiu de donar educació gratuïta, laica i mixta als infants de les classes desfavorides.

—El quarto fosc que vam muntar amb l'Adolf al colomar de casa dels pares era una mica rudimentari —va afegir en Fargnoli reprenent la conversa, perquè li agradava recordar aquells primers temps treballant plegats amb el seu germà i descobrint el màgic món de la fotografia—. Després ja ho vaig anar refinant —va afegir amb una mitja rialla.

—S'ha de reconèixer que la tècnica que fèieu servir ja era prou refinada quan vas començar. I innovadora! —va replicar en Martí Roura.

—Sí, l'Adolf era un esperit inquiet ja des de molt

jove. No li agradava la gent i no parlava massa, però el seu cap no parava, sempre buscant noves i millors maneres de fer la seva feina i inquiet per tot el que l'envoltava. Em va ajudar molt al començament, i sempre que he tingut algun problema, ha estat al meu costat per ajudar-me com fos —va dir en Fargnoli amb una veu somorta que semblava venir de molt lluny.

En Fargnoli no volia xerrar més del compte, però s'emocionava recordant el suport que sempre havia rebut del germà, i fins i tot el risc que en algun moment havia acceptat córrer per ajudar-lo.

Capítol 3

—Treballar amb l'Adolf va ser un regal —va afegir en Valentí després d'una llarga pausa durant la qual els ulls li brillaven i semblava que era molt lluny de la rebotiga d'en Martí Roura—. Vam descobrir moltes coses junts. Entre el que ell investigava i el que jo aprenia a l'Escola, ens passàvem hores xerrant i fent provatures fins que sortia el que volíem.

En Fargnoli recordava amb emoció les primeres fotografies que havien revelat. Aquells inicis al costat del seu germà, les confidències i les lliçons apreses a la secció de Belles Arts de l'Escola d'Arts i Oficis, on assistia tres dies la setmana perquè compaginava els estudis amb la feina a l'ebenisteria de l'Adolf.

També va recordar quan un dia que sortia del taller, al carrer de la Força, dominat per la pedra, i ja enfilava el camí cap a casa, es va fixar en un estol de pardals en una cantonada del carrer de les Olles, aliens al tragí dels vianants. Els ocells picossejaven uns grans de raïm, i no va poder evitar pensar en Plini el Vell i l'anècdota que descriu a la *Història natural* sobre el grec Zeuxis, que va poder enganyar la vista dels ocells quan va pintar a terra uns grans de raïm i van baixar a picar-los. Havia aconseguit la vella aspiració de les arts: la mimesi o reproducció perfecta. Era una de les històries que l'Enric Palmada, el professor de dibuix de l'Escola d'Arts i Oficis, feia servir per il·lustrar les seves explicacions al voltant de la grandesa de la fotografia que aspirava a aconseguir: capturar l'essència d'un instant de realitat i reproduir-lo.

Amb aquells pensaments al cap va arribar a casa. Va pujar al pis, va obrir la porta i tot just acabava de dir «Déu vos guard!» mentre llençava la gorra al penjador que la seva mare, que era a la cuina, el va rebre amb un encàrrec:

—Valentí, fill, hauries de fer una foto al nen de l'Enriqueta i d'en Xicu. —La veu sonava greu.

La seva mare va acabar de sortir de la cuina i es va eixugar les mans al davantal que duia cordat sobre el gipó i unes faldilles negres que la tapaven fins als peus.

Per molt que ja feia anys que els Fargnoli vivien a Catalunya després d'haver abandonat el seu petit poblet del sud d'Itàlia, la mare no havia canviat la forma de vestir i seguia portant faldilles amples i negres fins a terra, i sempre es cobria els braços amb mànigues llargues o amb un xal també negre quan sortia al carrer.

—I tant, el que em diguis, mare.

—Però no serà una foto qualsevol. —Les faccions de la mare transmetien seriositat, i més encara emmarcades pel mocador que duia lligat sota la barbeta, que li cobria el cap i la meitat de la cara.

—Per què? Que és un belluguet? —I en Valentí va somriure.

—És mort.

En Valentí va quedar glaçat.

—Només tenia un any i unes febres se'ls ha emportat el fill. —Ella es va senyar com a mesura de protecció.

—I per què volen una foto?

—L'Enriqueta en vol tenir un record abans d'enterrar-lo. Ves a fer-los aquest favor i retrata el nen. No tenen cèntims per pagar-ne un d'ofici, que els en demanaria un ronyó. I com que t'han vist amb aquesta càmera que t'has fet al taller de l'Adolf fotografiant-ho tot, m'ho ha demanat i li he dit que ja hi podia comptar. O sigui que t'esperen.

L'Enriqueta i en Xicu vivien al pis de dalt dels Fargnoli Iannetta. En Valentí va pujar les escales amb un nus a la boca de l'estómac. Comptava els esglaons per distreure els pensaments. Vuit. Va arribar de seguida al replà i va agafar aire abans de trucar a la porta, que va obrir el pare de la criatura visiblement afectat. Sense afaitar, cara grisa, ulls escaldats de tant plorar i un fil de veu amb què li va agrair la seva presència allà. El va fer entrar al passadís, fosc i humit, que menava a l'habitació on reposava el nen. La casa feia una bravada que ofenia. Una olor de resclosit i d'humitat barrejada amb la de cera cremada dels ciris que hi havia encesos a la taula del menjador. Era la flaire d'una casa que havia covat el dolor. L'alè de la mort s'havia escampat per totes les habitacions. Asseguda al costat del bressol hi havia la mare, que se'l mirava com si vetllés el son de l'infant. A en Valentí li va semblar veure en l'Enriqueta una d'aquelles escultures de marbre dels àngels que custodien els sepulcres dels cementiris. La pell blanca, els pòmuls cisellats pel dolor i uns cercles foscos que se li començaven a dibuixar sota els ulls li conferien un posat esllanguit i una mirada esvaïda, sense fons.

El sol d'hivern il·luminava l'estança i la cara del nadó. En Valentí va pensar que, com a mínim, tenia a favor una bona llum per immortalitzar la criatura.

La carona, les mans, el cos enfundat en el vestidet blanc i les puntes brodades feien que la criatura semblés que dormia, i no pas que fos morta, tal com li va expressar l'Enriqueta en veure'l.

—Pobret... pobret! Sembla que no pugui ser... Valentí, eh que li faràs una foto perquè el puguem recordar sempre més? Goita, si sembla que s'hagi de despertar d'aquí a no re! —va xiuxiuejar la mare de la criatura amb un fil de veu rogallosa, trencada pel dolor.

La dona es va aixecar de la cadira per abraçar en Valentí. Portava un vestit recte i folgat, amb mànigues de pernil o mànigues bufades, un vestit negre que se li desfeia per les costures.

El jove fotògraf es va disposar a treure les corretges que lligaven les potes del trespeus. Un cop desplegat, va falcar el trípode per assegurar-se que no se li bellugués. Hi va fixar la càmera al damunt i va posar la placa dins del xassís.

—Jo ja estic a punt —va anunciar en Valentí—. Quan vulgueu...

L'Enriqueta i en Xicu es van abraçar en silenci mentre no podien apartar la mirada de la cara del seu fill, que, a diferència dels rostres desencaixats dels pares, transmetia pau i serenor.

El feix de llum del sol que s'escolava per la finestra de l'habitació llepava les cortines i amanyagava les galtes, els llavis i el nassiró del nen, i li donava un punt de brillantor, un espurneig que contrastava amb un tel de vellut que ja envernissava les parpelles dels seus ulls sense vida.

L'únic batec que es va sentir enmig del silenci que omplia l'habitació va ser el de l'obturador, que en un esbufec de sis segons va obrir i tancar la boca per engolir aquella imatge i capturar-la dins de la màquina, fixar-la en la placa, atresorar un instant irrepetible i convertir-lo en un record de per vida.

Acabada la feina, en Valentí se'n va tornar escales avall cap al pis, on l'esperava la seva mare.

—Has pogut fer-los el retrat del nen?

—Sí, mare —va respondre, compungit—. Mentre el feia pensava que la fotografia té el poder de mantenir vius els records, reviure'ls i fer-los presents en qualsevol moment, i això ens ajuda, però no es pot guanyar la partida a la mort.

—Així és, fill meu —li va respondre la seva mare, i es va dirigir cap a una calaixera que hi havia en un racó del menjador. En va obrir el primer calaix i en va treure una foto.

—Té, mira!

—Qui són?

—Els teus avis.

En Valentí va obrir els ulls en senyal de sorpresa. Era una reproducció d'un daguerreotip i estava encartonada, grogosa, però s'hi veien una parella més aviat gran vestida amb robes senzilles davant d'un casalot a pagès.

—Treballaven en una hisenda d'un home molt ric, a Belmonte Castello, i aprofitant que un dia van fer fotos a les filles dels senyors, van accedir a fer-los un retrat, del qual estaven molt contents.

La seva mare se li va posar al costat i junts es van mirar aquella imatge.

—Quan els oblidem és quan es moren del tot. I aquells que surten a les fotografies són presents mentre els recordem. Me la miro moltes hores al cap del dia. De vegades estic en silenci, només mirant-los. I recordo. D'altres hi parlo. Sé que són aquí. El seu esperit és aquí. —I ho deia mentre assenyalava la imatge—. Els explico què feu tu i els teus germans, i prego perquè m'escoltin. Poder-los veure gràcies a aquesta fotografia em fa molt més suportable la seva pèrdua, la seva absència.

Va callar uns instants i es va eixugar els ulls, on havien aflorat unes llàgrimes. De seguida va continuar:

—Els enyoro molt, però em sembla que si els recordo és com si encara fossin amb mi. —Es va posar la mà al cor—. Segurament és el que senten també que els passarà a l'Enriqueta i en Xicu amb el seu fill, i per això han volgut la foto —va afegir alçant els ulls al cel i tornant a senyar-se.

I en Valentí assentia meravellat davant de la imatge dels seus avis i es refermava en el que pensava sobre el poder que les fotos tenien de convocar els records i fer-los presents, com acabava d'explicar-li la seva mare.

A través d'aquella fotografia, ella parlava amb els seus pares, i així en perpetuava el record.

A l'Escola també els havien explicat com la fotografia ja substituïa les pintures en l'antiquíssima tradició dels retrats post mortem, que es remuntava fins als egipcis. Quan els retrats es feien en pintura, la feina de l'artista demanava llargues hores, fins i tot dies sencers, per la qual cosa només era assequible per a famílies benestants. El pintor, que prenia uns apunts ràpids del difunt i després treballava al taller per ultimar el quadre, l'acabava omplint amb tota mena de decorats artificials, de vegades inventats. D'altres, retratava la persona morta envoltada de familiars, protagonitzant escenes de la vida quotidiana que no sempre eren fidels a la realitat. Molts fotògrafs van acabar imitant aquella pràctica dels pintors fent muntatges d'estudi enferriolats i artificials. Però la fotografia, tal com ell l'entenia, tenia el valor de la immediatesa, de captar l'instant precís i el drama del moment, el dolor dels familiars, la serenor del difunt, com acabava de viure al pis dels seus veïns, i de fixar-lo, tal com era, sense artificis, per sempre més.

—Fabriquem records —va afegir en Valentí.

Li van venir al cap aquestes paraules d'Artur Girbal, el fotògraf gironí que va escriure el primer llibre de fotografia en català, que va fer servir un dia per descriure la professió de fotògraf. Mai, com quan va mantenir aquella conversa amb la mare després de retratar el fill mort de l'Enriqueta i haver contemplat la foto dels seus avis, a qui no havia conegut, havia estat tan convençut que ell també es dedicaria a convertir imatges en records.

Capítol 4

—Fabriquem records —va repetir en Fargnoli, i va tustar la capsa de cartró que tenia entre les cames. Ara tenia més clar que mai que les seves fotografies, aquelles més personals que guardava des de feia anys i que no havien vist mai la llum, eren part no només dels seus records més íntims, sinó també d'una història col·lectiva que calia preservar. Algunes encara eren un perill per a qui les tingués guardades, però totes recollien costums que el temps canviaria, tradicions que es perdrien amb el pas dels anys, instants emocionants, gent anònima o personatges més coneguts que protagonitzaven la història que ell també havia viscut, la seva pròpia, però també la de la seva època. Un temps irrepetible, com ho són tots, que ell amb la càmera havia fixat per sempre.

—Com saps, vaig anar algun cop a Madrid. Però abans a *Tarruella*, Salt i Barcelona —va dir en Valentí procurant deixar de banda les seves reflexions i seguir el fil de la conversa amb el seu antic ajudant. Calia que en Martí Roura acceptés el llegat que li portava i pensava que si hi posava context, seria més receptiu. Però no podia dir-l'hi tot, havia de ser prudent.

—No m'estranya perquè sempre has voltat com una baldufa! —li va etzibar l'amic.

En Fargnoli tancava els ulls i reculava fins al dia que va decidir acompanyar el seu germà a Torroella de Montgrí.

—L'Adolf havia d'anar a casa del comte de Robert, un palau al mig del poble que en Rafel Masó, el meu amic arquitecte, li estava refent. El cas és que els comtes havien comprat unes arquetes a l'Adolf. El client era prou important perquè les hi portés el mateix artista en persona. El meu germà em va demanar que l'acompanyés i em vaig endur la càmera.

—I vas aprofitar per fotografiar tot el que es mereixia ser immortalitzat.

—És el que fem, oi? Va resultar que el comte de Robert era amic del rei Alfons XIII, i em va avançar que el monarca havia de visitar Barcelona i Girona. I em vaig oferir a fer les fotos de la visita reial, prevista per al mes d'abril de l'any següent, el 1904. El meu germà va respondre per mi, i va garantir que els amics del rei a Catalunya que havien convençut el president del Govern, Antonio Maura, de l'oportunitat que representava la visita reial per refermar el poder del rei aquí quedarien contents de la meva feina.

—Un comte, un rei... Noi, no sabia que haguessis alternat amb la noblesa! —li va dir en Martí Roura en to foteta—. No ho semblava pas quan et vaig conèixer i anaves per aquests mons de Déu a cop de bicicleta, de poble en poble i de masia en masia.

—Què et sembla? Ja ho veus! Però no s'acaba pas aquí, la cosa. —En Fargnoli somreia, seguint-li la veta—. També hi ha implicat un marquès. El marquès de Camps. L'amo de mig Salt i que en controlava l'altra meitat amb les seves influències. Un cacic que pretenia fer veure que no ho era.

Va conèixer el marquès a través dels tractes que tant el seu germà com el seu pare tenien amb un dels seus administradors més lleials i que va acabar sent alcalde, Josep Xifra, que malgrat que era fuster, tots coneixien com a Pep Peixater. I la visita que el seu pare va fer per anar a vendre sants de guix a Salt, a la fusteria d'en Xifra, li va acabar de confirmar el tarannà autoritari del personatge. Allà va conèixer com les gastava Carles de Camps i d'Olzinelles, el segon marquès de Camps. El cas és que en Pep Peixater havia estat abans pastor de Canet d'Adri i ara era l'alcalde de Salt. En realitat, era un titella del marquès, un home de palla que mantenia a rega les ovelles dins del ramat. Calia el vistiplau del senyor marquès per a qualsevol cosa, per petita que fos.

En Pep Peixater tenia un taller de fusteria situat en una antiga sala de ball al Veïnat, un grup de cases que eren de les més antigues del poble. Allà hi construïen estructures d'altars per encàrrec de la diòcesi de Girona, que supervisava el tallista Narcís Sureda. Un dia que va acompanyar el seu pare, s'hi va endur el trípode i la càmera, i els va voler retratar en plena feina, als fusters, però també al personal de servei i al mateix marquès. Vivia a la casa pairal de Salt, a Mas Ribot, i un cop les va haver positivat, hi va tornar per ensenyar-los-les.

El majordom que l'havia fet esperar al pas de la porta el va fer entrar un cop va tenir el vistiplau de l'amo, i el va acompanyar fins a la biblioteca on el marquès llegia el diari.

—Il·lustríssim senyor, el senyor Valentí Fargnoli —va anunciar, i tot seguit es va retirar.

El marquès de Camps, amb un posat greu, va aixecar la vista del diari, el va plegar, el va deixar sobre la tauleta i es va aixecar de la butaca per saludar en Valentí. La cara li va canviar ràpidament: va passar de transmetre la gravetat i la seriositat que desprenia quan encara tenia el diari entre mans a l'alegria i la satisfacció en fixar-se en qui era el visitant.

—Senyor Fargnoli! Benvingut de nou! No sap les ganes que tinc de veure la seva feina! —va exclamar amb una lluïssor als ulls.

Li va estrènyer el braç al mateix temps que el convidava a estendre les fotos damunt de la taula que presidia l'estança. En un costat hi havia una bola del món, un llum i tres volums de política agrària. A l'altre, un atles immens, il·lustrat i obert per una doble pàgina acolorida i en relleu de tot el continent europeu. L'espai central de la taula estava net per poder acollir el material del fotògraf. En Valentí va obeir les ordres i va disposar-ho de manera ordenada al mig de la taula. Primer els retrats de les persones, començant pels del marquès, la família i la resta de personal. A continuació, les fotos dels espais, ambients i paisatges de dins, de fora i dels voltants de Mas Ribot.

El marquès va quedar encantat, embruixat, amb les fotos.

—No em negarà que la fotografia és com una art màgica —li va dir el noble.

—Com una caixa màgica —va confirmar en Valentí—. Vull transmetre la bellesa d'un instant fugaç. Soc un defensor de les petites coses que passen davant nostre, i que no s'haurien de perdre. En l'ofici de fotògraf s'aprèn, entre altres coses, a mirar, però també a interpretar el llenguatge corporal. Començant pels ulls, la mirada, i acabant pels peus, com caminen les persones, com es mouen, quines cares fan, com s'interrelacionen, com viuen.

»Per ser un bon fotògraf cal estudiar els rostres, els moviments i les expressions de la gent! Només així pots captar-ne l'ànima. Així és com jo entenc la meva feina, senyor.

El marquès assentia fent cops de cap. Li agradava la fotografia i era un enamorat dels retrats. En veure la bona feina d'en Valentí el va animar a presentar-se a un concurs de fotografia.

—Ja sap que l'Institut Agrícola Català de Sant Isidre, que jo mateix presideixo, convoca un certamen de fotografia? S'hi podria presentar. I el premi és important: tres-centes pessetes!

La proposta del marquès no era desinteressada. Pensava que si un protegit seu guanyava el premi, ell en trauria algun benefici personal. Així funcionava el seu món, com una cadena inacabable de favors i contrafavors que, a llarg termini, acabaven formant una immensa teranyina on tots els de la seva classe hi estaven atrapats.

—No coneixia aquest premi. No estic gaire al cas d'aquestes coses. Gràcies per informar-me'n —va fer en Valentí mentre valorava les possibilitats de guanyar-lo i el cost que tindria presentar-s'hi i no treure'n res. «Ho comentaré amb l'Adolf», va concloure per a si mateix.

El marquès es va girar cap a la tauleta on hi havia deixat el diari que llegia quan havia arribat en Valentí, i la cara se li va tornar a enfosquir. En Valentí se'n va adonar, però no va gosar dir res.

—Per cert, tinc entès que és redactor d'aquest diari, o d'aquest pamflet, hauria de dir? —li va preguntar mentre li mostrava l'exemplar d'*El Autonomista*.

—Sí, col·laboro en el suplement literari —va apuntar tímidament en Valentí, gairebé excusant-se.

—Doncs sàpiga que ja he fet arribar una queixa per escrit a la direcció per les infàmies que hi publiquen. —I va ventar una plantofada enèrgica a les pàgines del diari.

»Escolti què diuen que va passar el dia de les eleccions a casa del tinent d'alcalde. —I va llegir—: «*Sin duda se produjo una de las coacciones más agudas que se conocen para dejar a los electores sin garantías constitucionales que amparan los derechos del ciudadano, porque incluso la seguridad personal está allí en poder del feudal y sus secuaces...*».

El marquès llegia i els ulls li anaven de la pàgina a en Valentí per veure'n la reacció. La veu li pujava de to a mesura que avançava:

—Se m'acusa d'haver adulterat les eleccions, d'haver comès frau electoral! Miri, miri què diuen —cridava cada cop més encès—: «*Allí se compraban votos y se entregaban papeletas a los arrendatarios del señor Marqués y candidaturas a los obreros de la fábrica, que luego eran vigilados desde la escalera del colegio electoral para que no pudieran cambiarlas de acuerdo con su manera de pensar*». Però qui s'han pensat que són per abocar sobre la meva persona aquestes calúmnies?

En Valentí sabia, per les converses amb els redactors del diari, que el marquès de Camps, en tant que propietari de gairebé la meitat dels terrenys de Salt, exercia la seva influència sobre els pagesos arrendataris de les seves terres i sobre els amos de les hisendes i les persones de classe benestant, de les quals era el cap indiscutible perquè tenien interessos comuns per defensar, com ara la conservació de la propietat, el manteniment de l'ordre establert i el cobrament puntual de les rendes de la terra. I, per aconseguir-ho, l'eina més adient era tenir el control de l'ajuntament.

—I així, no hi eren, a casa del tinent d'alcalde? —va gosar preguntar tímidament en Valentí.

—Sí que hi érem, això sí que és veritat. L'única veritat, de fet! —va dir, indignat, el marquès—. Érem a casa del tinent d'alcalde, que està situada just davant del col·legi electoral, i ens vam reunir amb els principals propietaris i fabricants del poble per comentar els resultats de les votacions.

—No es van reunir per influir en el resultat de les eleccions, doncs?

—És totalment tendenciós i gratuït assegurar que nosaltres dèiem a la gent qui havien de votar! La gent ja sap què li convé! No cal que els ho diguem. Prou bé que saben què han de fer! No són pas rucs! —El marquès s'acabava de retratar amb la resposta.

—Però vostè n'és el patró, i els proporciona terres i un jornal que els permet comprar béns materials, i els dona protecció i accés a diferents recursos. No és cert? —El marquès va assentir—. I, a canvi, els treballadors, què li ofereixen? Els seus serveis, lleialtat i suport, que, arribats a un cert moment, es poden traduir en vots. M'equivoco?

—No, no s'equivoca, no. Però està insinuant que abuso del meu poder, i això no ho penso pas consentir, ni a vostè ni a cap periodista ni a ningú. Només li diré que si no vol que perilli la feina del seu pare, la del seu germà i, fins tot, la seva, parli amb els Rahola perquè aquestes pàgines expliquin la veritat!

Tota la família Fargnoli, però sobretot l'Adolf, tenia bona relació amb els germans Carles i Darius Rahola, els fundadors del modern setmanari *El Autonomista*, que havien començat a editar quan el Govern els va fer tancar *El Eco del Pueblo*, un diari republicà inspirat en les idees de Pi i Margall. En Valentí intentava pensar en com s'ho faria per transmetre el missatge del marquès al seu germà, i si aquest podria convèncer els Rahola de publicar una rectificació al diari. No ho veia gens clar. *El Autonomista* es caracteritzava per la llibertat d'opinió i per les idees avançades i renovadores, federalistes i catalanistes. Tot el que fes ferum de velles maneres d'exercir el poder i de corrupció política era denunciat des d'aquelles pàgines, que eren exemple de la modernització del periodisme a les comarques gironines.

El marquès, cada cop més indignat, li ensenyava el diari obert per la pàgina en què es veien anuncis del garatge Callicó i del Banc de Palafrugell. En Valentí va deduir que el marquès tenia la capacitat d'influir en aquells potents anunciants perquè retiressin la publicitat, la font d'ingressos més important amb què comptava el setmanari.

—I quina és la veritat? —va preguntar immers en els seus pensaments, sabent que era una situació compromesa, i incapaç de trobar una manera educada de sortir-ne.

—Es tracta de veure que aquestes irregularitats, les arbitrarietats, els privilegis que s'escarrassen a atribuirme i a pintar-los com a immorals, menyspreables i denigrants, s'interpretin d'una altra manera.

—Ara no el segueixo —va admetre el fotògraf.

—Aprofitant que soc diputat a les Corts, sovint solen recórrer a mi per solucionar contenciosos amb l'Administració central, i a fe que me n'ocupo, perquè sé que hi surto guanyant. M'he preocupat de la declaració d'utilitat pública de la carretera de Salt a Sant Gregori, de l'obertura d'una estació telegràfica, de les escoles públiques, de la canalització del riu Ter per evitar inundacions, etc. En aquests casos, els meus contactes i influències sí que han estat i són un mitjà molt vàlid, oi? Ningú no els posa en dubte ni els critica, al contrari. Tothom se'n vol beneficiar.

En Valentí va haver de reconèixer que el marquès tenia raó, però al mateix temps s'adonava que era víctima de la coacció que sense cap mena d'escrúpol aquell aristòcrata estava exercint sobre ell.

—Pensi-hi —va afegir el marquès, conscient que havia sembrat el dubte en el jove que tenia al davant i que potser podia confiar que aviat el seu honor seria reparat.

En Valentí no va dir res. Romania en silenci. Pensava. No volia fer una promesa que no sabia si podria complir i que, a més, no depenia només d'ell, però tampoc volia acabar malament aquella visita que no hagués imaginat mai que acabaria agafant aquell caire. Es va aixecar i, mentre es dirigia cap a la porta per marxar, va deixar anar una expressió carregada d'ambigüitat, que va generar inquietud i incertesa en el marquès.

—Ja ho veurem.

Va sortir de Mas Ribot, es va enfilar a la bicicleta que havia estintolat a la paret de la porta d'entrada a la finca i va avançar pedalant pel camí polsegós cap a Girona. Estava tan absort en els seus pensaments que no va sentir el soroll del motor del cotxe que se li havia acostat i s'havia posat a la seva altura. Sense deixar de pedalar, sorprès, en Valentí va dirigir la mirada cap al vehicle. A l'interior hi anava el xofer del marquès, que li feia senyals amb la mà perquè s'aturés.

—Això és de part del senyor marquès! —L'home li allargava un sobre de color marró a través de la finestra.

El va prendre d'una revolada i sense esperar el va estripar. Ni es va molestar a llegir el que hi havia a dins.

—Si l'hagués obert —va admetre ara a en Martí Roura—, hauria trobat una proposta indecent del marquès. Ja sé com les gastava, aquell home.

—Però et va arribar a condicionar, el marquès de Camps?

—No! Ni per tots els calés del món m'hauria pogut collar. Ara, ben mirat, d'aquella visita a Mas Ribot em quedo amb el canvi que vaig fer en la manera de fer fotos. La idea de presentar-me a concursos ni m'havia passat pel cap, i la proposta del marquès em va obrir els ulls a noves possibilitats professionals. Des d'aquell moment vaig començar a plantejar-me les fotografies tant per fer-ne postals com per presentar-les a concursos.

Els següents dies, va explicar, i després que l'Adolf l'animés a presentar-s'hi encara que tingués poques possibilitats perquè *El Autonomista* no publicaria cap rectificació, en Valentí es va dedicar a buscar noves perspectives i enquadraments. Sovint s'enfilava pels corriols que serpentejaven les muralles de Girona. Per participar en el concurs de l'Institut Agrícola Català de Sant Isidre tenia una idea que feia temps que li rondava pel cap. Volia capturar la ciutat des d'un punt de vista diferent que sorprengués el jurat, així que un dimarts a la tarda que hi va pujar va aconseguir fer la foto que somiava. Va ser aleshores que va topar amb *el Vell*, un home que era, com ell, una ànima lliure. Un barber ambulant.

Es deia Joan. Joan Ribot. Joan *el Vell*. O *el Vell*, simplement, perquè era del poble de Sant Martí Vell i ja tothom el coneixia per aquest sobrenom. Era un home gran i gros, d'edat i de volum. Amb mitja cara coberta per la barba i l'altra mitja per les arrugues. Amb un caràcter estranyot, d'esperit independent i bohemi, de pocs amics i molts oficis, però que, segurament per aquest tarannà nòmada i errant, va connectar amb en Valentí.

Pescava granotes a les basses, els recs i els aiguamolls, i quan en feia una bona agafada, un cop espellades, les portava al matí a vendre al mercat de Girona. Era un viatge anguniós perquè, malgrat la seva coixesa, feia a peu el trajecte ranquejant tot el camí. I si *el Vell* era capaç de fer-ho era perquè, com si fos un membre més del seu cos, duia penjada al muscle una bota de bon vi, grossa, que li feia passar tots els mals. Quan notava una fiblada de dolor, feia un bon traguinyol, i avall que fa baixada. A les tardes, per acabar de fer el jornal, es parava en aquell punt de les muralles per fer passar la navalla pels caps i les barbes d'aquells que no tenien els quinze o vint cèntims que els cobraria un barber dels de botiga. Duia un fiscorn, que deia que era un record de l'època que havia estat músic de cobla de poca categoria, i el feia sonar per fer saber a qui li interessessin els seus serveis que era allà, a les muralles. Entre els seus oficis, sense gaire beneficis —havia estat llenyataire, picapedrer, pagès...—, el que més el va sorprendre va ser que arreglava dalles. Tenia la traça de treure'ls el vent quan estaven bufades. Aquell dia en Valentí li havia demanat permís per muntar el trípode per fer-li una foto. *El Vell* hi va accedir i mentre amb dos cops de canell rasurava el cap d'un client, s'explicava:

—El meu pare em va ensenyar de treballar les dalles, d'esventar-les, d'esmolar-les, de jugar-hi... —va dir somrient mentre passava la fulla de la navalla per una pedra d'esmolar que duia a la butxaca abans d'anar al coll del client, que, un cop pelat, ara afaitava—. Ell ho havia après del seu, de pare, que feia anar la dalla com si res. Ha de pensar que abans fins i tot en feien competicions —va explicar.

—Competicions? Concursos de sega? No ho havia sentit a dir mai! —va reconèixer en Valentí, que ara s'entretenia a fotografiar-li les mans.

Li va cridar l'atenció veure com, malgrat que eren bastes i rudes, el seu moviment era suau i delicat en passar per la nou del coll d'aquell parroquià que estava més pendent del recorregut de la fulla que de la lletania d'anècdotes del barber. La foto d'aquelles mans singulars, grosses i rugoses, però de moviments delicats com els d'una dona benestant, seria una de les que guardaria al seu arxiu personal de records íntims. Eren unes mans que parlaven per elles mateixes o, si més no mirant-les, podies llegir-hi tot el que havia passat per entre aquells dits.

—No era ben bé un concurs, però sí que era com un joc on es podia perdre tota la feina d'un any —continuava explicant *el Vell* mentre feia anar la navalla amb suavitat sobre la pell del rostre del client—. Pensi que les pastures eren molt grans i faltaven mans per segar-les. El meu avi, que era més viu que la gana, se les va empescar per no haver de passar la dalla ell sol amb el seu germà i deixar-s'hi la salut. I un bon dia a la taverna va sentir un pagès que feia el fatxenda.

»L'avi li va proposar una juguesca: si en una hora ell aconseguia tallar més herba, se l'enduia tota. Però que si era a l'inrevés, seria ell qui s'emportaria tota l'herba de la seva hisenda. L'home va acceptar, i el dia convingut es van trobar davant dels sembrats. Mentre aquell pagès s'afanyava a fer anar els braços i les mans fins a quedar espunyit, l'avi, sense presses, va ben esmolar l'eina. Com a bon segador, sabia que era imprescindible per aconseguir una bona sega fins a enllestir la feina.

Un cop fet aquest manteniment mínim, es va arremangar i es va posar a segar a bon ritme. Ben aviat, aquell pagès que dies abans al cafè s'estarrufava com un paó va haver de plegar, va amagar el cap sota l'ala i va cedir la collita al meu avi. No havia comptat que, en maniobrar tan de pressa, amb els cops amb branquetes i pedres l'eina li quedaria ben aviat esmussada i se li aniria desgastant el tall de la dalla fins al punt que hauria de deixar de segar. El va vèncer l'ànsia de guanyar. I vet-ho aquí que ho va perdre tot, la juguesca i les pastures, perquè l'avi va procurar tenir la dalla més ben esmolada i esventada que el contrincant.

Els lladrucs del gos d'*el Vell* semblava que els advertien que el dia s'havia anat girant i el sol es ponia darrere d'uns núvols que entelaven el cel.

I en Valentí es va tombar i ho va veure clar. La llum del capvespre i la disposició dels elements eren els idonis. Es va espavilar per canviar la placa i muntar la càmera en la direcció oposada. L'àngel de bronze del campanar de la catedral emergia d'entre els núvols, i la seva figura la custodiaven les moles de pedra derruïda de l'antiga torre Gironella, que hi donaven un aire decadent però potent al mateix temps. El gos ajagut entre les restes hi aportava el contrapunt de vida que necessitava la imatge i que ell buscava. Quan aquella mateixa nit la va revelar, al colomar reconvertit en laboratori, va saber que aquella foto era prou digna per ser presentada a un concurs. Potser no per guanyar-lo, però sí per fer-hi un bon paper.

Fent cas de la recomanació del marquès de Camps, es va presentar al certamen fotogràfic de l'Institut Agrícola Català de Sant Isidre, una de les primeres associacions de propietaris rurals que hi va haver a Espanya i a Europa. Va decidir portar-hi vint-i-cinc imatges de diversos indrets bucòlics del voltant de Girona i de diferents feines del camp, acompanyant la foto d'*el Vell* amb la perspectiva decadent de la ciutat que havia captat des de les muralles.

Després de l'amenaça velada del marquès no sabia si havia fet bé de presentar-s'hi i no confiava gaire a guanyar perquè suposava que devia tenir certa influència en el jurat, com la tenia arreu. Però es va equivocar de ple. Contra tots els pronòstics més pessimistes, un dia al vespre, en tornar a casa, la mare l'esperava amb una carta que li havien entregat en mà aquella tarda i que lluïa ben visible la capçalera de l'Institut Agrícola. Li havien premiat una foto que havia fet d'uns segadors i que havia retratat en una pausa mentre bevien aigua del càntir enmig d'un camp de blat, a Palau Sacosta. No era pas la seva preferida i hauria estat més content si haguessin valorat la que havia fet des de les muralles al capvespre, ja que tècnicament era molt més difícil que la premiada i aconseguir-ne un revelat perfecte l'havia fet suar de debò, però el concurs el convocava una institució agrícola i fins a un cert punt era lògic que haguessin tingut més en compte el tema que la dificultat tècnica.

—Home, té certa lògica, sí. —En Martí Roura va interrompre de sobte el fil dels seus records—. I ves a saber si aquell jurat n'entenia gaire, de fotografia —va afegir movent el cap per emfasitzar que no creia gens ni mica en la competència d'aquells jutges—. Ara que, la foto premiada, la recordo bé, i era bona. Agafar els segadors descansant va ser una bona pensada!

—Gràcies per l'elogi, Sebastià, però l'altra era millor, i sobretot més difícil pel tema de la llum i els contrastos. Però, mira, sigui com sigui, aquell premi, a part de les tres-centes pessetes, em va donar l'oportunitat de fer una bona coneixença, una persona d'allò més interessant.

El lliurament del premi se celebrava a Barcelona i en Valentí hi va haver d'anar per recollir-lo. Com que hauria de passar dos dies a la ciutat, es va endur la màquina i va aprofitar per visitar i retratar nous edificis que encara no havia vist, com ara el que acollia l'Escola Moderna, de la qual tothom parlava.

Era un equipament senyorial i distingit situat a la part baixa del carrer de Bailén, ben a prop de la plaça de Tetuan. Aquella joia arquitectònica, barreja d'estils clàssics, disposava d'un seguit d'aules ben equipades, sales de conferències, despatxos per als professors i un gran auditori annex a l'enorme i ben proveïda biblioteca, que el jove Mateu Morral dirigia amb encert a les ordres del director de tot el projecte, tan innovador com polèmic, Francesc Ferrer i Guàrdia.

Capítol 5

En Martí Roura parava ben bé l'orella. Havia treballat frec a frec amb en Fargnoli durant quatre anys, fins que l'any 1936 ho va deixar per anar a la guerra a defensar la República després de l'alçament franquista, però certament en sabia ben poc, d'aquells anys de joventut del seu antic cap.

Al mateix temps que creixia l'interès d'en Martí Roura, en Fargnoli s'anava adonant que entrava en terreny perillós i que havia d'anar amb peus de plom.

Si parlava massa, potser provocaria el rebuig del seu vell ajudant, que no voldria acceptar les fotos que dormien en aquella capsa de cartró que encara jeia als seus peus i que en Martí Roura semblava haver oblidat. D'altra banda, el remordiment el corsecava. Aquell home atent i sempre disposat a escoltar i a ajudar qui entrés a la botiga no es mereixia ser enganyat. El dubte entre què dir i què callar el neguitejava; no sabia si seria millor esbombar-ho tot i confiar en la bona fe de l'home que tenia al davant o no dir res i confiar que no passaria res de greu, com no havia passat durant tots aquells anys.

En Martí Roura, que el mirava directe als ulls, esperava que en Fargnoli recuperés forces. Li va semblar que la conversa el cansava i que els cercles foscos al voltant dels ulls se li havien intensificat. De cop i volta, va continuar:

—I va ser allà, retratant columnes geminades, capitells i llibres, que hi vaig conèixer el bibliotecari. En Morral. En Mateu Morral.

—L'anarquista que volia pelar el rei! —va exclamar en Martí Roura.

—El mateix.

—Caram! Ja n'has viscut, de coses, ja!

—Si tu sabessis! —va sospirar en Fargnoli amb un aire misteriós que l'altre va contestar amb una rialla.

—I com era? Us vau fer amics? Devíeu tenir la mateixa edat, més o menys, oi?

—Ell era una mica més gran que jo, però no gaire. Era un jove culte, fill de Sabadell, emprenedor, i tenia les idees molt clares. I fins i tot gosaria dir que vam establir una certa amistat. Aquell dia, allà a la biblioteca, vaig enfilar una conversa amb aquell jove alt, prim i espigat, una mica denerit, amb una barbeta ben retallada i uns ulls marrons grossos que desprenien molta vitalitat.

En Fargnoli recordava la conversa que havia mantingut amb en Morral quan, després de rebre el premi, va anar a visitar l'edifici de l'Escola Moderna i va demanar permís per fer-ne alguna fotografia presentant-se com a fotògraf professional.

—El volia felicitar pel premi! —li va dir aquell jove

bibliotecari quan va saber qui era el visitant—. He seguit les deliberacions del jurat i he vist les fotos exposades a la seu de l'Institut Agrícola. Molt bona feina, senyor Fargnoli, molt bona!

En Fargnoli va assentir, agraït.

—La que s'hauria d'haver endut el premi, però, era la foto de la posta de sol des de la torre derruïda amb la catedral de Girona al fons i el gos en primer terme.

—Ho diu de debò? Li estic molt agraït! La veritat és que de totes les imatges de la sèrie, d'aquesta és de la que em sento més satisfet.

—La seva mirada s'assembla molt a la d'un paisatgista alemany de qui vaig tenir la sort de conèixer l'obra mentre estudiava a Alemanya: Caspar David Friedrich.

—No el conec, però me n'informaré. M'interessa molt. Al cap i a la fi, els pintors són els nostres predecessors, no li sembla?

—I tant! L'encant espiritual dels paisatges de Friedrich... tenen una llum i un to molt característics. Són melangiosos, transcendents, però des de la quotidianitat. Igual que l'atmosfera que he vist en les seves fotos. Aquesta de la torre que dèiem m'ha recordat poderosament el quadre de l'abadia en una roureda.

En Fargnoli se l'escoltava atentament des de la ignorància i el respecte. L'afalagava que el comparessin amb un pintor tan reputat, però se sentia una mica incòmode, i per no quedar com un dropo va intentar desviar la conversa cap a un altre tema.

—I així diu que ha estat a Alemanya?

En Morral li va explicar que de ben petit a l'escola de Sabadell tenia traça amb els idiomes. I que el seu pare, que era un empresari tèxtil, el va enviar a estudiar enginyeria mecànica a Alemanya, on es va amarar del pensament i els idearis anarquistes.

Quan en va tornar, li va dir al seu pare que no combregava amb la manera de portar el negoci perquè els treballadors gairebé semblaven esclaus. Però el pare no el va voler escoltar, el va convidar a anar-se'n de l'empresa i de la família, i el va desheretar. En Morral va deixar Sabadell per Barcelona per treballar en una cooperativa anarquista. I és així com va conèixer Ferrer i Guàrdia, que li va proposar d'estar al capdavant de la biblioteca de l'Escola Moderna.

En Morral era un anarquista amb educació autodidacta, un il·lustrat d'orígens burgesos amb formació intel·lectual, coneixedor i amarat de les noves idees polítiques i filosòfiques que sacsejaven consciències arreu del continent. A en Fargnoli li va causar una grata impressió, aquell jove director de la biblioteca, de manera que a partir d'aleshores, quan de tant en tant anava a Barcelona a comprar materials o a fer fotografies de les noves construccions que proliferaven arreu de la ciutat, mirava de trobar un moment per visitar-lo i intercanviar-hi idees i opinions. No eren el que en podríem dir amics, però s'entenien bé, i en Fargnoli gaudia d'aquelles estones xiuxiuejant a la biblioteca, envoltats de llibres, o d'aquells dies en què sortien i feien una llarga passejada pels voltants tot comentant les últimes notícies de l'actualitat política.

La pèrdua recent de les colònies espanyoles d'ultramar i l'entrada en el nou segle semblaven una oportunitat —això deia en Morral— per propiciar un canvi que hauria de conduir cap a una societat més justa i igualitària, on les diferències socials desapareixerien i tothom tindria les mateixes oportunitats. En Fargnoli no acabava de veure com podria ser possible aquell canvi tan radical que defensava ardentment, però li agradava somiar, i les converses amb el jove bibliotecari n'hi donaven l'oportunitat.

De tornada a Girona, mentre anava amunt i avall amb la seva bicicleta atrotinada, pensava que tots els que treballaven la terra amb les mans o tenien cura dels ramats i el bestiar pencant de sol a sol eren tan importants i tan mereixedors de respecte com els senyors de barret i puro a la boca que feien el fatxenda per les grans avingudes que s'estaven obrint en una Barcelona enriquida i pròspera que ja no en tenia prou amb l'espai contingut entre les antigues muralles. Tanmateix, pedalant entre masies i camps de blat, també es deia que necessitaven aquests senyors perquè arriscaven diners, fent negocis i inversions, muntaven fàbriques i donaven feina.

—Sí, sí, amic Fargnoli —li deia en Morral quan en parlaven—, però es tracta que ningú no en sigui el propietari. Els béns de producció i els beneficis que se n'obtenen han d'estar en mans de qui els produeix, i l'Estat ha de garantir la instal·lació i el bon funcionament de les fàbriques, que asseguri que tots els que hi treballen són tractats igualitàriament, tant pel que fa a formació com a condicions de treball, oportunitats i participació en els beneficis.

Semblava fàcil quan en Morral en parlava. I sobretot semblava just, però en Fargnoli no veia com es produiria aquell canvi tan radical. Per quins set sous els empresaris, els burgesos, com en deia el bibliotecari, renunciarien als beneficis i als privilegis que la seva situació, dalt de tot de la piràmide social, els proporcionava?

—Els hi obligarem, Fargnoli, els hi obligarem. No en tingui cap dubte —contestava en Morral prement-li el braç amb força en senyal de confiança en el futur i amb aquells seus ulls inquiets mirant a l'infinit quan en parlaven tot passejant passeig de Gràcia amunt.

El que havia estat l'antic camí de Jesús, que connectava la vila de Gràcia amb Barcelona, s'estava convertint en el bulevard més ample i més distingit de la ciutat, i els burgesos s'hi feien habitatges grans i luxosos per gaudir en família i, sobretot, per lluir la seva prosperitat acabada d'estrenar entre amics i coneguts.

—Miri tot això —seguia dient mentre abastava amb els braços oberts el passeig que s'obria al seu davant—. Tot això s'acabarà i serà de tots i, mentre lluitem pel canvi, també anem fent camí... L'educació, Fargnoli, la formació de les noves generacions, aquesta és la clau per preparar-les per a aquest futur radiant que ja és ben a prop. I això és el que fem a l'Escola Moderna, als ateneus, a les biblioteques. Ho aconseguirem, Fargnoli, ja hi som a prop!

—Al cap de pocs dies de tornar de Barcelona després d'aquella primera conversa, vaig continuar fent fotos per a unes postals que m'havien encarregat a la Farmàcia Pérez Xifra. Per fer-les, vaig acompanyar d'excursió una colla de Girona fins al far de Sant Sebastià. Me'n recordo perquè aquell dia vaig rebre una carta amb el segell reial.

En Fargnoli va fer una pausa llarga, com si busqués les paraules adients. La mirada perduda denotava que maldava per rescatar de la memòria records llunyans. Després, una petita contracció dels llavis va mostrar que havia patit una punxada de dolor, però, malgrat això, va continuar el seu relat:

—El comte de Robert havia fet arribar les fotos del rei Alfons XIII que jo li havia fet mentre el monarca visitava algunes ciutats de Catalunya, com ara Barcelona i Girona. I es veu que a la futura reina li havien agradat tant que, en reconeixement a la feina, m'havia concedit el privilegi de ser fotògraf reial.

—Carai! Fotògraf reial i tot?! —va repetir en Sebastià Martí Roura—. No te la sabia, aquesta distinció. Sí que ho tenies ben amagat, tot això!

Era ben cert que a vegades li semblava que tots aquells records pertanyien a la vida d'una altra persona que no era ell. Allò quedava molt lluny i ja havia tancat aquella porta, però sempre s'obria una petita escletxa per on s'esmunyien de tant en tant aquelles fotos, les imatges dels seus records, ben guardades a la capsa dels secrets i que, malgrat el neguit que li causaven, no havia gosat destruir mai.

—També vas marxar a l'Argentina i ho vas deixar tot, oi? —va preguntar en Martí Roura perquè veia que en Fargnoli se sentia incòmode i volia canviar de tema. Li ballava pel cap que de ben jove havia provat de fer-se un nom en aquell país sud-americà—. Però si aquí les coses t'anaven bé...

—Prou bé, sí, però els meus pares s'hi havien traslladat. Aquí el negoci de les estàtues de guix del pare no anava bé, però allà hi havia bones perspectives.

»I a mi em convenia un canvi —va dir intentant

recuperar l'ànim i dient una altra mitja mentida que li va ferir el cor.

Al juliol del 1909 va esclatar a Barcelona i a altres ciutats industrials de Catalunya una revolta per protestar contra la decisió del Govern espanyol de fer una lleva per reclutar soldats que serien enviats a la guerra que en aquells moments Espanya havia declarat al Marroc. Era ben sabut que els fills de les famílies benestants podien pagar per evitar ser cridats a files, però els joves de famílies obreres no s'ho podien permetre. El clima anticlerical, republicà i llibertari que feia anys que es vivia a Barcelona i altres grans ciutats catalanes va ser terreny abonat perquè la revolta obrera arrelés amb força a la capital i s'estengués per tot el territori. Després d'un mes de resistència, finalment els rebels van ser derrotats i una repressió sense precedents va castigar durament la població. Més de dues mil persones van ser inculpades i jutjades, i es van dictar fins a disset penes de mort, cinc de les quals van ser executades. Malgrat les protestes i les peticions d'indult que el president del Govern, Antonio Maura, va rebre d'institucions i persones de prestigi de dins i fora d'Espanya, Francesc Ferrer i Guàrdia va ser afusellat a Montjuïc el 13 d'octubre del 1909, condemnat, sense més proves que una carta inculpatòria del clergat català, com a impulsor i líder de la revolta. Ferrer i Guàrdia va morir amb el crit de «Visca l'Escola Moderna!» als llavis.

Les coses s'havien complicat. Tothom era sospitós i era impossible refiar-se de ningú. Qualsevol podia ser un espia, un confident de la policia o simplement algú que xerrés més del compte allà on no convenia. En Fargnoli tenia ben guardat el seu secret, però qualsevol petit descuit podia jugar-li una mala passada. Fart de passar por i angúnies, en va parlar amb el seu germà Adolf i junts van prendre una decisió radical.

La notícia de l'afusellament de Ferrer i Guàrdia va agafar en Fargnoli enmig de l'oceà. Navegava cap a l'Argentina a bord d'un vaixell de bandera britànica que havia salpat sis dies abans del port de Barcelona.

Només duia una petita maleta, una capsa de cartró, el cor tenallat per la por i un bri d'esperança als ulls.

—Però no et va anar gaire bé allà, oi que no? —va preguntar subtilment en Martí Roura, que recordava que alguna vegada li havia comentat que les havia passades molt magres per obrir-se pas en terres argentines.

—Bé, depèn de com t'ho miris. Allò és immens i amb ganes i paciència potser ho hauria aconseguit. De ganes de prosperar no me'n faltaven, però de paciència no n'he tingut mai gaire... —va riure—. Ja em coneixes...

Aleshores en Fargnoli es va ajupir i va treure de la capsa, després de rebuscar una mica, un sobre gruixut que no acabava de tancar bé i on hi posava, amb lletra de pal, «ARGENTINA».

—Mira, mira, aquestes són algunes de les fotos que vaig fer allà. Poca cosa! La situació del país tampoc no era res de l'altre món. Jo encara me'n podia sortir perquè el germà de la meva mare, l'oncle Mateo, s'hi havia establert amb la primera onada migratòria italiana i havia aixecat un negoci de comerç d'ultramar arran de les creixents anades i vingudes de vaixells entre el port de Gènova i el de Buenos Aires. M'estava a casa seva, al barri de La Boca, i em va proporcionar alguns contactes. Les cases dels diferents veïnats eren de fusta o de xapa de zenc acanalades, uns habitatges que acollien més d'una i de dues famílies. El meu oncle em va explicar que en deien *conventillus*, perquè els patis compartits i comunitaris semblaven claustres. Tot i ser molt acolorides, no amagaven la misèria i la brutícia que s'incrustava per dins i fora dels carrers del veïnat. No és estrany que allà s'hi congriessin contínuament revoltes socials pels preus dels lloguers. També vaig treballar al diari *La Patria de los Italianos*. L'oncle Mateo coneixia un dels propietaris i hi vaig poder entrar. Per la capçalera, ja veus que es feia ressò de tot el que organitzaven els italians, bàsicament a Buenos Aires i a Rosario. Però també s'ocupava d'altres temes...

—Doncs potser te n'hauries sortit, no? —va dir-li.

—Sí, segurament, amb aquella paciència que no tinc. —En Fargnoli va riure—. Però no sé, enyorava Catalunya i la gent d'aquí. Publicar fotos era difícil i lent, i fer-se una clientela del no-res encara ho era més. Al final me'n vaig cansar i vaig tornar.

A finals del 1910, va rebre una carta del seu germà Adolf, datada a Girona un mes abans. Li explicava un munt de coses de la seva vida personal, la marxa del negoci, les amistats i els coneguts. Llegint entre línies, va entendre que la situació política a Catalunya estava més calmada i, encara que a garrotades, l'ordre s'havia imposat i el perill havia passat. No va trigar gens a gastar els últims estalvis que tenia en un bitllet per a un vaixell que el tornaria a Catalunya.

—Va ser llavors quan vaig conèixer la Rosa —va dir en Fargnoli amb un somriure als llavis—. En tornar.

—La Rosa, és clar. Què se n'ha fet? —va preguntar

en Martí Roura mentre rebuscava entre unes caixes de la rebotiga un licor d'herbes que tenia mig amagat per a quan es volia refer d'algun disgust. La conversa s'allargava, però no volia pas tallar-la. Se sentia a gust parlant amb el seu antic cap després de tant de temps, i notava que a en Fargnoli li feia falta buidar el pap.

—Sort n'he tingut, de la Rosa. Prou que ho saps, prou que ho sabem —va admetre.

Si en Martí Roura havia acabat sent el seu ajudant havia estat gràcies a ella, perquè no havia parat d'insistir-hi fins que ho va aconseguir. Aleshores ja havien nascut els fills i el negoci anava prou bé. Ella cosia i portava la casa, i tot i que els ingressos no eren res de l'altre món, creia que havia arribat l'hora que en Fargnoli afluixés una mica.

—Aparca la bicicleta i obre la teva galeria —li implorava la Rosa dia sí dia també—. Tens prou anomenada i clientela per rebre'ls al teu estudi, aquí a casa, i deixar d'haver d'anar per aquests mons de Déu! Que qualsevol dia t'estimbaràs per algun cingle! I no em vull quedar vídua!

—Per l'amor de Déu, Rosa! No cal que cridis el mal temps abans d'hora. El caràcter errant i nòmada defineix la meva feina. No vull ni galeria ni estudi ni botiga!

Va fer una pausa.

—Jo li deia que era un fotògraf ambulant, publicitari i patrimonial. Li deia que el meu estudi era tot el territori. I la meva clientela, centenars de persones, tant les que se m'emportaven d'excursió com les que em demanaven que les retratés i es posaven davant de l'objectiu de la càmera. Estava decidit a deixar testimoni de la vida dels primers anys del segle. Encara que fos enfilat a una bicicleta. De fet, va ser així com ens vam conèixer...

Recordava que aquell accident havia estat un avís seriós. Un bon espant. Un incident que li va amargar l'existència. I després d'allò la Rosa havia començat a insistir encara amb més raó. Ja n'estava tipa, de la inestabilitat que comportava aquella feina que, segons ella, l'acostava més al rodamon i al bohemi que a una persona seriosa. Però també era conscient que si el tancava en un espai, seria com engabiar un animal. I tallar-li les ales seria coartar-li la llibertat, la creativitat. I ja no seria el mateix.

Però l'atropellament patit quan tornava de retratar un casament al santuari dels Àngels la feia patir massa. Les ferides a l'esquena, els genolls, la panxa i les mans li passaven factura. Des d'aleshores els dolors, els marejos, els tremolors i les ganes de vomitar l'acompanyaven en els seus trajectes. Que de vegades escopia sang, ho havia aconseguit amagar a la dona, i era evident que estava ben espatllat. De fet, cap curandera ni sanador no l'havia pogut ajudar, malgrat que es va posar en mans d'alguns per provar sort. Però aquest accident, juntament amb altres caigudes lleus que va patir més tard, i el seu caràcter inquiet no l'ajudarien a parar.

—Per muntar un estudi, una galeria o, com alguns en diuen, un laboratori, hauria de tenir necessàriament dues dependències: la sala de retratar i el quarto fosc per revelar. I, Rosa, no tenim ni espai ni diners per pensar ara en tot això! —es justificava en Fargnoli davant de la insistència de la dona. Li pesava més la responsabilitat de retratar un país que no pas la seva salut, tot i que no era fàcil amagar els dolors i les punxades que tenia a la panxa.

La Rosa, resignada, vençuda però no pas convençuda, se'l mirava i el veia patir.

—I un ajudant? L'altre dia em va venir a veure en Sebastià Martí Roura. Ja el coneixes.

—I què vols que en foti, d'un ajudant? Em farà més nosa que servei.

—Valentí, fes el favor de no menystenir-lo —el va advertir la dona—. En Martí Roura és un fotògraf professional que s'ha format a la galeria Foto Lux i treballa amb l'Octavi Unal, aquí, a Girona. Coneix la teva feina i li agradaria treballar amb tu, al teu costat. La seva oferta arriba en el moment idoni.

—Si de cas, deixa'm que m'ho rumiï —va acabar dient en Fargnoli.

Ja sabia que al final la Rosa s'imposaria i hauria de claudicar a aquella idea, que, ben mirat, ja no li semblava tan desencertada.

—De fet, va ser la Rosa que ho va propiciar tot —li va reconèixer en Martí Roura, que finalment havia trobat el licor d'herbes i l'estava servint en un parell de gotets—. Me'n recordo com si fos ara, de quan va aparèixer un dia a l'estudi de l'Octavi Unal. Portava dos dels teus fills perquè els retratéssim. Quan l'Unal la va veure entrar tan decidida no va gosar preguntar-li què hi feia, allà.

—El sabater és el que va més mal calçat! N'estic tipa, de les absències cada vegada més continuades i de les excentricitats d'en Valentí —va dir la Rosa buscant complicitats.

—Mentre jo feia els retrats als teus nanos, la Rosa va intuir que no estava content amb els tractes que em feia l'Unal i em va preguntar si em faria gràcia ser el teu ajudant. Jo ja tenia experiència com a retratista i editor de postals; coneixia la gent i el territori. L'havia trepitjat sol o, sovint, acompanyat d'en Jaume Sureda. Te'n recordes, dels seus reportatges?

En Fargnoli feia que sí amb el cap mentre recordava alguns dels reportatges que havia llegit signats per qui també havia estat propietari de Fotograbados Gerona i l'editor de la revista *Usted*.

—Amb en Sureda vam recórrer terres gironines, de mar a muntanya. Recollíem moltes estampes singulars de la província, la majoria de les quals fetes amb una màquina pesada que feia de trípode, més o menys com la que tenies tu.

»Aquell dia ens vam entendre de seguida amb la Rosa. El meu dubte, però, era saber com ho encaixaries tu, perquè no en sabies res i tenies fama d'esquerp i d'anar pel teu compte —li va confessar en Martí Roura.

—Ella sempre m'ha fet tocar de peus a terra —va reconèixer en Fargnoli.

—La Rosa era més pràctica. Més realista. I sempre ha estat una dona molt forta!

—Però, des de la mort de la nena, la Júlia, i la del noi gran, en Valentí, que la Rosa ha perdut la fortalesa que tenia. No la'n culpo pas. Van ser dos cops molt forts i seguits. No ens n'hem refet mai del tot. És que en vam perdre dos, de fills, i el mateix any... I la guerra! Maleït 38! —En Martí Roura, que tenia tres fills, li tustava l'espatlla per solidaritzar-se amb el seu dolor. Si li hagués passat a ell, no sabia pas si ho hauria pogut suportar.

A en Fargnoli se li havien mort en qüestió de mig any dos fills i el pare.

—La mirada de la Júlia es va velar massa aviat. Només tenia vint-i-cinc anys. Va ser el 3 de juliol del 1938. Sí, va ser un any nefast. Maleït 38! —repetia en Fargnoli amb els ulls entelats i la veu entretallada.

En Martí Roura feia cops de cap, pensarós. Recordava haver entrat a l'habitació per acompanyar-lo quan va fer-li l'última foto abans d'enterrar-la. La Rosa l'havia arreglada amb un dels vestits que havien cosit plegades i que la Júlia volia estrenar per a la festa major de Maçanet, per Sant Llorenç.

No va arribar al mes d'agost. Era el pic de l'estiu i la llum esclatant de juliol era atenuada per les cortines. El feix de claror que entrava per la finestra tenia un to cendrós i li banyava la cara blanquinosa, sense vida. La vida que se li havia endut aquella pesta blanca que l'havia anat consumint per dins. Un manyoc de venetes blaves se li difuminaven per les galtes i li baixaven pel coll. Els ulls, que havien après a mirar com ell li havia ensenyat, ara estaven tancats i enfonsats a les conques liloses.

En Fargnoli la contemplava i els records se li encavalcaven. La primera foto que s'havien fet plegats, que els l'havia fet l'Adolf, les nits que l'esperava desperta per ajudar-lo a revelar, la primera bicicleta i les primeres caigudes.

La faldilla del vestit li quedava per sobre dels genolls i no se'n va poder estar d'amanyagar-li la cicatriu que li havia quedat en l'esquerre. Aquella nafra era d'una caiguda. D'una vegada que havien anat a berenar amb la Rosa a Sant Ponç de Fontajau. Moltes famílies feien aquell ritual que els permetia passar unes hores junts menjant i jugant envoltats de natura la tarda de diumenge. La Rosa duia al cistell una mica de peix fregit, enciam, cebes, olives i cireres. Una mica de vi, aigua, gasosa, i les tovalles. A la mainada els feia gràcia anar fins a la vora del riu a fer saltar pedres per sobre de l'aigua, i quan començava a fer calor, com aquell dia, es descalçaven i s'acostaven a la vora per remullar-se els peus. També els agradava, però no tots hi anaven, veure les granotes i les anguiles que tenien tancades en uns vivers que hi havia instal·lats a l'ombra d'uns arbres a l'entrada mateix del berenador. L'establiment que hi havia oferia arròs d'anguiles, vi i d'altres viandes, com ara cuixes de granota a la brasa, a més bon preu que els restaurants de la ciutat però igualment prohibitius per a una família nombrosa com la dels Fargnoli. Després de berenar, els nens, en Valentí i en Ramon, s'entretenien a fer-se unes espases amb unes branques que havien trobat abans d'improvisar un petit torneig. I les nenes, la Rita, la Genoveva i la Catalina, saltaven a corda. Però la Júlia no. S'estava moixa i trista asseguda a terra al costat de les tovalles, on quedaven les restes del que havien menjat. La Rosa no la va voler atabalar, i la va deixar pensativa mentre s'arromangava les faldilles per anar a saltar a corda. En Fargnoli, que ajudava els seus fills a convertir un bastó inofensiu en una arma blanca incapaç de fer mal a ningú, es va girar i va veure la Júlia amb el cap cot. I es va fixar que mirava sovint cap als vivers, contreia el gest de la cara i es quedava entotsolada. Bon observador de mena, li va semblar endevinar què li passava a la seva filla. Se li va asseure al costat i va llençar l'ham.

—M'he fixat que mires els vivers, i també m'he adonat que quan els teus germans s'hi acosten per veure'ls tu més aviat fas vores.

La Júlia va girar el cap i el va foradar amb la mirada. El seu pare sabia mirar, llegia la cara de les persones, i ella, que era la seva filla, no li podia amagar gairebé res.

—Què és el que no t'agrada dels vivers? —li va acabar demanant.

La nena no va defugir la pregunta.

—No puc suportar veure les granotes, amuntegades i atrapades, en aquelles gàbies esperant que vingui algú del berenador, aixequi la tapa i se n'emporti unes quantes per servir-les a taula. És molt cruel! —I se li trencava la veu, gairebé com si hagués de començar a plorar.

En Fargnoli coneixia la sensibilitat que tenia per la natura; se li va acostar i li va xiuxiuejar unes paraules a cau d'orella. L'expressió de la cara de la Júlia va canviar de cop i es va il·luminar com si el seu pare hagués fet servir el flaix de magnesi. La reacció de la nena va ser efusiva. Se li va llançar al coll, somrient. I, amb un gest de complicitat, pare i filla es van aixecar i es van dirigir cap al berenador amb una sola intenció.

Aquell diumenge estava molt concorregut. El tragí era extraordinari i allò jugava a favor de les seves intencions. Ningú no els parava atenció. Es van atansar fins a les gàbies de fusta dels vivers que hi havia al costat d'aquells enormes arbres. I aprofitant que ningú no vigilava i que tothom tenia altra feina, es van dedicar a obrir les portes i alliberar les granotes. Quan els animalons ho van veure no es van encantar gens i amb quatre salts van tornar a ser a l'aigua nedant per allunyar-se del captiveri i del previsible final. Una vegada es van assegurar que no quedava cap granota engabiada, van fer la volta corrents per darrere del berenador. La Júlia va relliscar i es va ben pelar el genoll esquerre. No va ser res i de seguida van tornar amb la Rosa i els nens, com si vinguessin de fer un volt per l'altra banda del riu. Al cap d'una estona, els crits que provenien del restaurant els van confirmar que havien descobert que no els quedaven més granotes perquè s'havien escapat. Aquell va ser un secret entre pare i filla que recordarien tota la vida. I quan començava a fosquejar, mentre tornaven cap a casa, es van mirar somrients quan de lluny es va sentir el cant d'un centenar de granotes. Era una psalmòdia vital i rotunda amb la qual semblava que els donaven les gràcies per haver-les alliberat.

—Et quedaven tantes coses per viure, filla... —va mormolar entre sanglots.

En Valentí va respirar profundament i va fer el cor fort. Va falcar el trespeus i va posar la càmera a punt. Se la va tornar a mirar un cop més abans d'immortalitzar-la, de capturar-ne la imatge en una placa per sempre més, abans d'enterrar-la. Havia pensat moltes vegades en tot el que havia sentit quan va fer la foto del fill de l'Enriqueta i en Xicu, però ara ell no era només el fotògraf, sinó també el pare d'aquella jove vida que s'havia estroncat tan aviat.

—Maleït siga, aquell collons d'any! —va repetir, i va clavar un cop de puny sobre una caixa que tenia al costat a la rebotiga d'en Martí Roura—. El 10 de gener va morir el meu pare, atropellat. Tres mesos després, l'11 de maig, moria el meu fill, en Valentí. Només tenia divuit anys. I no ens havíem refet d'aquest cop que va arribar el tercer. Per a mi, el més dolorós. La mort de la Júlia. Aquell coi de malaltia...

En Fargnoli va tornar a perdre la mirada entelada cap a la foscor de la rebotiga, com si entre la penombra hi pogués trobar una mica de consol.

L'únic que el va confortar enmig d'aquelles pèrdues va ser la fotografia. El fet de fabricar records, de poder continuar immortalitzant i capturant moments i instants únics per mirar de guanyar la partida a la mort.

—I després dels bombardejos van venir la misèria... la gana... la por... —va afegir sense esma i sense poder evitar un nou sanglot.

Aquell 1938 va ser nefast, no només per a la família Fargnoli, sinó per a Catalunya i tots els ciutadans espanyols que havien fet mans i mànigues per tirar endavant el prometedor projecte de la República. La derrota a la batalla de l'Ebre, la més llarga i sagnant de tota la guerra civil, havia segellat definitivament el destí de la Segona República espanyola. Gairebé tothom tenia un familiar, un amic o un veí mort o ferit en la batalla. Les xinxes i la gana assolaven la població mentre les tropes de l'exèrcit vencedor avançaven triomfants cap a Barcelona.

En Fargnoli es va mirar fixament en Martí Roura tot recordant el dia que li va dir que deixava la feina perquè se n'anava cap al front. Hi va anar voluntàriament i en va tornar malferit. En Fargnoli sempre havia admirat l'heroïcitat d'aquell gest del seu ajudant i de molts com ell, com en Mateu Morral, en Francesc

Ferrer i Guàrdia i tants d'altres, que estaven disposats a donar la vida per defensar el país i les seves idees.

—De la guerra civil tinc gravades a la memòria un munt d'imatges però... —va fer una pausa—... t'haig de confessar que, per aquelles coses del cap, no sé per què el que més recordo és l'arribada dels moros d'en Franco a alguns pobles.

—Què dius ara? —va fer un incrèdul Martí Roura, alçant les celles en senyal de sorpresa, però animant tot seguit amb un gest en Fargnoli perquè seguís parlant. Semblava que s'havia revifat després de reviure el record amarg de la mort de la filla.

—Sí! Deien que era la Guàrdia Mora, però en realitat eren joves soldats que Franco havia reclutat perquè l'ajudessin en l'alçament i els havia promès grans recompenses —va dir mentre brandava el cap i arrufava els llavis i les celles.

»Recordo que l'Ajuntament d'Osor em va encarregar d'anar a retratar el moment. Encara sembla que els veig arribar... —i ho deia mentre mirava cap al fons de la rebotiga.

Semblava que tingués la vista perduda, però els records el van portar fins a un moment molt determinat, el d'aquell dia a Osor, a la falda de les Guilleries.

—Ja arriben, ja arriben! —cridava en Quim del Solaric—. Els he vist que passaven per davant de les mines —va explicar el marrec, que esbufegava després de la correguda que havia fet per fer drecera i arribar a la plaça del poble abans que aquells temuts visitants.

S'havia confirmat el que alguns ja feia temps que vaticinaven. L'alcalde, els regidors, el mossèn i la Guàrdia Civil eren davant de la Casa de la Vila. I els veïns els flanquejaven amb l'ai al cor.

Al revolt de la font va aparèixer un destacament d'una dotzena de genets en formació de sis. Dues fileres que avançaven al mateix pas. Els cavalls eren de pura raça. Els homes anaven amb guants, enfaixats, un turbant blanc que els cobria el cap i una capa del mateix color. Amb una mà sostenien les regnes i amb l'altra empunyaven una llança coronada amb un sinistre banderí negre. Semblaven els Reis d'Orient. Però no eren ses màgiques majestats. Era la Guàrdia Mora, que arribava al poble amb tota la seva sinistra esplendor. Eren el batalló de soldats marroquins que havia reclutat el general Franco i que enviava amb l'objectiu d'atemorir els habitants de pobles i ciutats.

En Fargnoli va retratar aquell moment i va captar la por i la incertesa que es reflectia a la cara de les autoritats i dels habitants de la vila en el mateix moment que els soldats feien l'entrada a la plaça. Les mirades furtives dels veïns que des de darrere dels porticons de balcons i finestres no gosaven sortir es clavaven sobre els nouvinguts. Els va acompanyar fins al camp de futbol, on van establir el campament.

En l'antic terreny de joc sempre s'hi havia conreat i es van haver de negociar les condicions per convertir-lo en un espai per practicar-hi futbol. De dimensions reduïdes, amb desnivells i amb unes porteries molt modestes, el camp s'havia tancat amb un filat de galliner perquè des que havia esclatat la guerra que no s'hi jugava.

En Fargnoli es va situar entre les antigues graderies

del camp, unes feixes que hi havia sota el mas del Solaric, des d'on tenia una vista excepcional dels terrenys de can Badia. Allà, al costat del bròquil, hi havien plantat les tendes de tela blanca de grans dimensions que ara ocupaven l'antic terreny de joc. En un moment les van tenir armades, i mentre uns cuidaven els cavalls, que ja enfonsaven el morro en un munt de palla o a l'abeurador que s'hi havia instal·lat al costat, els altres van disposar uns focs de camp on van començar a ferhi bullir te. En Fargnoli havia desplegat la càmera i ajustava l'extensió de la manxa per mirar d'enfocar la imatge al dors del vidre esmerilat, el lloc del qual passava a ocupar un xassís amb una placa negativa de vidre que havia de ser exposada mesuradament a la llum per recollir la imatge desitjada. El flaix de magnesi es feia imprescindible encara que fos a l'exterior. Era un mànec collat a una petita plataforma metàl·lica reflectant sobre la qual va encendre un trosset de fil espiralat de magnesi.

Un dels guàrdies, alertat pel petit núvol de fum que sortia de la zona on era, se li va acostar per oferir-li un te. S'havia tret la capa, però encara duia el turbant lligat al voltant del cap. També s'havia tret la faixa i anava espitregat amb la casaca blau fosc de botons daurats oberta i amb uns bombatxos amb els camals amples i bufats fins als turmells. S'havia tret les botes i anava descalç. En Fargnoli es va sorprendre en veure'l.

—*As-salamu alaykum!* Vol una mica de te? —el va saludar, i amb la mà amb què sostenia un got mig ple li va assenyalar el foc que escalfava la beguda que els reconfortava. Parlava un castellà atropellat amb un marcat accent àrab, però malgrat això es feia entendre i podia mantenir una conversa.

—Déu vos guard! No, gràcies! Tinc feina i no em puc entretenir.

—L'he vist abans, a la plaça, quan hem arribat. Feia fotos.

—L'ajuntament m'ha encarregat retratar la seva arribada i ara, abans no se'n vagi la llum del dia, m'interessa documentar i deixar constància del seu pas pel poble, perquè les futures generacions ho puguin veure i sàpiguen i coneguin aquests moments que vivim.

—Té raó... La meva àvia sempre em deia: «Les coses no valen pel temps que duren, sinó per la petjada que deixen». Deia que, de vegades, hi ha coses que ens porten un record molt bonic, fets que ens generen més felicitat quan els recordem que no pas quan ens passen i que després potser oblidem fàcilment. Fa pensar en el valor del que vivim i en la importància que tenen els records.

—Per a mi el poder del record és determinant. Té més valor el que et desperta el record d'una primera experiència que hem tingut o d'una persona que hem conegut o d'un lloc que hem visitat. Per exemple, he fet fotos a indrets on un grup de gent ha anat d'excursió. Experimenten la sorpresa i la descoberta del lloc, i el troben bonic i encisador. Quan al cap d'un temps els portes les fotos, tenen un valor emotiu molt alt perquè tornen a despertar-se dins seu els mateixos sentiments que van aflorar la primera vegada, de manera que les fotos els proporcionen el plaer de retornar al record d'aquella sortida que havien oblidat.

—Estic d'acord amb vostè. Despertar les mateixes emocions a algú i aconseguir que puguin reviure el record és extraordinari.

En Martí Roura el va interrompre.

—De totes maneres, per aquesta conversa que expliques, tu devies conèixer un moro ben diferent dels altres que el Caudillo va enviar per humiliar l'enemic.

—Què vols dir? —va preguntar, desconcertat, en Fargnoli.

—Collons! Per què et penses que els van enviar fins allà dalt, a Osor? Perquè els nacionals volien demostrar que podien arribar a tot arreu! Que res ni ningú no els podia aturar! Que eren capaços, fins i tot, d'arribar al poble més petit, a la falda de les Guilleries. Que se'ls havia de témer! Els moros no van venir aquí per fer la guerra i tirar quatre trets! Més aviat, com que sabien la capacitat que tenien per intimidar, els van fer servir per fer una mena de guerra psicològica. A part dels quatre xavos que els pagaven, els prometien dones blanques. Saps què significa això? Saps com s'ho van fer per aconseguir tenir-les? Doncs abusant de noies i dones i violant-les. I això sí que deixa petja de per vida i un record dolorosíssim! —va reblar en Martí Roura, i va fer petar la llengua al paladar amb indignació.

Després d'uns moments d'un silenci gairebé reverencial i com si s'haguessin posat d'acord per canviar de tema, en Fargnoli va allunyar els records negres d'aquell tristíssim 1938 i el seu rostre es va il·luminar amb un petit somriure. Pensava en el dia que es van conèixer, aquell estiu del 1912, amb la que ràpidament es convertiria en la seva dona.

Capítol 6

La Rosa anava al safareig de la font del Llop, un dels més concorreguts de Maçanet de la Selva. Hi anava a fer la bugada de l'hostal que regentaven els seus pares. Cal Coix era un establiment que feia dècades que servia menjars al costat de la carretera que menava cap a Tossa. A la Rosa l'acompanyava la Remei de cal Ros, una amiga que ajudava la filla de cal Coix a portar els coves curulls de roba bruta per rentar. Pel camí xerraven animosament. Parlaven dels pretendents que tenia entre la clientela de l'hostal. Però a la pubilla de cal Coix no n'hi havia cap que li fes el pes. Ni traginers, ni menestrals ni aquell metge practicant de Santa Coloma de Farners que li feia festes i sempre volia que el servís. Ella li feia vores.

Parlant, parlant, la Rosa li va dir a la Remei que estava llegint un llibre. Una novel·la que signava un escriptor que es deia Víctor, Víctor Català.

—Sembla ben bé que es tracti d'una dona qui escriu —va assegurar la Rosa, convençuda.

—Per què? —va preguntar d'esma la Remei, a qui no li agradava llegir.

—Per com explica que la protagonista viu la història. És... no sé com dir-ho... L'has de llegir i m'entendràs, Remei. Diu les coses d'una manera com només les podem dir i sentir les dones. Per això em fa dubtar que sigui un home qui ho hagi escrit.

—Però no dius que es diu Víctor?

—Sí, sí, Víctor Català.

—I per què hauria de ser una dona? Ai, Rosa, Rosa! —I va deixar el cove a terra.

La Rosa també havia deixat la senalla i s'eixugava la suor del front amb la màniga.

—Només et dic que explica tan bé les angúnies que corsequen aquella pobra noia, la protagonista, Mila es diu, que fa patir quan ho llegeixes. T'ho ben juro!

»La història explica el patiment de la Mila amb el seu home, un gandul a qui ha de seguir a contracor per ser els cuidadors d'una ermita que està en una muntanya solitària i esquerpa. —Es va aturar un moment—. Jo no podria —va reconèixer la Rosa.

—Tu rai, que tens pretendents per triar i remenar amb la requesta que arribes a tenir a l'hostal! —li va etzibar l'amiga picant-li l'ullet amb una mica d'enveja.

—Au, va! Te'ls ben regalo, tots aquests que dius que em ronden! —I es va ajupir per agafar el cove i continuar cap al safareig.

—Senyoretes! —les va cridar algú.

En aquell moment es van girar. Era un noi que anava enfilat dalt d'una bicicleta carregat fins a les orelles.

—Déu vos guard —les va saludar esbufegant i traient-se la gorra—. Vaig bé per anar a la Torre de Marata?

Les noies es van mirar enriolades i van fer que sí amb el cap. Coneixien a la perfecció aquella construcció medieval. Un mas fortificat amb finestres romàniques i gòtiques, amb espitlleres, fossat i capella on anaven a jugar de petites.

—Si fossin tan amables de mostrar-me'n el camí, els ho agrairia. Perquè em penso que vaig ben perdut —els va reconèixer.

Les dues mosses van assentir una altra vegada i li van donar les indicacions necessàries per arribar fins a aquell casalot emmurallat. Però en veure el trespeus i la resta d'andròmines que duia a sobre no es van poder estar de preguntar-li per què hi anava.

—Perdoni. Si no és indiscreció, què hi va a fer, si es pot saber, a la Torre? —va preguntar la Remei.

—M'han encarregat de fer-hi unes quantes fotos.

La Rosa va mostrar interès en saber que era fotògraf.

—I vostès, tan carregades, on van?

La Remei va explicar que anaven al safareig a rentar i ho va reblar amb un comentari amb segones:

—Si necessita res, sempre es pot atansar fins a l'hostal de cal Coix, que hi ha arran de carretera. Hi trobarà de tot!

El noi li havia fet peça i, descarada com era, havia llançat l'ham per veure si hi havia sort. També li va picar l'ullet i va deixar anar una riallada mentre totes dues arreplegaven de nou els coves i enfilaven el camí cap a la font del Llop. La Rosa no badava boca i girava el cap cada dos per tres per veure com la bicicleta d'aquell xicot tan ben plantat s'allunyava en direcció contrària.

La Remei, a qui no se li escapava res, es va adonar de seguida de les llambregades amb les quals la seva companya intentava seguir el trajecte de la bicicleta.

—Si no mires endavant, t'entrebancaràs i aniràs a parar a terra —li va dir amb una rialla foteta.

A la Rosa se li van enrojolar les galtes i va haver d'afluixar el pas perquè li faltava l'aire.

—Ai, ai, ai! Si que t'ha agradat el fotògraf. Ves per on! Qui ens ho havia de dir! —va afegir la Remei, que no perdia pistonada per riure-se'n de tot i de tothom.

—Au, va! Què dius ara! —va replicar la Rosa, a qui el cor li bategava amb força, mentre fixava els ulls en el camí i feia un moviment de cap per intentar convèncer la Remei que no era cert.

Mentre rentaven els llençols i parlaven de xafarderies amb les altres dones que s'aplegaven al safareig, la Rosa no es podia treure del cap la figura d'aquell noi amb la bicicleta allunyant-se camí amunt cap a la torre. No hauria pogut dir què era el que l'havia trasbalsat d'aquella manera, però ara que el cor semblava haver recuperat el ritme de batec més normal, sentia un pessigolleig a l'estómac que no havia sentit mai abans.

Al camí de tornada, quan ja fosquejava, va pensar que faria bé de treure's del cap aquell noi, un passavolant a qui probablement no tornaria a veure mai més i de qui ni tan sols coneixia el nom.

La façana de cal Coix s'alçava imponent arran de

carretera, a l'antic camí ral. Quatre xiprers flanquejaven la casa i definien l'ús de l'establiment. Caminants, pelegrins, comerciants a peu o amb cavalls sabien que allà hi podien fer parada i fonda. Tenir un xiprer a l'entrada significava que allò era un punt de descans amb aigua; dos, que s'hi podia menjar, i tres o més, que era un indret per, a més de menjar, poder fer-hi nit. El primer propietari, un tal Esteve, treballava al bosc, on es va tallar un peu amb la destral. Coix i impedit per fer treballs forestals, va començar a cuinar per als seus companys i més tard, cap a mitjans del segle XIX, casa seva ja s'havia convertit en un hostal.

La situació era privilegiada, al costat de la carretera que anava de Barcelona a França, la més transitada, i per on passaven les carretes, les diligències, rècules de traginers i tota mena de passavolants a qui s'oferia tant descans als cavalls com un àpat i un llit als passatgers. Des del 1860 que el local el tenia arrendat la família de la Rosa. La seva mare, la Lola, era la mestressa de cal Coix i qui en portava el rem. La seva escudella i carn d'olla i el vi de la casa tenien molta anomenada, i com a tal l'anunciaven amb un cartell a l'entrada. Era coneguda com l'escudella dels Quatre Evangelistes perquè, a part de les hortalisses i els ossos de l'espinada, portava porc, xai, vedella i gallina. Un plat complet que, amb una mica de pa i mitja gerra de vi, d'entre les qualitats que tenia destacava que era capaç de «ressuscitar» qualsevol que decidia aturar-se a la fonda per reposar forces abans de continuar el seu camí. Des de ja feia uns quants anys, la Rosa s'encarregava de servir al menjador, a les hores de dinar i de sopar, mentre la Lola feinejava a la cuina, fent bullir la famosa escudella en una olla que sempre era al foc, netejant l'aviram o fent les botifarres que servien de segon plat. Aquell vespre, quan ja semblava que no entraria cap client nou i la Rosa recollia els plats de les últimes taules, la porta es va obrir de cop i una veu greu darrere seu va preguntar si encara es podia sopar alguna cosa calenta.

La Rosa es va girar d'una revolada i, en veure que qui acabava d'entrar era el noi de la bicicleta que buscava la Torre de Marata per retratar-la, es va quedar glaçada i li va costar reaccionar.

—Sí, sí, és clar —va mormolar com va poder—. A veure... aquí us va bé? —li va preguntar allisant les estovalles de l'única taula que no s'havia ocupat aquell vespre.

—On em digui. Ja sé que és tard i no voldria molestar —va fer en Valentí seient a la cadira que quedava més a prop de la cuina, pensant que així la Rosa no hauria de fer trajectes llargs per servir-li el sopar—. Doncs a veure aquesta escudella i carn d'olla que té tanta anomenada... Encara en queda? —va demanar.

—I tant! Sempre en tenim. De seguida n'hi porto, i una gerreta de vi.

La Rosa va desaparèixer per la porta de la cuina i en Valentí va sospirar fondo recolzant l'esquena al respatller de la cadira. Tota la tarda que li havia costat concentrar-se en la feina. Havia de fer les fotos de la torre si no volia haver de tornar a fer tot el camí des de Girona, però l'única cosa que tenia al cap era la imatge d'aquella noia carregada amb el cove de llençols, tímida i de pell blanca, i amb uns ulls grossos, ametllats i de mirada intensa que feien somiar. Ara se l'havia pogut mirar millor i no podia sinó corroborar aquella primera impressió que havia tingut. La bellesa de la noia era d'aquelles sublims de tan senzilla com era. No li calia res més que contemplar aquell rostre per entendre què era la bellesa.

—Ha sopat bé?

La Rosa va esperar si en Valentí demanava un cafè després de l'àpat per acostar-s'hi. Temps després li va confessar que s'havia posat el davantal nou sobre la faldilla de quadres i s'havia recollit els cabells amb un monyo que li deixava al descobert un clatell i un coll que feia somniar més d'un client de la fonda. Les arracades que duia eren dues petites reproduccions d'unes magranes, un regal de la padrina, que semblaven dues gotes de sang que ressaltaven en la seva pell blanca.

—I tant! Aquesta escudella és boníssima, ja l'hi podeu dir a la cuinera.

—La mare ho fa tot bo! —va reconèixer la Rosa—. Però sí que és veritat que tothom ens diu que, de tots els plats que servim, l'escudella és el millor amb diferència.

—I quin creu que en deu ser el secret?

—No l'hi sabria dir, però un bon brou és molt important. Tant l'àvia com la mare sempre diuen que a la cuina s'hi ha de posar de tot, poc i que sigui bo.

—Sí, sí, m'hi he entretingut prou a escurar els ossos d'espinada i a xafar la patata i la col amb els cigrons i la carn d'olla. Exquisit! —va admetre mentre s'amanyagava la panxa.

—I per cert, l'ha trobat, la Torre de Marata?

—Oh sí, moltes gràcies! Sort de les seves indicacions —va admetre en Valentí—. No sé pas si l'hauria trobat sense la seva ajuda. —Va notar com les galtes de la noia envermellien. Va ser aleshores quan no es va poder estar de fer-li la pregunta que tenia al cap des del primer moment que l'havia vist—: No li han fet mai cap retrat?

—A mi? Un retrat? I ara! —va fer tota avergonyida la Rosa.

—Doncs no ho entenc perquè té una bellesa que de tan senzilla és extraordinària.

En Martí Roura el va interrompre.

—Li vas dir això?

—Amb aquestes mateixes paraules. Tota la tarda que hi donava voltes, i vaig pensar que, si no l'hi deia en aquell moment, ja no m'atreviria a fer-ho. Volia retratar-la, no només per passar una altra estona amb ella, sinó també perquè la seva bellesa em tenia ben encegat i volia provar de fixar-la amb la càmera. Era tot un repte!

En Martí Roura va somriure.

En veure la cara d'estupefacció de la noia, en Fargnoli li va explicar que les coses quotidianes i familiars amaguen la bellesa en la senzillesa.

—I la seva bellesa senzilla atresora aquesta màgia, delicada, humil i natural que la fa única. Perdoni'm si la meva franquesa l'ha pogut ofendre.

—Oh, no! De cap manera —li va assegurar la Rosa, nerviosa, rebregant el davantal, i resituant un ble de cabells darrere l'orella—. És només que la seva mirada és molt diferent de la que estic acostumada a veure aquí a l'hostal.

Xerrant, xerrant, es van dir els noms «Per cert, em dic Valentí». «Ai, jo soc la Rosa». Van deixar de dir-se de vostè per començar a parlar-se de tu. Aviat la conversa va derivar en interessos propis i coincidents. Fins al punt que quan en Valentí es va assabentar que ella llegia *Solitud* i que s'hi descrivia l'ermita de Sant Ponç, que en realitat era la de Santa Caterina de Montgrí entre l'Estartit i Torroella, li va prometre que, com que hi havia de passar a prop per a uns encàrrecs, l'hi fotografiaria.

—Faries això per mi?

—Si em pots assegurar que et podré tornar a veure, no ho dubtis pas. —La Rosa va envermellir—. I ho faré per l'aplec, d'aquí a dues setmanes, tal com dius que surt a la novel·la.

Al cap de molta estona en Valentí se'n va acomiadar reblant una triple promesa: tornar, fer-ho amb la foto de l'ermita i portar-la un dia d'excursió. Tornaria la vigília de la festa major de Sant Llorenç.

Es va tocar la visera de la gorra i li va llençar un petó, i amb dos cops de pedal es va allunyar de cal Coix en direcció a Girona. Estava exultant, literalment el transportava l'alegria, com posseït per un sentiment de felicitat i satisfacció.

Just en aquell moment es va sentir un tro que retrunyia entre el massís del Montseny i les Guilleries. A la cassola de la Selva s'hi estava coent una tempesta i no volia pas que l'enxampés a mig camí. Aviat es va girar un vent insolent que bufava amb insistència, tossut, amb una força inaudita, prou sostinguda per arremangar les faldilles de les noies que corrien com esperitades a aixoplugar-se a casa d'aquell vent diabòlic. Eren cops d'aire calent que xiulaven i s'escolaven per sota les portes de les cases de Maçanet.

No gaire lluny es veien els llamps d'una tempesta que s'acostava i que il·luminaven un cel amenaçador, ennuvolat i que s'ennegria molt de pressa. La tenia gairebé a sobre, i va sentir els trons que ressonaven a no gaire distància de la Torre de Marata.

Hi va haver un so sec, com si les muntanyes s'esberlessin. Que la tempesta que s'acostava era singular es podia constatar només de passar per davant d'un estable: el neguit dels animals. L'estat d'excitació era simptomàtic. El bestiar semblava haver embogit, com si estigués posseït per alguna estranya presència. Als porcs i els xais, les gallines i les vaques, aquell capvespre els envaïa la inquietud. Bramaven d'una manera escandalosa, fora del que era habitual. Eren senyals que confirmaven que se n'aproximava una de grossa.

Els esclats de llum dels llampecs tenien tanta potència que semblava que per uns instants tornava a ser de dia a tota la comarca. La tamborinada de trons i llamps descarregava sobre el conjunt medieval, però no queia ni una sola gota. Enmig de la sorollada i la fressa del temporal, es va sentir un tro sec seguit d'un llamp poderós que va trencar amb violència aquell terrabastall. Va ser un cruixit tan fort que va estremir tot el poble i va semblar que esqueixava el cel. En realitat, però, el que es va esbardellar van ser les pedres que suportaven el sostre de la torre. Van quedar esmicolades, esberlades, engrunades, i lentament s'anaven precipitant campanar avall entremig d'espurnes i d'esclats d'altres llampecs que ara impactaven contra les parets, ja molt ferides, del monestir. La malesa que hi havia per tot l'antic edifici, sobretot dalt de la torre, on van impactar amb més força els llamps de la tempesta seca, va ser el combustible idoni per atiar les flames que van provocar l'incendi.

Les campanes de Sant Llorenç van repicar com mai abans no ho havien fet, i una rècula de voluntaris van sortir corrents i amb bicicleta cap a la torre que cremava com una teia. De seguida s'hi van afegir pagesos dels masos dels voltants, que van organitzar una cadena per portar galledes des de la font del Llop fins a la torre.

La Rosa va recordar després que en Valentí li havia dit que l'havia fotografiada, i va pensar que quan tornés se n'asseguraria, perquè si es volia reconstruir la Torre de Marata tal com era abans de l'incendi, les imatges que ell n'hauria capturat serien fonamentals.

Capítol 7

—Així que te'n vas anar cap a *Tarruella* i l'Estartit ben enamorat! —li va dir somrient en Martí Roura.

—Sí, noi. Hi tenia encàrrecs que no podia deixar, encara que de bon grat m'hauria quedat per allà, a prop de la Rosa, per seguir festejant-la, però la tramuntana em va ben esbandir els pardals del cap —va admetre en Fargnoli—. De fet, em va anar de ben poc que no caic per aquells cingles del massís del Montgrí pensant en ella.

Recordava que la tramuntana li bufetejava la cara, i era tan insistent que se li volia ficar pels camals dels pantalons. El vent tenia tanta força que feia que anés eixancallat damunt de la bici i li costés mantenir-se dret, recte, i pedalar. L'ermita de Santa Caterina encara era ben lluny i per pujar-hi va veure la padrina. El camí era empinat i estava ple de clots. Va estar temptar de desistir. De baixar de la bicicleta i seguir a peu. Però era tossut i mesell, i fent tortes i giragonses va aconseguir arribar al cim del puig. Un cop arribat a dalt i amb el sol que li tocava el clatell es va treure la gorra i es va eixugar la suor amb el mocador mentre contemplava el mar, que estava xarbotat, i es va fixar que les onades s'encavalcaven entre elles.

Després va desviar la mirada cap a la falda de la muntanya. Un reguitzell de puntets vermells, les barretines que duien els romeus, sobresortien del seguici que en processó pujava cap a l'ermita de Santa Caterina. Els habitants dels pobles que creixien a la plana del Montgrí hi anaven a venerar la santa que els protegia durant tot l'any. La trobada era religiosa, però els assistents hi anaven a passar el dia ja que, un cop celebrada la missa i cantats els goigs, hi havia una festa a l'esplanada de davant de la capella. Un aplec que durava tota la jornada i on, un cop sadollat i satisfet l'esperit, tampoc no hi faltava de res per alimentar la panxa dels romeus.

Les famílies es portaven el dinar: torrades amb all, botifarra amb seques, cansalada, arengades, peus de porc amb bolets, galtes de porc amb prunes, escudella barrejada, xocolata i melindros. S'havien d'agafar forces per a les activitats que tenien més requesta entre el jovent. Més que les ballades de sardanes i el concurs de tallar troncs o les curses de bocois que es feien, el que esperaven amb delit els joves eren els galopants balls populars on les futures parelles es ferien els peus dansant.

En acabar, tots els participants s'acostaven al taulell que amb dos cavallets en Mateu de can Elias muntava a recer de l'ermita. Hi havia prou begudes perquè es poguessin refer. Malvasia per a qui era propens a desmaiar-se després d'un gran esforç; garnatxa per a qui li faltés l'aïre i l'empenta necessària per declarar-se a alguna mossa; aiguardent per revifar-se, i aiguardents anisats o aromatitzats amb anís, misteles i moscatell per eixorivir-se.

Amb el permís del senyor rector, els músics ja feia una estona que havien començat el ball. Un estol de pubilles de molt bon veure, provinents de totes les cases i els masos dels pobles que s'estenien per la falda del Montgrí, feien cua perquè les traguessin a ballar. Mentre s'allisaven les faldilles, algunes no gosaven aixecar la mirada cap a la banda on s'esperaven els nois, que xiulaven o els deien galanteries. D'altres, amb molta murrieria, feien veure que se sorprenien i xisclaven davant d'algunes de les sortides de to de la colla masculina, que com un sol home escrutava tots i cadascun dels moviments del sector femení. Uns moviments que sovint amagaven segones intencions.

Encesos per les mirades insinuants i aprofitant els ròssecs de les pells suades, l'abrandament i la sang calenta que corria per les venes del jovent, durant el ball es creava l'ambient que propiciava l'aparellament o si més no l'acostament. Ballaven amb passió al ritme dels timbals. Anaven i venien agafats de bracet. Ara tant feien rotllanes com després dibuixaven unes formes en espiral. Les noies es deixaven anar els cabells i s'arremangaven les faldilles fins als genolls per poder maniobrar millor quan feien els girs. I els nois anaven descamisats i espitregats. S'inflamaven de desig només de veure els moviments sinuosos de les mosses, dels malucs, de les cuixes i del que es bellugava sota la camisa i en notar els frecs dels cossos.

Mentre els observava, en Fargnoli va captar una escena que li hauria agradat protagonitzar amb la Rosa. De cop, els tirabuixons d'una noia, que eren del color de la magrana i que s'imaginava que devien fer olor de sàlvia, van anar a espetegar a la cara d'un dels nois que la rondava. L'explosió de desig que va il·luminar la cara d'aquell bordegàs encara va ser més gran que la inflamació que podia sentir sota la panxa. Sinuosa, crispada, rabiosa, diabòlica i enjogassada, la noia ballava com una desesperada amb els peus descalços sobre l'herba i jugava amb les espardenyes de vetes blanques que sostenia a les mans. Notava el pes de la mà del noi damunt l'espatlla, i l'alè calent i suau al coll. Amb els últims compassos de la música, el ballador la va agafar per la cintura de vespa que tenia i la va oferir al cel, i tots dos amb els ulls tancats van deixar volar la imaginació. Només van ballar, però, això sí, com autèntics cavalls desbocats. En Fargnoli va fer tantes fotos com va poder. S'imaginava que eren ell i la Rosa, els que protagonitzaven aquella escena, i només desitjava tornar a veure-la immediatament i no separar-se'n mai més. Li costava contenir el desig. Tota aquella sèrie dels dos joves ballant va ser una de les primeres que guardaria per sempre més dins de la seva capsa dels secrets. Ni tan sols va gosar ensenyar-les a la Rosa.

—T'asseguro que hauria agafat la bicicleta i me n'hauria anat a Maçanet aquella mateixa nit —li va assegurar en Fargnoli—. No em podia treure la Rosa del cap!

—Et va agafar fort, eh? —va replicar en Martí Roura sospirant amb la nostàlgia que se sent en pensar en la joventut perduda.

—Sí, noi, estava ben endogalat! Però la vaig encertar. La Rosa ha estat i és el meu únic amor. —I un somriure va tornar a il·luminar el rostre d'en Fargnoli.

Però la feina és la feina, i encara havien de passar uns dies abans no la tornaria a veure.

—*¡Alabado sea Dios! ¡Nubladooooo!* —cridava una veu pels carrers de l'Estartit a trenc d'alba—. No cal pas que us mogueu, que plourà! —precisava aquella cantarella matinera, mig en castellà i mig en català.

En Pepet Sereno ja feia l'última ronda a primera hora del matí mentre mirava les pedres, ben molles de rosada, posades al llindar de cada porta. Tres, quatre, cinc pedres. Era la manera com els pescadors li indicaven l'hora que volien que els piqués a la porta per despertar-los.

En Valentí el va sentir del llit estant. Havia fet nit a la fonda de ca l'Hostench. Era un establiment que tenia força anomenada i que solia acollir una clientela d'allò més variada, des de mercaders i viatjants fins a procuradors, religiosos, polítics i menestrals, entre altres. Per això, les converses que es podien sentir durant els àpats eren altament interessants. Deien que si es volia estar al cas del que passava al país, no hi havia res com entaular-se a ca l'Hostench.

En Valentí s'hi havia quedat a dormir altres vegades, però en aquella ocasió, com els pescadors, tampoc no podria fer-se a la mar per fotografiar el poble des del bell mig de l'aigua, com tenia intenció de fer. Va decidir quedar-se al cafè, d'on estava segur que, malgrat el canvi obligat de plans, en podria fer alguna foto diferent, amb els pescadors fora del seu hàbitat natural, com havia fet aquella vegada amb els segadors descansant i bevent aigua del càntir, i que li havia fet guanyar el concurs de l'Institut Agrícola.

Els dies de pluja, els pescadors els passaven a la taverna i al cafè. A can Marcelina, les taules llargues de fusta pintades de color de vi i els bancs eren plens; les de marbre amb potes i bastiments de ferro, també. No quedaven lliures ni cadires ni tamborets. A les lleixes hi havia uns barrilets amb les begudes fortes i, al racó, sobre uns setials, els bocois de vi. Des de darrere les vidrieres, els pescadors contemplaven el mal temps, bevien, fumaven, jugaven a cartes i se sentien explicar tota mena d'històries.

Després d'un bon esmorzar a la taverna, en Valentí va decidir dirigir-se cap als magatzems on es guardaven les xarxes. Els pescadors aprofitaven dies com aquells per sargir les xarxes malmeses, una feina que normalment feien les dones i les filles mentre eren a la mar. Amb agulles i punxons, remallaven els esvorancs de l'ormeig exactament igual que ho devien fer els grecs segles enrere. Se sentia com les onades bufetejaven els vidres de les finestres de les cases més pròximes al mar i algunes onades insolents llepaven el terra del carrer de davant del local, i el deixaven ben esbandit.

En Valentí hi va arribar, xop com un ànec. Li era igual mullar-se, però el que volia protegir era el material. No hi podia tocar ni una gota d'aigua, i encara menys aigua salada. Portava ben tapats amb una lona impermeable la càmera de manxa plegable, el trespeus, un bon conjunt de portaplaques carregats amb els clixés de vidre i el flaix de magnesi, que li calia per als interiors mal il·luminats, com era el cas. Tenia interès a fotografiar aquella feina tan necessària i al mateix temps tan poc agraïda, i encara menys valorada, de reparar xarxes i nanses, que feien, sobretot, les dones. Havia decidit que ho faria mentre la conversa dels pescadors i les dones girava al voltant de records d'altres temporals que havien deixat memòria en el poble.

—Recordo que una vegada... —va dir un dels pescadors més vells, en Mero de ca la Rita, que era sec i magre com un bacallà— s'havia escaigut que ens havíem fet a la mar i se'ns va presentar una màniga d'aigua. No vam dubtar a encarar-nos-hi! Mal llamp me partís! Estàvem ben grillats! —I mentre parlava donava cops de cap, incrèdul davant l'atreviment i la temeritat que gastaven aleshores—. Ens defensàvem d'aquella terbolina amenaçadora que bruelava entre el núvol i el mar amb un exorcisme que deia: «Crist és nat, Crist és mort, Crist ha ressuscitat. Això és tan veritat com que aquesta màniga d'aigua s'hagi tallat». —I per un moment va deixar d'esmenar la xarxa i va alçar el punxó.

En Valentí assistia des de darrere de la càmera a aquelles contalles amb el cor encongit. El contrast de la poca llum que s'escolava de l'única finestra del magatzem i la foscor que senyorejava en aquell espai conferia als records dels pescadors una pàtina de relat ancestral. S'estremia cada vegada que premia el disparador per fixar les expressions de les cares tant dels que escoltaven com del que parlava. No eren homes amb un sentiment de religiositat gaire pronunciat, tret de per les invocacions que feien als sants patrons del mar, la

Mare de Déu del Carme i sant Telm, però sí que transmetien un sentiment d'espiritualitat que els infonia un respecte i una confiança sobrenaturals que eren evidents a l'hora de fer certes imprecacions en moments de perill com els que relataven. Les dones reien, sense apartar la mirada de les xarxes que recosien introduint el punxó al lloc precís i tibant el fil fins que el forat quedava reparat. No paraven gaire atenció a les històries dels homes, i més aviat se'ls miraven amb certa condescendència. Calia acabar com més aviat millor, que a casa encara hi havia molta feina per fer!

—Quan la gropada de tramuntana era tan forta que l'única defensa contra aquell mal temps desfermat era la fugida —continuava—, per mitigar l'embranzida d'algun cop de mar dels grossos, el patró, bramant, ens feia tirar una bona escampada d'oli damunt de les aigües embravides. Dúiem unes cantines amb vuit o deu litres d'oli de peix, lligades ben fermes amb cordes, i aleshores llençàvem l'oli sobre les muntanyes de barromera i vèiem com es desfeia i semblava que s'apaivagava la mala maror. Ara, l'efecte només durava uns moments, cosa que ens donava una mica d'avantatge abans que el temporal no es fes enrere i contraataqués. Si s'enlairava una nova muntanya d'escuma, tant ens podia engolir mar endins com esbandir-nos, amb sort, cap a port! —va concloure.

Les anècdotes i els records que explicaven donaven lloc a exclamacions, crits, renecs i rialles que es barrejaven amb els trons que retrunyien al litoral. «En certa manera», pensava aleshores en Valentí, «la meva feina s'assembla a la dels pescadors. La mateixa incertesa de quan surten al mar, on tot és adversitat, i només l'ofici, l'art i l'experiència són els únics aliats per tornar a port amb els resultats esperats. Han de preveure temporals, corrents, distàncies, referents; tenir les eines apropiades, i, finalment, triar el lloc idoni per tirar la xarxa, igual que jo quan he de calcular la intensitat de la llum, les distàncies, la perspectiva i triar el lloc indicat per captar la imatge desitjada».

Aquella nit era l'última que passaria a la fonda, i va pensar molt en la Rosa. Ja faltava menys per tornar-la a veure.

Estirat al llit amb la vista clavada al sostre, recordava el primer instant que la va veure, al mig del camí, amb el cove amb roba anant cap al safareig. Mentalment repassava aquelles imatges, però la foto de la Rosa que li havia quedat gravada a la retina era la de la conversa al menjador de la fonda de cal Coix. Aquells cabells; els seus ulls; el coll blanc, esvelt, delicat i elegant, com de cabirol; les arracades; el somriure franc, i la senzillesa, tot allò era el que l'havia captivat. La candidesa, la sinceritat, la franquesa d'una dona senzillament bonica. En certa manera, era el que li passava amb moltes fotografies que feia. Els seus ulls sabien fixar-se i s'enamoraven de la senzillesa i la bellesa de les persones i dels objectes que sovint passen desapercebuts a la majoria. Ell sabia fer-les aflorar i plasmar-les en imatges que captava de les escenes quotidianes i de la gent treballadora. Recordava com li havia dit, com si fos una declaració d'amor, que «la seva bellesa senzilla atresora aquesta màgia, delicada, humil i natural que la fa única». Eren paraules una mica agosarades, sobretot perquè havien estat dites quan tot just s'acabaven de conèixer, però li havien sortit de l'ànima i no li havia pas semblat que ella s'ho hagués pres malament. Potser hi havia esperança...

Va somriure i es va adormir amb aquests dolços records, que el van acompanyar en somnis.

L'endemà al matí, després d'un esmorzar senzill, va fer cap a la platja. S'havia de trobar amb un pescador que tenia la barraca arran de mar, i mentre s'hi acostava sentia cridar:

—Camarins a la fonera!

Aquell era el crit més repetit al llarg de la platja.

El golf de l'Estartit n'estava infestat, envaït. Els camarins eren una mena de taurons d'una mida una mica més petita. Tintoreres, també en deien. Aquell dia s'havia organitzat una processó per demanar ajut celestial i foragitar aquells esquals que feien malbé les xarxes, espantaven i, en molts casos, es menjaven els peixos. I deixaven els pescadors amb unes captures ben magres. A més, representaven un perill greu per a les persones si s'acostaven gaire a la platja o als indrets on els pescadors es ficaven a l'aigua.

La desfilada, solemne i presidida pel penó amb la imatge de la Mare de Déu del Carme, tenia lloc de punta a punta de la platja. La comitiva estava formada per famílies de pescadors que passaven el rosari darrere del capellà. Quan el rector acabava de recitar la lletania, després de cada *ora pro nobis*, l'acompanyament responia:

—Camarins a la fonera!

I es resava per enviar els petits taurons al fons del mar, lluny de les aigües on normalment pescaven.

—Què significa aquesta processó? —va preguntar en Valentí, que acabava d'arribar a la cabana del vell pescador, que ja l'esperava al pas de la porta, on hi havia un parell d'espardenyes blanques estintolades.

Era més aviat menut, vestit amb una garibaldina de baieta de color blau marí, curta i força cenyida al cos, unes calces de vellut negre arremangades fins a sota genoll i faixa fina, i anava descalç. El cap el protegia amb una gorra de visera de setí negre.

—Podeu comptar! —va fer l'home, a qui li penjava una cigarreta dels llavis mentre feia una estrebada a la corda per arrossegar la barca de la sorra cap a l'aigua—. Vós creieu que quatre lletanies faran marxar aquests gossos d'aigua? —li va preguntar mentre se'l mirava amb uns ulls petits envoltats d'arrugues.

—Gossos d'aigua? —va repetir en Valentí.

—Sí, els cans marins o camarins són aquests tauronets que, de tant en tant, apareixen per aquestes aigües a buscar corall. Ho han fet sempre! —I tot seguit el va convidar a saltar dins de la barca mentre l'ajudava a carregar tot el material per retratar.

Amb la intenció de poder fotografiar el poble de l'aigua estant, havia decidit fer nit a la fonda i, passat el mal temps, llogar l'endemà un llagut a un pescador per fer-se a la mar. A en Valentí li interessava copsar la perspectiva d'un poble mariner des de l'indret que li donava la personalitat, el nom, la fesomia: el mar.

I aquell dia el vell mariner no estava per romanços ni processons.

Era net i fill de coralers, i tenia molt de respecte a les aigües que li havien donat la vida, però també li havien pres moltes de les coses que més estimava. I si ara podia fer quatre quartos, no se n'estaria pas per uns camarins que tenien tot el dret de nedar per aquell racó de la costa perquè era ben seu.

—Les roques d'aquest petit arxipèlag de les illes Medes —deia mentre assenyalava amb la barbeta la Gran, la Petita, el Carall Bernat i el Medallot— estan exposades nit i dia al vent, a la pluja i a la força de l'aigua del mar, que en transformen la fesomia constantment i el fan un lloc insegur i perillós per als pescadors perquè és de difícil accés. En canvi, diuen que els camarins o taurons de mans llargues antigament guiaven els primers coralers fins als llocs on mai ningú no s'havia atrevit a ficar les grapes. Però quan els homes peix amb escafandres s'hi van capbussar, van extreure'n magnífics arbres coral·lins, massissos i d'un vermell incandescent. Semblaven d'un altre món. De fet, ho eren —va reconèixer amb un punt de nostàlgia. I gairebé com si fos una obligació es va disposar a submergir-se en els seus records perquè no s'oblidessin.

En Valentí ho va notar i no el va interrompre, el va deixar parlar.

—Els coralers de l'antiguitat extreien aquesta preuada secreció de tot el roquerar que va des de la costa de Roses fins a l'altra banda del promontori d'Aphrodision, que és el nom que van posar al cap de Creus. Des de temps reculats, el corall de tota aquesta zona ha estat considerat dels millors i ha fet fer autèntiques bestieses als homes, que han acabat en tragèdies. Molts se submergien buscant la fortuna que els solucionés la vida i, en canvi, hi van trobar la mort. De fet, anaven a la recerca d'un esquelet.

—Què vol dir?

—Sí, coi! El corall és un animal marí que té tentacles! És el seu esquelet en forma d'arbre el que té tanta requesta!

A en Valentí li va semblar que el vell s'empipava davant de la seva ignorància.

—No ho sabia —va admetre—. I què tenia aquest corall que fos tan especial?

—Era i és un remei que s'aplica de diverses maneres. Ha estat i és un amulet contra malalties i altres fets dissortats. I va ser i continua sent una preuada joia que llueixen algunes dames —i aleshores va fer una pausa—... i és un reclam sexual.

»Trobo que s'ha devaluat molt, tot plegat... —I va fer petar la llengua al paladar mentre entraven a l'aigua.

Per sort no bufava vent i l'onatge era suau. Amb quatre cops de rem es van situar de manera que en Valentí tenia la perspectiva que havia imaginat, una privilegiada vista panoràmica de l'Estartit des de dins del mar. Una imatge, un punt de vista que només tenien els pescadors. Es va aixecar per mirar de desplegar el trespeus i col·locar-hi la càmera. No era com anar en bicicleta, però aguantava prou bé l'equilibri. El mariner se'l mirava banyabaix mentre feia pipades i expulsava algun tímid núvol de fum. Amb uns petits sacs de sorra va falcar el trípode i va fer l'enquadrament entre la muntanya de Rocamaura i l'aigua del mar. No es podia pas encantar. Només tenia una oportunitat. Havia d'aprofitar la calma del mar i que el vaivé de la barca era inapreciable per fer la foto. La bona. Una i prou. Un instant. Un tancar i obrir d'ulls.

Estava segur que havia aprofitat aquella oportunitat.

Quan van tornar cap a la costa i abans d'acomiadar-se, el pescador li va demanar si es podia esperar un moment perquè li volia donar una cosa. En Valentí rumiava què podia ser. Aquell llop de mar va entrar a la cabana i quan en va sortir duia les mans buides. Es va ficar la dreta a la butxaca dels pantalons i li va mostrar un trosset de corall vermell.

—Perquè li puguis fer un regal a la teva xicota —li va dir mentre li allargava aquell fragment amb un somriure estampat a la boca.

Agraït, en Valentí li va prometre que li portaria una còpia de la foto que havia fet des de la barca.

Després de tants dies lluny de la Rosa, l'enyorava; tenia ganes de tornar-la a veure. «La meva xicota?», va pensar, tal com li acabava de dir aquell vell pescador. Mentre sopava a ca l'Hostench, hi rumiava. El plat de trumfes bullides, amanides amb sal, pebre, oli i vinagre, i acompanyades de peix fregit, el va fer enyorar la cuina de cal Coix. Era veritat que no tenien cap compromís ferm amb la Rosa, però el cert era que no havia deixat de pensar en ella des que se n'havia anat de Maçanet.

Tot i que la feina li agradava, els dies se li havien fet llargs i ara no veia arribar l'hora de tornar a cal Coix per veure-la i festejar-la. Ho faria amb un parell de regals: les fotos del santuari i el Montgrí, paisatges de la novel·la que llegia la Rosa, i el corall.

Capítol 8

—La Rosa et va ben canviar la vida —va sentenciar en Sebastià Martí Roura.

—I les prioritats. Jo que, fins llavors, pensava que el meu únic i veritable amor seria sempre la fotografia, vaig notar de seguida que el neguit que em despertava la Rosa era molt diferent del que sentia quan feia o revelava fotos.

Quan es posava a revelar, el feia patir no saber si sortiria bé el que havia capturat. Sempre mirava de ferho bé per no haver de repetir preses, per no haver de tornar als llocs perquè tot plegat encaria el producte. Com passava amb les plaques. Hi havia fotògrafs que feien servir les plaques pancromàtiques, que costaven entre dues i tres vegades més, i s'havien de revelar en la foscor, a diferència de les ortocromàtiques, que es podien fer sota la llum dels fanals de seguretat, com els que tenia en aquella estança, de manera que es podien treballar i retocar en la penombra. Era en aquell espai on imprimia caràcter a les seves fotos.

A en Fargnoli li agradava treballar amb el material que ja coneixia fruit de l'experiència. S'hi sentia més segur, i a més allò li garantia un bon resultat. Dels nous productes, no se n'acabava de refiar. Sovint hi rumiava mentre feia els tres banys a les plaques: el que feia aparèixer la imatge captada, el que limitava l'efecte del revelatge i el que la fixava perquè ja no reaccionés més a la llum.

La rutina del procés, però, no amagava la inquietud que de tant en tant sentia. No era difícil, però sí complicada. Era autoexigent i insistent. Va deixar anar un renec perquè hi havia alguna fotografia que no havia quedat prou bé, i això volia dir que hi hauria de tornar. No era cap daltabaix perquè era un indret d'aquella zona de l'Empordà que sovintejava, ja que li acostumaven a fer encàrrecs. Però les que havien sortit defectuoses l'havien deixat intranquil i nerviós. Li costava concentrar-se perquè entre aquelles plaques hi havia les fotos de Santa Caterina del Montgrí, l'ermita de l'aplec que Víctor Català retratava a la novel·la, i que li havia promès a la Rosa. I havien de quedar perfectes.

Li suaven les mans. El cor li bategava de pressa.

Quan en l'aiguabarreig de la safata finalment va intuir els perfils i els contorns delicadament fixats de l'ermita i del massís, va respirar alleujat. Va rentar bé amb aigua els negatius procurant que no hi quedés cap ditada i no va aplicar-hi cap tinció vermella per mirar de millorar-ne el contrast. Va decidir no fer cap retoc, tot i que va estar temptat de fer-ne unes còpies amb paper albuminat. Finalment, va optar per la senzillesa de la naturalitat que desprenia el contrast del blanc i el negre dels paratges del Montgrí. Encara li tremolaven les mans quan, escrivint amb dificultat al revers de la imatge, hi estampava el títol, la data i la signatura.

Un cop assecades, les va embolicar amb un paper fi i les va guardar en un compartiment de la càmera. Se la va carregar a l'esquena, replegada sobre si mateixa, amb el trípode i la planxa portaplaques per poder fer més fotos, i es va enfilar a la bicicleta. Ja feia tres setmanes que no veia la Rosa i pedalava amb més ànsia que mai per poder arribar a Maçanet. Anava amb una armilla, la camisa amb les mànigues arremangades i la gorra calada fins a les orelles per protegir-se del sol, que l'estiu castigava.

Els paisatges i les vistes panoràmiques de pobles i ciutats de les comarques que trepitjava li procuraven un assortiment d'imatges per al seu catàleg de postals, que després podia vendre a bon preu. A Maçanet de la Selva, on hi havia anat per retratar la Torre de Marata, ara hi tornava amb el ferm propòsit de festejar la Rosa de cal Coix. Dels paratges i de les dones i els homes enredats en les seves feines quotidianes que trobava anant amunt i avall, també en treia un rendiment. A ca l'Orench, un establiment a tocar de l'església de Sant Llorenç que feia de botiga, d'hostal, d'estanc i del que convingués, les tenia exposades i n'hi compraven bastantes. En Valentí aconseguia captar aquella mirada especial que tenia sobre tot el que l'envoltava i copsar l'encant de qualsevol indret, racó o ofici que es trobés al camí. No dubtava mai a aturar-se i buscar la manera de fer-ho encara més atractiu des de darrere de l'objectiu.

Encara li quedava un tros per arribar al poble i pedalava per un camí pedregós en paral·lel a uns camps on es va fixar que dos homes llauraven amb l'arada plana estirada per dos matxos.

Va quedar parat amb l'estesa de pallers que s'alçaven davant de la masia que hi havia a tocar d'aquelles terres. Va restar bocabadat contemplant unes construccions que sempre havia pensat que eren un autèntic prodigi de l'arquitectura, d'aparença fràgil però fermes i estables. Així que, en veure'n aquella rastellera, tan ben posades les unes al costat de les altres, no en va tenir cap dubte i va decidir que les havia de retratar.

Les oques i les gallines, vigilades de prop pel gall, picossejaven els grans de blat de moro que havien quedat esgarriats pel terra de l'era d'aquell mas l'endemà de la batuda. Quan van sentir el grinyol de la bicicleta que s'acostava, ni tan sols es van immutar. Es van arraconar una mica escatainant i cloquejant, però sense aixecar el bec de terra. En Valentí va baixar de la bicicleta i es va mirar amb certa preocupació l'estat de la cadena i les rodes. Hauria d'anar al mecànic abans no tingués un soscaire. La va repenjar al costat del pou on hi havia un pagès, un home sense afaitar i ple de pols que es refrescava a cops de galleda d'aigua. S'hi va atansar.

—Déu vos guard! —el va saludar tot aixecant-se la gorra.

L'home es va pentinar els cabells enrere amb els dits mentre l'aigua li regalimava pel pit i l'esquena. Amb la calor que feia s'eixugaria de seguida. I li va respondre la salutació amb un somriure.

—I que el dimoni us ho esgarriï! Què li convé?

Va dibuixar un somriure sota el bigoti per la sortida del pagès.

—Em dic Valentí Fargnoli. Soc fotògraf ambulant i faig postals de paisatges i indrets amb una gran bellesa natural, i trobo que els seus pallers en són un bon exemple. Que me'ls deixaria retratar?

—Els pallers? —va fer estranyat—. I tant! Amb aquests rai, no tindrà pas problemes perquè no es mouen. —I va tornar a deixar anar una riallada—. Déu la guard! Soc en Quel de can Niell. Benvingut a casa nostra —va dir obrint els braços per mostrar els seus dominis mentre es presentava—. No teniu pas set? —I sense esperar resposta es va trabucar al pou, d'on en va treure una ampolla de vi—. Aquí el tenim ben fresc! —I la va destapar per fer-ne un bon trago.

—No, gràcies! —va declinar l'oferiment. Però de seguida li va demanar—: Com es fa un paller?

—Ui, noi, amb molta paciència! —va respondre l'home.

L'hereu de can Niell li va explicar que s'havia d'anar amuntegant i prement la palla al voltant d'una perxa ben llarga que es clavava a terra perquè aguantés i no s'esgavellés. En Valentí no acabava de veure com es mantenien drets, els pallers, a recer del vent i la pluja, però el pagès li va admetre que el costum que tenia ell era fer un entanyat, com una boina de branques de pi que posava en un cercle ben recobert de terra. Assegurava que si es feia a consciència, impedia que l'aigua de la pluja entrés i llisqués cap a fora.

—S'ha de pensar a deixar un buit dins del paller per guardar-hi el gra i per evitar la humitat. Sempre ho hem fet així, i hi solem posar damunt el gra un bastonet amb tantes mosses com quarteres s'hi han posat. Després, per treure el blat, es clava un canó al paller i el gra en va sortint per la força mateixa de la gravetat. —Va fer una pausa per refrescar-se la gola amb un altre traguinyol de vi—. És molt important que s'aixequi un xic apartat de l'era perquè amb el volum no tapi l'aire de les noves batudes i perquè, de vegades, s'encenen i et poden arruïnar la vida! —va reconèixer.

—Què vol dir que s'encenen?

—Apilar el fenc genera una calor interna fruit de la fermentació. Si l'apilonem amb herba humida, hi ha prou escalfor per calar foc al paller. S'ha d'anar amb molt de compte amb la humitat perquè no s'encengui de manera natural, gairebé sense voler —va alertar el pagès.

En Valentí assentia amb cops de cap, conscient de les conseqüències que podia significar per a una masia com aquella que se'ls cremés un paller. Mentrestant, es preparava per desplegar el trespeus i la càmera. El vell continuava, i li va assenyalar un dels pallers a mig buidar que semblava un bolet gegant per la forma que tenia.

—A l'hivern, quan es necessita la palla, es comença a treure per la part de baix, fent una cabana perquè el paller quedi protegit de la pluja. I per això agafa aquesta forma.

Li explicava diferents maneres de protegir el paller quan en Valentí li va fer un senyal perquè ja tenia l'enquadrament a punt, la placa preparada, i la llum del sol era extraordinària i li daurava la palla. Abans de prémer el disparador, però, li va fer una última pregunta.

—I aquest barret de palla al capdamunt del pal, què significa?

L'home va rebufar i va respondre:

—No res! Com a acabament de l'obra, depenent de l'humor que es gasti, hi acostumem a posar algun objecte, una andròmina que faci gràcia. Una barretina, un barret, un cove... Menys un orinal, que fa brut, tot hi escau! —va riure escandalosament.

En Valentí va fer les fotos. Tot el que li havia explicat el pagès mentre es preparava ara li servia per fixar-se en els detalls que volia que quedessin ressaltats a les imatges. Sempre ho feia així. Li agradava saber què hi havia darrere de cada imatge, la vida que s'hi amagava per fer-la sortir a la fotografia. No era només l'estètica, sinó la vida, el que li interessava. L'ànima del lloc o de la persona.

En acabar va plegar els estris i es va acomiadar de l'amo de can Niell. Mentre pedalava, anava deixant enrere les masies, els camps i les pastures, i amb quatre gambades es va plantar al poble de Maçanet, on va entrar pel carrer dels Dolors, on hi havia el garatge d'en Peret dels Autos.

Hi volia anar de seguida perquè li repassés la cadena i li inflés les rodes de la bicicleta perquè les notava desbotides. Però estava tancat, així que va decidir parar-se un xic més endavant per beure a la font del carrer de Sant Sebastià. Un cop sadollada la set, va fer cap a la plaça de l'Església i en passar per davant del temple va aixecar la vista perquè va sentir una xerrameca que li va cridar l'atenció. Hi havia un grup d'operaris que reparaven els merlets del campanar de Sant Llorenç. No gaire lluny, sota el tendal del bar de can Ramon Ros, una altra colla d'homes bevien, xerraven i reien. Hi eren en Met Sereno, en Vadó *l'Enterramorts*, en Fel de la Carbonera i en Peret dels Autos.

Quan el va veure, va pensar d'anar-lo a escometre. Va deixar la bici estintolada a l'ombra, sota el balcó de can Morral, i es va acostar a les taules.

Va poder ocupar la cadira d'en Fel, perquè ja se n'anava. Tot just treia els quartos del canut que duia lligat a la cintura per pagar el *solisombra* que s'havia pres.

—Bones tardes, Peret, a tu et buscava!

—Què hi ha, Fargnoli? —va respondre aixecant les celles mentre escurava el líquid marronós que hi havia en un got de cafè.

—Volia que em botissis les rodes de la bicicleta perquè si no, em penso que faré malbé les cobertes i no me'n puc permetre unes de noves, que són molt cares —li va admetre el fotògraf.

—I tant, home! —va exclamar el mecànic—. I ara que ets aquí i que veig que portes la càmera, et volia demanar si ens faries una foto del taller mentre treballem.

De cop i volta uns crits van estroncar la conversa. Els clients del bar s'havien aixecat de les cadires com si tinguessin punxes al cul i ara s'arremolinaven fent una rotllana als peus del campanar.

—És mort! És mort! —xisclaven uns posant-se les mans al cap.

—Aneu a buscar el senyor metge i el senyor rector! —cridaven uns altres.

Un dels operaris havia caigut de les obres del teulat del campanar i s'havia esbardellat el cap contra el terra. Cames i esquena eren trencades, i una estesa de sang començava a enfosquir la sorra de la plaça de l'Església. No van tenir temps ni d'extremunciar-lo ni de fer-li cap cura. De l'altura des d'on havia caigut, havia fet un patac a terra i havia mort a l'acte. En Valentí va estar a punt de muntar la màquina sobre el trespeus per fotografiar-lo, però no va gosar. Aquella escena li infonia un respecte que no es veia amb cor de trencar. Es va estimar més anar-se'n. Va prendre distància, va agafar la bici i es va enfilar al turonet que s'aixecava darrere de Mas Roure, als afores del poble, des d'on tenia una vista esplèndida de Maçanet.

I allà, amb aquella perspectiva, va fer el ritual de desplegar el trípode, falcar la càmera, posar una placa nova, buscar un bon enquadrament i encapsular aquell moment en el temps. Es moria de nervis perquè estava molt a prop de la Rosa, però, d'altra banda, era com si volgués ajornar el moment de tornar-la a veure, allargar l'espera tot gaudint tant del record com de l'esperança en el futur. Però l'envaïen els dubtes. I si ella no sentia el mateix? I si el rebutjava?

Això es preguntava mentre premia el corall que duia ben protegit a la butxaca dels pantalons i mirava de concentrar-se en la foto que tenia ben enquadrada. En el precís instant en què premia el disparador va sentir tocar a morts.

Minuts després en Fargnoli deixava la bicicleta a la paret de cal Coix per poder descarregar de nou la càmera, el trespeus i la resta de material.

Amb la mà dreta es va fer un lleu massatge al costat esquerre de l'espatlla, masegada com estava pel pes i el trontoll. I amb l'esquerra es va tocar suaument l'estómac. El notava un pèl adolorit, però res que hagués de trastocar-li els plans. Estava cansat, però es va passar el mocador pel front per eixugar-se les gotes de suor i es va guarnir. Es va cordar l'armilla, es va allisar la camisa amb les mans, se la va ajustar per dins dels pantalons i es va asseure al festejador que hi havia al costat del pou.

Mentre esperava que sortís la Rosa, amb qui havia quedat per anar a fer fotos a la font del Llop, es va treure de la butxaca de l'armilla tabac per cargolar i després de fer-se la cigarreta, la va encendre. No volia que els nervis el traïssin i fumar el calmava. Era un dia important i tot havia de sortir bé. Va fer una pipada llarga a la cigarreta escanyolida. Sempre les escurava tant, les cigarretes, que gairebé li cremaven el llavi superior. Havia de vigilar de no socarrimar-se els pèls del bigoti. Es va empassar una part del fum i l'altra la va treure amb un bufet suau.

No havia fet ni dues pipades que li va sortir de darrere un home alt i gros que el va espantar.

—Me'n daria un per cargolar? —va fer amb una veu greu assenyalant-se els llavis amb els dits d'una mà clivellada i plena de talls.

Anava vestit amb calça negra i armilla de pana del mateix color, i camisa blanca, i es calava un barret de palla. A l'esquena hi duia una mola. Mentre en Valentí assentia amb el cap i li oferia el saquet i el paper, l'home es va presentar.

—He vingut a esmolar els ganivets de cuina. Ha

d'estar tot a punt per a la setmana que ve, que és festa major.

En Valentí aguantava els capellans que li escopia a la cara i la bravada de vi que li feia l'alè.

—Sí, prou que ho sé! A mi també tothom em demana fotos aquests dies. Les famílies es reuneixen i volen tenir un record de les diades que passen plegats.

—No totes estaran per a xefles —deia mentre amb les ungles plenes de ronya s'ajudava per entatxonar el tabac dins del paper abans de cargolar-lo i encendre'l.

—Què vol dir?

—No sap què ha passat a can Marçal?

—No.

—Han perdut el nen.

—Què diu, ara?

—Sí. —I va llepar la vora de la cigarreta per assegurar-se que estava ben segellada i no se n'escaparia ni un bri de tabac. Va treure un misto i el va encendre—. Uns diuen que ha caigut al pou de glaç de Buscatell. I uns altres que uns assaltacamins els l'han agafat. La Guàrdia Civil ronda per aquests boscos, però no trobaran res.

Va fer petar la llengua al paladar al mateix instant que pel camí d'accés a la fonda hi apareixia una parella de la benemèrita i per la porta de cal Coix en sortia la Rosa.

L'esmolet va tocar el dos i la Rosa es va acostar al banc on seia en Valentí, que, en veure-la, es va aixecar d'una revolada. Si no li hagués passat pel cap el pensament que els seus pares o sa germana els podien veure, l'hauria abraçat allà mateix. Estava encara més maca de com ell la recordava. Duia una brusa blanca i una faldilla vermella que feia joc amb les arracades de magranes, i va pensar que el penjoll de corall vermell que li portava li quedaria molt ben conjuntat. La pell blanca del rostre, lleugerament enrojolada pel que en Valentí va voler pensar que era l'emoció de la trobada, i aquell ble de cabells rebels que se li escapava del monyo i que intentava, sense gaire èxit, fixar darrere l'orella, li donaven un aire innocent i càndid que hauria volgut retratar; i ho va fer, en el seu record i per sempre més.

Més tard en faria, i molts, de retrats a la Rosa, i els guardaria a la seva capsa dels secrets, però aquell que no va poder fer i que només va poder fixar mentalment seria la millor de les fotografies de la Rosa, la més personal i íntima, la més emocionant i emocionada.

Es van asseure al banc, sense saber què dir-se o potser pensant que no calia que es diguessin res. Durant una bona estona només es van mirar als ulls i així va ser com en Valentí va saber que la Rosa, sense dir ni una sola paraula, l'estava acceptant, l'havia acceptat. A poc a poc els nervis es van anar calmant, les punxades a l'estómac que havia sentit moments abans van desaparèixer i va tornar a respirar amb certa normalitat. Ara, després d'aquells minuts intensos, la mirava de fit a fit. No gosava parlar per no trencar la màgia d'aquell moment únic, d'aquella comunió de les mirades que no havia sentit mai abans amb ningú i que era una experiència excelsa. No va caldre dir res.

—Anem? —va preguntar la Rosa amb un fil de veu, conscient també que eren en un lloc públic i a prop dels pares, que podien sortir en qualsevol moment.

En Valentí no va poder contestar.

—Anem? —va repetir ella.

—Sí, i tant, anem, però abans tinc dues coses per a tu.

—Dues?

—Ja saps que *lo prometido es deuda.* —I del sarró que duia en va treure la foto de l'ermita.

La Rosa l'hi va prendre de les mans d'una revolada. Els seus ulls, oberts, brillants, recorrien el paisatge capturat en aquella fotografia i que, en certa manera, ja coneixia a través de la novel·la protagonitzada per la Mila.

—És ben bé tal com la descriu, tal com me la imaginava, Valentí!

—Ara no et giris i tanca els ulls.

Des del darrere li va apartar lleugerament els cabells rebels del clatell que se li escapaven del monyo. Ella va notar que li passava les mans pel coll i que hi deixava caure un petit pes.

—Ja els pots obrir.

I la Rosa, que ja amanyagava amb la mà el petit objecte rugós, va obeir i va veure aquell penjoll vermell que reposava sobre el seu pit.

—Valentí! És preciós! És corall? —va preguntar, excitada.

—Sí, senyora!

En Valentí havia fet fer un penjoll amb el trosset de corall vermell que li havia donat el pescador de l'Estartit que l'havia portat amb la barca per fer la foto del poble des del mar.

Després d'una mirada ràpida a la porta de la fonda, la Rosa no se'n va poder estar i el va abraçar.

—Gràcies! Gràcies! Gràcies! —repetia enganxada a en Valentí i sense deixar de mirar de reüll cap a la fonda—. Anem, anem que si no...

Amb una certa cremor a les galtes animava en Valentí a allunyar-se d'allà ràpidament. Van accelerar el pas fins que la silueta del casal de cal Coix ja es feia ben petita darrere seu. Pel camí ell li va parlar de les fotografies que havia fet de l'aplec de l'ermita de Santa Caterina. I, tant parlar de balls, la Rosa li va demanar si l'acompanyaria al de la festa major i a ell li va faltar temps per complaure-la.

Fins a trobar la font del Llop, al safareig on es feia la bugada de tot el poble, es van haver d'endinsar per un enorme bosc d'alzines. Van fer el camí acompanyats pels sons de pit-rojos, mallerengues i cucuts. I la Rosa li va explicar la curiosa història del nom de la font del Llop. Havia sentit dir a la seva àvia que al safareig hi havia una pedra amb la petjada d'un llop. La creença popular va donar peu a la veneració de sant Llop. Segons la llegenda, era pastor i tenia el do d'espantar aquells animals. És per això que els altres pastors li demanaven ajuda per allunyar les bèsties dels ramats.

—Justament es pensa que com que entre Maçanet i els estanys de Sils sempre hi ha hagut uns terrenys molt fèrtils i hi havia, i encara hi ha, molts ramats que vivien i viuen contínuament amenaçats pels llops, els pastors s'encomanaven a aquest sant al qual, en èpoques molt reculades, havien dedicat l'ermita.

Mentre la Rosa li explicava altres històries del poble, en Valentí havia trincat el trespeus en un lloc prou ferm perquè no hi hagués cap perill que la càmera pogués caure. Tenia una bona vista del safareig. La Rosa s'havia assegut en un replà per reposar.

Tot d'una la piuladissa dels ocells es va deixar de sentir i fins i tot aquella mica d'aire que feia una estona bufava i s'agraïa enmig de la xardorosa calor d'aquell principi d'agost es va aturar. I com si es tractés d'una aparició, un llop de grans dimensions va sorgir d'entre la vegetació mentre arrossegava el que semblava una criatura. En veure'l van intuir que era el nen de can Marçal. Duia el petit entre les dents, com si fos un dels seus cadells. El musell llarg i poderós i la mandíbula robusta i ferma que tenia li permetien sostenir el pes d'aquell infant de quatre anys que no devia fer més de quinze quilos. Tant la Rosa com en Valentí no es van moure gens. Ell va tenir la temptació de prémer el disparador i fotografiar aquell moment, però se'n va desdir, ja que no es podia exposar al fet que el soroll metàl·lic d'aquell giny quan l'accionés provoqués alguna reacció en l'animal. Mentrestant, la Rosa estava paralitzada pel terror i pel record d'un senglar que un dia que tornava sola del safareig s'havia trobat.

Van contenir la respiració mentre el llop els clavava una mirada freda i escrutadora amb aquells ulls groc daurat que, depenent de la llum del sol, eren ataronjats, del color de l'aram o del de la pell d'ametlla. Semblava ben bé que els examinava. De sobte va flexionar les potes de davant, va baixar el cap a poc a poc i va deixar el nen suaument als seus peus. No era pas mort. Només dormia, perquè es veia com respirava. Duia brins d'herba als cabells, la roba una mica bruta i esfilagarsada, i els genolls pelats.

No semblava que tingués cap senyal ni cap marca que fes pensar que havia pres mal. El llop, sense immutar-se, va girar cap i cua i se'n va anar per on havia vingut. El nen continuava dormint.

Al cap d'uns moments, el so de la vida del bosc, que havia quedat suspès en l'aire uns moments, es va reprendre. Només llavors, i no abans, es van abraçar ben fort. La Rosa plorava i tremolava. En Valentí l'estrenyia ben fort contra el seu pit, i notava el batec compassat dels seus cors mentre li amanyagava els cabells. Ell també estava espantat, però mirava de donar-li confiança.

Es van mirar i es van fer un petó llarg i suau que els va alliberar de la tensió del moment. Quan els llavis es van separar, van començar a dibuixar un somriure, i la Rosa es va tocar instintivament el penjoll de corall que sempre més duria al pit.

Havien passat molta por, sí, però ara, mirant-se el nen que tenien al costat, s'adonaven de la gran sort que tenien de poder portar una gran alegria a casa seva i al poble just la vigília de la festa major. La Rosa i en Valentí el van despertar. El nen estava endormiscat, despistat i confós. No deia res. Es mirava aquella dona i aquell home que l'amanyagaven i li deien que el portarien a casa amb els pares. El van ajudar a pujar a la bicicleta i xino-xano, entre rialles i xiulant, es van presentar a can Marçal amb el fill petit sa i estalvi. De resultes d'aquella experiència, el nen va estar quatre dies sense parlar.

En Martí Roura es va quedar bocabadat en sentir

aquella història. En Fargnoli, com el nen de can Marçal, va quedar mut a continuació, moment en què el seu amic va aprofitar per reomplir els gots amb aquell deliciós licor d'herbes capaç de revifar un mort. Notava en Fargnoli cansat, però era evident que no tenia cap pressa i que totes aquelles històries el portaven a temps perduts en el laberint de la memòria que li agradava recuperar. Quan treballaven plegats, no tenien mai temps per xerrar, sempre enfeinats amb encàrrecs urgents i obligacions familiars. Ara el temps corria d'una altra manera i en Martí Roura pensava que potser aquella era l'última oportunitat que tindria per reviure un passat que, si no fos per la màgia de les fotografies, aviat hauria quedat enterrat en l'oblit.

—Però una d'aquelles nits vau anar a ballar, oi? —En Martí Roura recordava una sèrie de fotografies que retrataven el muntatge d'un envelat—. Aquelles fotos del muntatge d'un envelat que em vas ensenyar eren de la festa major de Maçanet, oi?

—Sí, i tant. Mira-les, són aquestes —va dir en Fargnoli tot traient de la capsa un sobre groguenc identificat amb «Maçanet. Festa major».

En Martí Roura se les va mirar, i va reconèixer les que ja havia vist al laboratori i encara d'altres, potser tècnicament no tan reeixides, però emocionants perquè s'hi veia l'esforç col·lectiu per muntar aquell envelat, la força dels braços, la suor als fronts i el somriure de satisfacció als llavis un cop acabada la feina.

—Vam ballar tota la nit, fins a no poder més —va fer en Fargnoli recordant amb un somriure als llavis tot el que havia passat aquella nit.

L'envelat era la meitat de l'ànima de la festa major de Sant Llorenç. L'altra meitat era l'orquestra. L'Ajuntament de Maçanet i la comissió de festes el llogaven a Cassà, a can Dalmau, o a en Barris de Salt. Donava gran relleu a la festa i arribava al poble just al matí del dia abans que comencés. Ell va voler fotografiar-ho tot mentre descarregaven el reguitzell de peces, i l'envelador i un parell d'ajudants anaven per feina. Pals, cordes i bossells els portaven dins d'un carro lligats. Les robes i els ornaments anaven en caixes. Mai no els faltaven voluntaris per donar-los un cop de mà. Feien uns clots a terra per plantar-hi els pals, que anaven ben drets i tot seguit es lligaven amb cordes ben llavorades a unes estaques de ferro plantades als quatre vents. Després venien els travessers, que l'envelador subjectava als peus amb unes bones lligades. Allò ja constituïa l'estructura d'aquella baluerna que, substituint els locals tancats, faria de saló de ball i de concerts. L'entramat de cordes i bossells aguantaven les veles que feien de coberta. Semblava talment com si hagués arribat un circ. Per la part de fora tot es tapava amb unes robes gruixudes, i per dins es guarnia amb teles de ras, ornaments de serrells i uns miralls. Per evitar els inconvenients del terra de sorra, s'estenia una catifa gruixuda que cobria tot l'espai que ocupava la pista de ball. I al voltant s'hi aixecaven els *palcos*, les llotges, que se sortejaven a l'Ajuntament. Cada família en volia tenir una des d'on poder veure els balladors, és a dir, una talaia des de la qual controlar els hereus i les pubilles. El cadafal dels músics es bastia amb un empostissat de fusta i es revestia amb robes de color, sovint una tela de vellut o de pell girada d'un bordeus molt fi que donava al lloc reservat als músics la prestància que es mereixien.

Un cop retratat de dins i de fora, aprofitant que els ajudants es refrescaven amb l'aigua d'un càntir i l'envelador es cargolava una cigarreta, en Fargnoli s'hi va acostar per fer-la petar tot admirant-se d'aquell velam.

—Déu vos guard! —va fer tot traient-se la gorra.

L'operari de can Barris va fer un cop de cap mentre feia una pipada.

—El que més em fascina d'un envelat n'és l'arquitectura mòbil i efímera —li va reconèixer en Fargnoli quan va ser a prop mentre observava aquell cobert fet amb veles que volia semblar una sala de ball—. Apareix de cop i volta, es planta a les nostres vides i desapareix en una nit, abans que es despertin els últims balladors.

L'envelador li donava la raó assentint amb el cap.

En Valentí somiava els balls en què podria festejar la Rosa.

—Té, doncs! —li va dir l'envelador mentre li donava un dels programes que s'imprimien en forma de carnet. Allà hi havia la llista dels balls i danses que s'interpretarien al ball de societat, que era el ball central de la nit de la festa major.

—Gràcies! —va fer ell mentre llegia que a la primera part sonarien valsos, xotis, masurques, llancers i balls americans. A la segona, més valsos i més balls americans, pasdobles, rigodons, danses espanyoles, i encara més valsos. Moltes de les peces que es tocaven eren fragments de les sarsueles o cuplets de més actualitat.

Al ball del primer dia hi anava tothom. Per als més grans era un espectacle, però només s'hi estaven fins a mitja part, a excepció de les mares que hi acompanyaven alguna filla. I després hi deixaven les tietes per controlar que no hi hagués cap soscaire. El jovent s'hi presentava vestit de vint-i-un botons. Per la festa major era imprescindible anar mudat de cap a peus, cosa que era una il·lusió però també un suplici perquè s'havia d'anar ben arreglat i ben estirat dins del vestit. Els nois patien força aquella tirania. No estaven gens acostumats a la camisa planxada, amb coll i punys emmidonats i ben calçats de botines. Eren incapaços de dominar uns peus avesats a anar sempre amb espardenyes o descalços i crescuts en plena llibertat. No resistien la compressió que a l'estiu feien les sabates de vedell a uns peus que, una vegada ficats dins d'aquells estoigs de cuir, semblava que es complaguessin inflant-se per fer més difícil el caminar calçat. I el nus de la corbata, que de cap manera no es volia escórrer per sota de la gira del coll planxat de midó, oferia un problema de solució difícil. Al cap de tres o quatre balls, però, la rigidesa, les formes, l'encotillament, la fredor, tot s'havia estovat, desfermat i escalfat.

Colls, punys, corbates i vestits, també els de les noies, tot s'arrugava, tot era flonjo. L'encarcarament de la roba emmidonada havia desaparegut amb la suor. El gec i l'armilla ja no es podien suportar, però s'havia d'aguantar. Era festa major.

—Ball de rams!

En Valentí i la Rosa van entrar a l'envelat mentre se sentia aquell crit. Era el de l'encarregat de la comissió de festes, que, enfilat al cadafal dels músics, amb el toc agut del cornetí i brandant la toia, un petit pom de flors, anunciava una altra vegada el que venia.

—Ball de rams!

Un cop tocada la sardana dels casats, es deixava l'espai lliure al jovent, que després del primer vals sabien que arribava un dels balls amb més possibilitats.

Enmig d'una gran expectació es llançava el ram. El jove que se'l quedava, el regalava a la balladora que preferia, i ordenava el ball que volia que es toqués. La parella de la toia començava a ballar sola, i ningú no la interrompia, fins que el ballador donava senyal per afegir-s'hi a la resta, que ja esperaven. Mentrestant, els altres nois havien hagut de comprar un ramet de dos rals per regalar-lo a la parella.

En Valentí va haver de córrer a comprar el seu i, un cop l'hi va haver donat a la Rosa, es van sumar a les diverses parelles de balladors que avançaven per la pista fent voltes al ritme de l'un-dos-tres, un-dos-tres. Se'n sortien prou bé, malgrat que ella va patir alguna trepitjada d'en Valentí, que es va disculpar de seguida. Mentre giravoltaven, no van deixar de mirar-se i de somriure's, i així va ser que aquell ballador desconegut de la Rosa va esdevenir el tema de conversa de les padrines que guaitaven i no es perdien res del que passava a la pista.

A la segona part es feia l'anomenat ball del puro. El cerimonial era el mateix, només que en aquest manava la noia. Era el moment que totes les joves del poble ballaven tot fumant-se un havà, un costum exclusiu dels homes. Consistia a posar-se a dansar davant del noi que volguessin. Aquí les tietes havien de vigilar les noies perquè deien que era massa provocatiu, i a més d'una se la veia ben acalorada pels fogots.

Veure com una dona es posava a la boca aquell petit rotlle de fulles de tabac, n'encenia la punta i en xuclava l'altre extrem per treure el fum entre els llavis en un sospir ennuvolava la vista de més d'un dels sagals que hi havia allà i que udolaven com si estiguessin en zel. No totes les noies tenien traça i moltes s'hi ennuegaven. Però el propòsit del ball aconseguia el que es pretenia: encendre més els ànims dels balladors. També els de la Rosa i en Valentí.

El ball es va allargar fins que clarejava. Perquè, a més dels clàssics de l'època, l'orquestra havia incorporat al repertori el foxtrot, el xarleston i el tango argentí. Però en Valentí i la Rosa ja no ho sentirien, allò. Van sortir fora de l'envelat per prendre l'aire, perquè allà dins la temperatura feia que fos difícil respirar per molt que a aquelles hores ja havien aixecat les veles inferiors de l'envelat perquè corregués l'aire.

Mentre miraven les muntanyes i el cel, en Valentí va tenir una idea, i no s'ho va pensar dues vegades. La va agafar d'una revolada i sense dir-li res la va estirar.

—On anem? On em portes? —va preguntar la Rosa.

—A veure un espectacle de veritat! —li va prometre en Valentí, que va començar a trotar.

La Rosa estava excitada, engrescada. Es va deixar fer, i mentre s'agafava la vora de la faldilla perquè no la molestés corrent pels carrers, reia, feliç. Com que l'envelat era gairebé fora del poble, no van trigar gaire a sortir del nucli i a travessar un bosquerol; només es van haver d'enfilar a un petit turonet i ja eren a la muntanya. Tenien el poble als peus i el cel davant dels ulls.

En Valentí es va treure l'americana i la va estirar a terra, a l'herba, perquè s'hi poguessin ajeure. El cel era ben serè, només pigallat de punts brillants. Alguns estels feien pampallugues. Semblava que estiguessin nerviosos. Com ells. Esbufegaven. Panteixaven. Somreien.

—Què hi fem, aquí? —va demanar la Rosa, a qui encara li costava recuperar l'alè.

—Veurem la pluja d'estels, les llàgrimes de Sant Llorenç! —va anunciar en Valentí—. Saps que les llàgrimes de sant Llorenç, en realitat, no són seves?

—Ah no?! I de qui són, doncs? —va fer, sorpresa, la Rosa.

—El que sents! No són del vostre sant patró. Però no et pensis! El seu propietari també va ser un personatge extraordinari! —Li agradava allargar el suspens sobre l'amo de les estrelles d'aquella nit. Finalment, però, mentre s'estirava i es posava les mans al darrere del cap, com si fos un coixí, en Valentí l'hi va acabar d'explicar—. Perseu. Les llàgrimes són de Perseu. Era un semideu de la mitologia grega. Per això a les llàgrimes també se les coneix com a Perseids. Perseu va aconseguir alliberar la seva estimada, Andròmeda, matant un monstre marí, Medusa, que la tenia presonera a sota l'aigua. Per fer-ho havia d'evitar mirar-li els ulls. Deien que convertia en pedra qualsevol que gosés mirar-se-la fixament als ulls. Perseu va ser molt hàbil i se li va acostar de recules gràcies a l'escut de bronze que li havia donat una de les grans deesses de l'Olimp, Atena.

La història deia que Atena li havia recomanat que sobretot el mantingués ben brunyit, com si fos un mirall, per poder fer-lo servir. Així, amb aquesta argúcia, va aconseguir burlar la mirada que l'hauria petrificat. Perseu va alliberar Andròmeda i, tal com li havien promès els pares de la noia si aconseguia tornar-la sana i estàlvia a palau, s'hi va poder casar. Quan Perseu i Andròmeda es van morir i van pujar al cel, es van convertir en constel·lacions gràcies a Atena, filla de Zeus i deessa de la saviesa. En el moment d'ascendir als cels, Atena li va dir a Perseu que s'emportés l'escut. Evidentment ell no ho va entendre, però la deessa li va dir que li convenia, que li fes cas. Quan van ser al firmament, Perseu va veure que situaven Andròmeda darrere seu i va ser llavors que va entendre que si la volia contemplar hauria de fer servir l'escut com a mirall.

—I és per això que diuen que gràcies als moviments entre estrelles en què estan conxorxades d'altres constel·lacions, pels volts de Sant Llorenç, entre el 8 i el 15 d'agost, és quan Perseu la pot observar més bé, quan té una visió excepcional de la seva enamorada Andròmeda. Aleshores, Perseu plora. Plora desconsolat, d'impotència, però també d'amor. Deixa anar aquestes llàgrimes incandescents, una pluja d'estels que, segons el santoral cristià, coincideix amb el dia de la nit de Sant Llorenç, que és avui.

»En realitat, però, el que veiem són unes llàgrimes d'amor, fruit de la impotència. Són les llàgrimes de Perseu —va concloure en Valentí.

Es va fer un silenci, que només va quedar interromput per uns lleus sanglots. Era la Rosa, que continuava estirada al seu costat, però que ja feia estona que no veia res al cel. Tenia la vista entelada per les llàgrimes.

Plorava en silenci i amb timidesa, deixant un rastre humit que li havia permès alliberar angoixes, desitjos i penes.

—No ploris, Rosa —li va xiuxiuejar ell a cau d'orella mentre mig s'incorporava. La Rosa va notar que la mà tèbia d'en Valentí li eixugava les llàgrimes que li rodolaven galta avall.

—És una història molt trista —li va reconèixer.

—Sí que ho és... —va admetre en Valentí, que de seguida ho va voler capgirar—, però també és veritat que diuen que si es plora mentre veus les llàgrimes de Sant Llorenç, pots fer realitat el que duus al cor. És com una mena de conjur per fer realitat les il·lusions. Un ritual arcà diu que en una nit com aquesta cada llàgrima que es fon, que s'evapora, dona llum a un desig que tens al cor i que no és ni fugaç ni fugisser, com ho són les llàgrimes, sinó ben al contrari: és per sempre. —I dit això en Valentí li va començar a fer petons resseguint el camí que feien les llàgrimes, galta avall, fins a aturar-se a l'altura dels plecs de les comissures dels llavis. Després va anar baixant fins al coll. La Rosa continuava amb la vista ennuvolada, però ara pel que sentia al seu cos. Notava una fogositat que li pujava des de l'estómac i que se li escampava pel pit i se li enfilava cap a la boca. Eren les ganes desbocades de trobar-se amb els llavis d'en Valentí i fer-se un petó, com tantes vegades ho havia desitjat i somiat aquells darrers dies. Allà, sota la mirada dels déus i emparats per les estrelles, es van estimar.

Capítol 9

—I gairebé feu Pasqua abans de Rams, oi? —va preguntar tot rient en Martí Roura.

—Sí, ja ho pots ben dir... —En Fargnoli també reia—. Vam anar molt de pressa. Jo tenia vint-i-set anys i ella, vint-i-quatre. No teníem gaires duros, jo amb les fotos i la Rosa que ja cosia, però ens volíem casar. Vam festejar quatre mesos i vam posar data: la nit de Nadal.

—Per Nadal?

—Vam triar aquest dia, o més ben dit, aquesta nit perquè és especial. Els meus pares també es van casar una nit com aquesta i, com que no teníem gaires diners, podíem fer igualment una festa però sense el *gasto* que significava un dinar o un sopar —va continuar en Fargnoli—. La meva mare sempre deia que el record, com una candela, brilla més per Nadal. I és veritat. El cert és que cada vegada que sento les dotze campanades penso en les de l'església de Sant Llorenç que van tocar per al nostre casori.

»Aquella nit de Nadal del 1912 tothom que va anar a la missa del gall per celebrar el naixement de l'infant Jesús estava convidat al nostre casament. Ho vam celebrar en un bar del costat de l'església, cal Bisbe, amb un àpat per refer els convidats del fred glacial: una xocolatada amb coca de sucre, melindros i torrades. I a cap hora, tothom ja era a casa.

—A fer-se passar la fred! —va dir en un to de murri en Martí Roura, que va aixecar les celles mentre es fregava les mans—. I vau fer viatge de nuvis? —va preguntar després d'una petita pausa.

—Sí, i tant! —va exclamar en Fargnoli—. Per Nadal i Sant Esteve a cal Coix tenien molta feina i no es podien permetre prescindir de la Rosa, encara que fos acabada de casar i ja cosís, aquí a casa, a Girona. Per això en dies assenyalats els ajudava —va precisar—. Així que vam deixar per a més endavant el viatge, amb bon temps. Com que li havia promès que la portaria als paratges per on succeïa la novel·la que llegia i rellegia, *Solitud*, vam anar a passar una nit al Montgrí i a veure el mar, que ella no l'havia vist mai! Vaig fer fotos d'aquell viatge, i totes aquelles imatges les tinc ben gravades al cor i al cap. Mira, aquí n'hi ha algunes —va dir en Fargnoli agafant un sobre una mica gastat de dins la capsa i obrint-lo amb dits tremolosos—. Aquestes són les que més hem remirat amb la Rosa. Que joves que érem! —va afegir sospirant i allargant el petit feix de fotografies que havia tret del sobre al seu amic.

Després d'un llarg camí des de Girona, per entre l'arc boterut de la tartana que els havien llogat els sogres, van veure aparèixer Torroella. O Murons, com en deia la Rosa, que era el nom de Torroella de Montgrí a la novel·la de Víctor Català. Banyada d'una llum daurada i fent olor de fonoll i fregadís de tamariu, la vella vila els donava la benvinguda. La Rosa estava exultant d'alegria.

Van arribar a l'hostal de can Cotoliu, on farien nit, i van descarregar el parell de maletes que duien. De seguida van pujar cap a l'ermita i el castell del Montgrí. L'endemà, abans de tornar-se'n cap a Girona, anirien a l'Estartit a veure el mar.

—Ens hi vam emportar un cistell on dúiem el dinar —va continuar explicant en Fargnoli—: una mica de pa amb formatge, uns talls de cansalada i quatre olives. I una petita bota de vi. Un cop allà dalt, confiàvem a caçar quatre cargols i fer-los a la pedra escalivats amb ramatges de garriga i romaní.

»Jo no ho sabia, però la Rosa em va explicar que a la novel·la sortia que menjaven cargols a la brasa. I com et pots imaginar, li va semblar una pensada molt encertada.

»Recordo que caminàvem pel carrer del Camí de les Dunes en direcció a l'ermita, i ho fèiem a bon ritme, enfilant els camins costeruts del massís —recordava—. La Rosa estava en perfecta comunió amb tot l'entorn de la muntanya. Els pins, les oliveres, les figueres, els ametllers, els xiprers... S'embriagava amb l'olor de les plantes que creixien a les vores dels camins: romaní, farigola i espinavesses. Hi vam arribar sense fer gaires escarafalls i recordo que vam passejar per l'esplanada de davant de l'ermita i els seus voltants.

Va fer una pausa.

—Valentí, és ben bé com si fos dins les pàgines de la novel·la —li va admetre la Rosa mentre mentalment repassava fragments, capítols, escenes i diàlegs. Recorria tots els racons d'un indret que per a ella sempre havien existit i que ara se li feien presents, reals, autèntics. I els assaboria amb els cinc sentits. Senyorejava amb la vista els colors vius; sentia els ocells, la flaire, el tacte de la pedra seca, i en no res tastaria els cargols que s'amagaven per les escletxes de l'ermita.

»Soc tan feliç, Valentí! —li va reconèixer mentre se li abraçava.

—Finalment vaig poder plantar la càmera enfocant ben bé cap a l'ermita i li vaig demanar a la Rosa que s'assegués en aquest pedrís —explicava en Fargnoli amb la foto a les mans i assenyalant-ne cada detall—. Volia captar per sempre més la imatge de la felicitat que irradiava en aquells moments. No saps quantes vegades, quan hem passat per algun mal tràngol, hem mirat aquesta foto plegats. Ens ha ajudat a suportar el dolor.

En Martí Roura sabia quins havien estat aquests moments d'infelicitat, però per respecte va decidir no fer-ne esment i esperar que en Fargnoli es refés i volgués continuar explicant els moments feliços del seu viatge de nuvis.

Al cap d'una estona, mentre la Rosa s'embriagava del paisatge, en Valentí va aprofitar per anar a caçar els cargols i agafar la mica de llenya necessària per escalivar-los a la pedra plana.

—Vam decidir estendre unes tovalles senzilles per dinar. I vam fer aquell parament en un petit mirador amb vistes sobre Torroella, o Murons, amb la plana que s'estenia als peus del Montgrí, que era un goig per als nostres ulls.

Ho recordava amb un somriure.

—Saps que el massís es diu el Montgrí pel color gris de les pedres? —li vaig dir a la Rosa, i ella va alçar les celles mentre torçava els llavis en senyal de sorpresa.

Havent dinat es van estirar mirant el cel. Els núvols juganers s'empaitaven i insinuaven formes i siluetes, que els feien parlar de somnis i il·lusions, i li van servir a la Rosa d'excusa per agafar la mà a en Valentí, estrènyer-l'hi ben fort i dir-li xiuxiuejant:

—Has vist que hi ha un núvol que té forma de criatura?

D'entrada ell no va contestar.

—Valentí, que dorms? M'has sentit?

Ell es va girar per mirar-se-la, es va incorporar i, clavant el colze a terra, es va posar un bri de romaní als llavis per tenir bon gust a la boca i somrient li va preguntar:

—M'estàs dient que estàs embarassada?

Un lleuger cop de cap, assentint, i el somriure net i franc que li il·luminava la cara van ser la resposta. Es van fondre en una abraçada i es van fer petons a l'abric del castell del Montgrí. Per a en Valentí, aquella notícia era més que un raig de llum que li marcava l'horitzó. I la Rosa, pensant en les pàgines de *Solitud*, va recordar el que deia la Mila quan en les seves entranyes li bullia l'ànsia de la maternitat, una aspiració que ella no havia arribat a desitjar perquè ja l'havia assolit. Però es feia seves aquelles paraules que, prenyades d'afany i delit, deien: «M'hauria deixat prendre mansament, joiosament; m'hauria deixat estrènyer contra aquell pit emparador i anihilada en la delícia de les delícies, i dono de grat *a en Valentí* la claror de mes nines, la cremor de mos llavis, la sobrera ventura de mon cos».

En Fargnoli va continuar:

—Quan ja recollíem em va dir que si era una nena li volia posar Júlia perquè era un nom que tenia una ressonància festiva, alegre, joliua, que era com se sentia: plena de joia. I jo no vaig pas gosar contradir-la.

Durant la baixada, ja van anar amb una mica més de compte; no només pel nou estat de bona esperança de la Rosa, sinó perquè allà un mal pas era sinònim d'una relliscada i es podia caure daltabaix del marge.

Aleshores un tro va retrunyir pel Montgrí i aquells núvols tan divertits es van anar enfosquint i engreixant, i al cap d'un moment es van esquinçar per desplegar una cortina d'aigua que els va obligar a aixoplugar-se al cau del Duc, una cova que els abrigava de la tempesta, tal com segles enrere ho havia fet amb els habitants prehistòrics que s'hi havien instal·lat. Les restes d'unes pintures a les parets els van connectar per uns instants amb aquells primers pobladors del Montgrí, abans de continuar la baixada cap a Murons.

Aquella nit van dormir ben plans, perquè entre el tragí del viatge i l'excursió a l'ermita estaven baldats.

L'endemà, després d'esmorzar bé, van agafar la tartana i van anar a veure el mar. A l'Estartit.

Van baixar per carrers amb cases amb blat de moro penjat al balcó i palangres aparellats a les portes. Va ser un bany de realitat per a tots dos, realment va ser un viatge diferent. Ara en Valentí podia recórrer els carrers i els paisatges que havia fet sol en companyia de la seva dona.

A mesura que s'acostaven a la platja en sentien la salabror, i a la Rosa li brillaven els ulls.

—Tinc una sensació estranya, una barreja de nervis i por —li va reconèixer la Rosa, que s'agafava de bracet d'en Valentí mentre s'encarava al mar.

La platja els va rebre esquitxada de barques arran d'aigua i el mar gronxant les que havien sortit a pescar. Al fons, s'alçaven les imponents illes Medes, la Gran, la Petita, els Tascons Petits i Grossos, i el cim inexpugnable del Carall Bernat. Una mena de menhir gegant, com si fos un monument megalític, emergia de les aigües amb un posat desafiant. Sempre que l'observava, en Valentí pensava que li havien explicat que la primera persona a pujar fins al cim, on només hi vivien gavians, havia estat una dona. S'hi va enfilar només amb una corda i molt de coratge. Deien que es tractava d'una juguesca o d'una mena de ritual. Ningú no en recordava el nom.

—Anem a tocar l'aigua? —va demanar la Rosa, i es va descalçar per notar com la sorra li arrebossava els peus.

Es van acostar al mar mentre deixaven que la brisa els acaronés la cara i els cabells. Ella es tocava el penjoll de corall vermell, que exercia un cert magnetisme, com si volgués tornar a les aigües d'on havia sortit. Respirava profundament la salabror per omplir-se d'aire de mar.

Va obrir els braços i es va deixar abraçar pel so embolcallant de les onades que venien a llepar-li els peus, com si es tractés d'una suau salutació. En Valentí sempre s'havia sentit fascinat pel mar.

—Trobo que la nostra vida, la dels homes i les dones, és molt semblant a la del mar. Per tarannà —va puntualitzar.

—Què vols dir? —Ella es va girar donant l'esquena a l'immens blau que la custodiava.

—Sempre em captiva la calma que transmet i al mateix temps m'impressiona la força que es desferma quan s'hi congria una tempesta atiada pel vent. M'agrada, i respecto aquesta essència canviant que el defineix. En aparença i a la superfície, el mar és una massa uniforme que sembla que no s'hagi d'acabar mai. Però, sota l'aigua, amaga tot un univers de vida. Com nosaltres, les persones —va dir, girant-se de cara al mar.

De cop i volta, es va sentir un corn marí. El so era semblant al d'una trompa i provenia d'una de les dues barques que s'acostaven a la vora. Era un senyal.

—Què passa? —va preguntar la Rosa, inquieta.

—Estigues a l'aguait, que veuràs tot un espectacle.

I es va sentir una altra vegada el toc que anunciava l'arribada d'aquelles embarcacions que remuntaven l'horitzó. Aquesta vegada la tonada era més llarga que la primera. A cavall d'aquell so van començar a aparèixer a la platja gent de tot arreu, cridant i fent gresca. La Rosa estava neguitosa. En veure-la, en Valentí es va posar a riure.

—No pateixis. De seguida ho entendràs.

I amb el tercer so del corn provinent del mar, van entrar a la badia una parella de bous agullonats pel tocador.

Les peülles se'ls enfonsaven a la sorra, i per això el mosso que els guiava tenia feina a redreçar-los cap a l'aigua.

—Verge santa! On van aquests bous?

—Arrossegaran les barques fins a la sorra —li va explicar en Valentí assenyalant les tartanes que navegaven en direcció a la platja, custodiades per un estol de gavines i escaterets. La presència d'aquells ocells rondant les veles de les dues naus feia preveure que la jornada devia haver estat profitosa.

»No n'hi ha prou de treure les xarxes a força de braços. Els surt més a compte quedar amb l'amo dels bous i pagar-li un tant a la setmana perquè es comprometi a treure'ls de l'aigua cada dia quan les tartanes arriben de pescar.

—I no poden llogar homes que vinguin a ajudar-los a treure-les? —preguntava la Rosa, a qui li faltaven ulls per veure tot el que passava davant seu.

—Alguns ho fan. I per pagar-los l'esforç treuen del fons de la barca una sentina que arreplega l'aigua que entra pels costats i les cobertes. És un cove ple de pops i els en donen una bona embostada. Se'n van amb les mans plenes de peix fresc.

Quan en Valentí va haver acabat d'explicar-ho, va saludar l'amo dels bous, en Peret Massagué. L'havia vist, i fins i tot retratat, més d'una vegada.

—Això és la pesca del bou, però curiosament el nom no ve pas dels animals que es fan servir per arrossegar les barques fins a la sorra.

La Rosa se'l va mirar alçant les celles encuriosida.

—Se'n diu «del bou» per la manera com agafen les

xarxes de les dues barques quan queden tensades —i en Valentí va fer amb els dits índexs de les dues mans la forma de les banyes—, i així es disposen a fer l'arrossegament per pescar tot el peix que hi entri.

El tragí que hi havia al voltant de les barques que ja havien atracat gràcies als bous i que estaven a punt de descarregar el peix era considerable. De més enllà un grup de dones s'hi acostaven carregades amb caixes, cistells i semals. Arreplegaven una mica de gènere i ja se l'enduien per vendre'l a la plaça.

A un altre costat una colla d'homes estenia a la sorra mateix una filera de saques descosides i ajuntades de dues en dues, i al cim s'hi col·locava la xarxa amb el peix per ordre de qualitat: llenguados, lluç, rogers, capellans, pelaies, raps, sèpies, lluernes, gats i pops. Tothom estava tan absort veient com els peixos es contornejaven amb les boques obertes, que no van parar atenció al que va passar a continuació. Un cop arrossegades a la platja les barques, els bous s'esperaven, estacats, en un racó de la platja. Just en aquell moment un dels animals, però, havia aconseguit desfermar-se del jou. Sense que ningú no se n'adonés, es va acostar a la zona de la platja on es feia l'encant del peix, i en un no res amb la punta de la banya va enfilar un gos que feia estona que bordava alertant del perill que s'acostava. Quan es van sentir els udols, ja va ser massa tard. El bou va continuar trepitjant tot el gènere de peix i el va fer tot malbé. La gentada va fugir en desbandada i en Peret Massagué corria per empaitar-lo, però sense sort. Una criatura, una nena que duia un vestit vermell i que jugava sola arran d'aigua, no va veure que el bou avançava cap a ella. La sorpresa, però, va ser veure que l'animal, en arribar a l'altura de la menuda, va abaixar la testa i es va posar al seu costat a beure aigua salada.

Després de tot l'esforç que aquella bèstia havia fet arrossegant les barques, ningú no li havia donat aigua, i tenia set. No hi va haver una desgràcia de miracle.

—I mira aquesta! —va fer en Martí Roura en arribar a l'última de les imatges del sobre—. Aquí ja éreu una bona colla.

—I tant! —va fer en Fargnoli incorporant-se una mica per veure la foto que li allargava per sobre la taula—. Ens vam instal·lar aquí a Girona i el 1913 va néixer la Júlia, el 14 la Catalina i al cap d'un any, el 15, la Rita. —En Fargnoli anava assenyalant amb el dit cada una de les seves filles—. Més endavant, i de manera espaiada, arribarien la Genoveva, en Ramon, en Valentí i en Pere.

Capítol 10

—Vau anar per feina! —va riure en Martí Roura.

—En aquella època parava poc per casa. No em podia pas queixar de la clientela que ja em coneixia i em demanava bastir els seus records. I quan hi era, què vols que et digui, no perdíem pas el temps. Tot i que, pobra Rosa, cosia nit i dia. Ara, sempre trobàvem un moment entre un sargit i un apedaçat per posar fil a l'agulla! —recordava rient.

—I tu no sabies dir que no ni als clients ni a la Rosa! —li va etzibar en Martí Roura.

—Eren cèntims, i a més a més em permetia retratar una gran diversitat de gent, de totes les condicions i en diverses zones i regions del territori amb paisatges i actituds diferents... Podia retratar la vida i la història! I la Rosa també guanyava uns diners, que ens anaven molt bé... Amb tantes criatures, ja t'ho pots imaginar!

En Fargnoli recordava quan la Rosa li havia explicat que de ben petita ja va anar a aprendre de cosir perquè tenia al cap ser cosidora.

—*A hilar y a coser gana su vida la mujer* —li havia etzibat un dia la Teresina a la Rosa—. Doncs és ben bé això, nena, que no se sap mai!

No era només una frase feta que es referia a la costura com una feina típicament femenina, perquè el cert era que quan la Rosa s'hi va posar de debò va coincidir amb el ressorgiment de les cosidores. En Valentí, com a cap de família, no guanyava prou diners amb les postals que feia, les fotos de concurs i les d'encàrrec, i si ella volia contribuir a l'economia familiar no hi havia gaire on triar. Així que va començar a cosir. A més, amb la costura com a ofici, podia treballar des de casa. En aquella època, tant la Rosa com la resta de noies que ho feien s'enfrontaven a la censura d'una societat que no veia amb bons ulls la feina de la dona fora de la llar. Ella, evidentment, també es va revelar contra això.

Quan de petita la Rosa sortia de l'escola, la mare la portava a ca la Teresina per aprendre a cosir. Havia començat amb deu anys i de seguida es va veure que era prou hàbil i que podria guanyar-se la vida amb aquella feina. De fet, a part de necessari, saber cosir llavors es considerava que era una possible sortida laboral per a moltes dones. Ella no ho necessitava perquè de feina, a cal Coix, no n'hi faltaria. Però es volia valer per si mateixa. No estava tallada pel mateix patró que la seva germana. No la criticava pas, però si ella s'estimava més continuar el negoci de l'hostal i la fonda, la Rosa no seria qui l'hi trauria pas del cap. Ella era diferent: era arriada, tenia empenta i ganes d'aprendre.

La Teresina li va ensenyar bé l'ofici. Amb un tros de roba i una agulla, li va ensenyar a sobrefilar, a fer vores de faldilles o de vestits i a passar punts. Marcaven la roba amb un guix i tot seguit havien de fer-hi uns punts fluixos. Aleshores tallaven i quedava marcat a l'altre costat de la roba. Per fer la peça, havien de mirar on eren els punts, doblegar-los i embastar-los, i si estaven bé, ho passaven a màquina. Fer traus i tallar-los atacant abans la roba amb un punt de fistó li va costar, però amb l'empenta i la voluntat que posava en tot el que feia se'n va sortir. Com que va arribar el temps de fer la comunió, amb la seva amiga, la Remei, van decidir fer-se el *viso*, els enagos, que portarien a sota del vestit. Els van fer de cotó amb uns farbalans i unes puntes que van incrustar a màquina, i van polir-ne les vores i les costures per deixar-los ben enllestits.

De fet, la Rosa sempre deia que haver anat a aprendre costura havia estat una bona pensada en aquell moment, perquè ara que vivien a Girona, amb tants fills, cosia per a diverses famílies de la ciutat, tant de casa bona com de treballadors. Era espavilada i aviat va agafar el fil i es va comprar una màquina de cosir, una Singer, que la va ajudar a treure's abans la feina del damunt.

Quan va començar a Maçanet, sempre els veïns li duien roba esquinçada, calçons per escurçar, encara que de vegades simplement s'aturaven allà per conversar i així li acabaven fent algun encàrrec. Després, quan es van instal·lar a Girona, la Rosa arreglava de tot amb trossos de roba de pantalons bons, que aprofitava per fer vestits per a les nenes i granotes per als nens. Que la roba era molt cara i la mainada l'esquinçava. Hi tenia tanta traça, que de seguida va agafar força anomenada, i cada cop més sovint li venien dones amb roba tallada perquè els fes un vestit o una faldilla. Vivia entre retalls de roba damunt de les cadires, rodets, patrons, fil de color d'ala de mosca, la Singer, i a l'hivern un petit braser per no passar fred als peus. Aquell era el paisatge que s'estenia pels racons de la casa de la Rosa i en Valentí.

A Maçanet el sastre de referència era en Miquel Coll de can Cinto, que tenia el local a la plaça de l'Església cantonada amb Sant Sebastià. Hi treballaven cinc o sis cosidores capaces de fer més de cinquanta vestits d'home l'any. Quan va saber que la Rosa es parava per ella, en Miquel va veure perillar part de la clientela i va mirar de contractar-la perquè anés a treballar al taller. Però ella va declinar l'oferta, que era molt temptadora, perquè no li oferia el que més valorava: la llibertat. La Rosa va triar poder fer el que volgués. I això no tenia preu. Com la llibertat que tenia a l'hora de confeccionar els vestits que feia per encàrrec per a algunes senyores de l'alta societat gironina, uns vestits que, abans de lliurar a la clienta, s'emprovava per veure si quedaven bé o no. En recordava especialment un que s'havia posat un any per Corpus, quan encara vivia a Maçanet. Com que va quedar tacat per accident, es va veure obligada a fer-ne un altre pràcticament igual. No va tenir cap problema per aconseguir-ho a temps perquè en conservava el patró.

De fet, però, després del que la Rosa va viure amb aquell vestit, pensava que segurament no l'hauria venut mai. Havia acabat tenint un alt valor sentimental.

Era Corpus Christi. En Valentí i la Rosa havien quedat ben aviat al matí per anar a collir cireres. La cirera era una fruita lligada a la festivitat del cos de Crist, i la font de l'ou com balla que hi havia a la plaça de l'Església estava guarnida amb una corona d'esparreguera tocada amb cireres. Havien decidit anar-hi d'hora perquè les cireres que es collien a primera hora eren més bones i tenien més bon gust amb la rosada.

Per aquesta festivitat tot el poble s'involucrava en la confecció de les catifes de flors. A banda i banda, a les vores dels carrers per on havia de passar la processó, s'hi plantaven pins, i entre arbre i arbre s'hi estacava una corda que s'engalanava amb esparreguera i boix. Al marge esquerre s'hi aixecava un petit altar amb dues llànties que guardaven la imatge de Jesús. Mentre el jovent era al bosc a buscar ginesta, els veïns que tenien més traça dibuixaven a terra i amb guix les siluetes de les formes florals que abans de migdia quedarien prenyades de colors. La catifa s'estenia fins a la confluència amb el carrer que portava a Sant Llorenç, d'on sortiria el seguici. La processó aplegaria tot el teixit social que l'acompanyava. Els carrers per on passaven estaven irreconeixibles ja que es guarnia fins a l'últim racó.

La font amb l'ou com balla, les acàcies, el pou, l'abeurador eren espais que per un dia es convertien en vergers florits, en paratges idíl·lics, bucòlics. No només carrers i balcons es mudaven i canviaven de fesomia per veure passar el Santíssim sota el tàlem. La gent també lluiria com mai amb la indumentària. Era com una segona festa major. Entre les dones sobretot els vestits podien arribar a ser desmesuradament costosos. Hi havia pubilles que treballaven tot l'any i es gastaven el jornal per estrenar el vestit més enlluernador. Algunes encarregaven a la Rosa els models que volien. La temperatura suau de l'època afavoria que es portessin uns teixits suaus i suggeridors, en una combinació de colors pàl·lids i vius per ressaltar la primavera.

Aquell dia la Rosa havia decidit dur el vestit que havia fet per a una clienta que havia de casar la filla a finals de mes i que n'exaltava la figura esvelta.

La pluja de ginesta que ben aviat cauria dels balcons a grapats quan passava la custòdia seria una dolça tempesta, que s'acompanyaria de pètals de rosa i fulles de taronger, que de manera desordenada i capriciosa esdevindrien els dibuixos d'una gran catifa espessa i olorosa.

Les cases del veïnat ja estaven obertes de bat a bat. Portes i finestres convidaven la gent, fossin del poble o passavolants, a celebrar aquella diada de germanor.

En Valentí i la Rosa ja feia temps que volien anar a can Puig per aquella diada. Convidaven a tothom que volgués a enfilar-se als arbres i abastar les cireres que els convinguessin, però en aquella hora encara no havia arribat ningú, així que es van internar per aquells de darrere de la casa pairal per trobar les cireres més vermelles. Les branques gairebé tocaven a terra pel pes de tantes cireres com havien de suportar. Feien goig.

La Rosa se li va avançar i va arrencar a córrer. En Valentí la mirava somrient, veient com li voleiaven els cabells i la faldilla. Tot i que estava a l'abast de la mà, la Rosa es va aixecar de puntetes per arrencar el parell que volia i posar-se-les amb murrieria a les orelles com si fossin arracades. Li feien joc amb el penjoll de corall vermell que duia al coll, el que li havia dut de l'Estartit.

Aviat es va penedir de no tenir la càmera per poder capturar aquell instant, que, com a mínim, li quedaria gravat a la retina. Li va recordar aquell primer dia que s'havien posat a xerrar a cal Coix, perquè la Rosa també duia les arracades vermelles de les petites magranes que li havia regalat la seva àvia.

—Què et sembla? —li va fer la Rosa mentre s'apartava els cabells per deixar al descobert les arracades de cireres—. Quan érem petites, amb la meva germana sempre jugàvem a buscar les més maques. Com que solen venir de dues en dues, te les pots posar a l'orella. En vols? —I la Rosa n'hi va oferir un parell. En Valentí les hi va acceptar, però en comptes de penjar-se-les a les orelles hi va clavar queixalada.

—Mmm!

Va deixar anar un gemec de plaer. Va notar-ne a la boca el gust dolç, i va deixar que els suc li vessés per la comissura dels llavis. Unes gotes li van regalimar per la galta i li van tacar el coll de la camisa.

—Menjar cireres de l'arbre és un plaer; donen una felicitat que dura tan poc... —va reconèixer mentre mirava aquell vermell insolent, de sang, que li donava vida—. Per això trobo que aquest moment s'ha de viure de manera intensa, per retenir-lo, que no se'n vagi! —I aleshores va fer un parell de mossegades per acabar de cruspir-se-les totes.

La Rosa el va imitar i va fer el mateix. Xalava assaborint cada mos, sense importar-li que de tan madures i sucoses com estaven algun esquitx li taqués una mica el vestit.

Es miraven i es dedicaven somriures mentre enfonsaven els braços entre les branques per trencar les cues d'aquella fruita que un cop més s'havia convertit en la fruita de la passió. Menjaven amb desfici.

La Rosa va agafar una cirera entre les dents i l'altra la va oferir a en Valentí. Els seus llavis gairebé es fregaven. Podien sentir-se els alens frescos i dolços. Ara s'havien abandonat al plaer dels seus cossos. No se'n veien pas tips, d'aquell festí de felicitat que els procuraven les cireres de can Puig.

Quan van sentir veus que provenien del pati interior de la casa que es dirigien cap als cirerers, van decidir que havia arribat el moment d'anar-se'n. En sortir de sota els fruiters, es van mirar amb els ulls brillants, enriolats perquè havien viscut una experiència única que sabien que no es repetiria, com a mínim, fins l'any següent. Reien com ho fan els enamorats, i l'únic rastre visible del goig que havien compartit el duien estampat a la cara, a la camisa i el vestit, que duien ben tacats.

—Recordo que ens vam abraçar... —va dir en Fargnoli a en Martí Roura—. Érem conscients que la vida taca i que si la volíem viure intensament ens havíem d'embrutar, ens havíem de tacar.

—Llàstima que no li fessis una fotografia. Devia estar guapa aquell dia. De fet, sempre ha estat una dona molt guapa. Vas triar bé, perquè, a més, és una bona companya de vida. Sort n'has tingut, d'ella! —va tornar a dir en Martí Roura, que havia conegut la Rosa de jove i sabia el que es deia.

—No seré pas jo qui digui el contrari! —va afirmar en Fargnoli, remenant la capsa dels secrets buscant-hi noves fotografies per ensenyar-les al seu antic ajudant.

De sobte, els dits van topar amb un sobre més gros que els altres, que havia anat quedant al fons de la capsa i havia cobert amb els sobres que ja havia obert. La mà dreta va fer un gest dubitatiu. Havia arribat el moment? Sabia que havia d'arribar. De fet, el motiu d'aquella visita després de tants anys era justament aquell: desfer-se de les fotos compromeses que l'havien acompanyat tota la vida i que, ara, hauria de destruir si no trobava algú que en volgués continuar la custòdia. Però, havia de revelar-ne ja el secret?

Havia estat temptat de deixar-les amagades al fons de la capsa i no dir-ne res. Algun dia en Martí Roura les trobaria i hauria de decidir què en feia. Ell ja no seria allà per saber-ho. Però, al llarg de la visita, havia anat canviant d'idea.

Era una bona persona, havia estat un ajudant fidel que sempre havia sabut quin era el seu lloc, i que ara s'havia convertit en un bon professional que es guanyava bé la vida. Era pare de família, i ell no tenia cap dret a trair-lo i a posar en risc el seu negoci i el benestar dels seus per la seva falta de valentia, d'honestedat i de coratge. Durant tota la visita, en Fargnoli s'havia debatut en el dubte.

Com si li hagués llegit el pensament, en Martí Roura li va etzibar una pregunta que no s'esperava:

—I què hi ha aquí al fons de la capsa? Veig que aquest sobre grisenc sempre queda al fons i no l'acabes de treure mai. És important?

En Fargnoli va quedar ben parat. Pensava que les seves maniobres per amagar aquell feix de fotos havien estat més hàbils, però el seu amic, acostumat com ell, i com li havia ensenyat, a escrutar tot allò que passava davant dels ulls, se n'havia adonat.

En Fargnoli va fer un gest amb la mà, demanant una pausa. En Martí Roura va engrapar l'ampolla del licor d'herbes, va tornar a omplir els gots i es va arrepapar a la butaca, on seia per donar-li el temps que necessités.

—Mira, Sebastià —va dir finalment en Fargnoli amb veu seriosa i agafant el sobre amb les dues mans, com si encara dubtés de la conveniència d'obrir-lo—. Es pot dir que això són paraules majors, i abans d'ensenyar-te aquest material compromès, voldria dir-te que tens tot el dret a negar-te a custodiar-lo. Jo ho entendré i no t'exigiré res. No tens cap obligació de quedar bé amb mi o d'acceptar-lo per compromís. M'ho promets?

En Martí Roura feia uns ulls com unes taronges i assentia amb el cap.

Pel que havia vist fins aleshores, estava decidit a quedar-se les fotografies, però totes aquelles precaucions i advertències li feien sentir una certa basarda. Com a home de tarannà positiu i optimista, va voler treure ferro a la situació:

—Au, va! No deu ser pas tan greu, oi?

Tot i el to desenfadat que va intentar imprimir a les seves paraules, ho va dir amb la boca petita, perquè el posat seriós del seu interlocutor i aquells ulls que se li clavaven com dues agulles que volguessin perforar-li el cervell l'intimidaven d'allò més.

—Ho és. És greu. Però ja ho jutjaràs tu mateix. Mira-les.

En Fargnoli li va allargar el sobre amb un gest displicent del braç dret i sense gosar, de moment, mirar-lo directament. Mentre el seu antic ajudant obria el sobre i intentava controlar els nervis, ell va pensar que ara ja estava tot fet, i es va deixar anar pesadament contra el respatller mentre s'acostava als llavis el got de licor d'herbes que li acabava d'omplir.

Un silenci sepulcral va envair l'estança. De cua d'ull en Fargnoli veia com en Martí Roura passava d'una foto a l'altra, però no li podia escrutar bé la cara. S'havia anat fent fosc i la rebotiga estava mal il·luminada. En algun moment d'aquells minuts, que se li van fer eterns, va pensar a interrompre el visionat, entaforar aquelles maleïdes fotos altre cop a la capsa, d'on no les hauria d'haver tret mai, i sortir disparat, però una mena de decaïment físic, una apatia inexplicable i una sensació desconeguda de cansament li tenallaven els ossos i li segellaven els llavis. No es va poder moure. Tampoc va poder dir res. Només va tancar els ulls i va esperar que el seu vell company, com no podria ser d'una altra manera un cop vista la tragèdia, el fes fora a crits, a ell i a la seva maleïda capsa dels secrets.

En Martí Roura encara no deia res. S'havia posat dret per agafar el feix que li havia allargat i, sense seure, es mirava les fotos, una a una, passant-se-les d'una mà a l'altra, fins que es va deixar caure a la cadira i les va tornar a repassar, ara a poc a poc. Després les va deixar sobre la taula i va mormolar:

—Doncs sí que és greu, sí. No sabia ni que existissin...

—Sempre han estat amagades —va respondre amb un fil de veu en Fargnoli—. No les ha vist mai ningú. Bé, menteixo. Només les ha vist el meu germà, l'Adolf, que les va tenir un temps guardades al taller, i la Rosa, és clar... Amb ella no podia tenir-hi secrets i al cap d'uns mesos de casar-nos les hi vaig ensenyar. Tampoc no em vaig atrevir a donar-les a l'Arxiu de la Generalitat quan vaig donar totes les altres. La situació política no ho aconsellava.

—I ara voldries que me les quedés jo, no? —ho va dir amb veu tranquil·la i en un to afirmatiu, com si constatés un fet més que plantejar una pregunta.

—Sí, però ja t'he dit que no t'hi has de sentir obligat... Si t'hi negues, ho entendré. No saps quantes vegades he estat temptat de cremar-les... Potser ha arribat el moment de fer-ho.

—No ens precipitem. Ara no vindrà ni d'un dia, ni de dos —va replicar en Martí Roura, més tranquil del que en Fargnoli s'esperava. Entenia la recança del seu amic a destruir aquell material històric, però avaluava també el risc que custodiar aquelles fotos que acabava de veure podia comportar per a ell i la seva família—. Deixa-m'hi pensar i et diré alguna cosa d'aquí a uns dies.

—Entesos —va mormolar en Fargnoli fent un últim esforç per posar-se dret, escurar l'últim glop de licor que quedava a la copa i recollir les fotos escampades.

A poc a poc, i carregant la capsa dels secrets ben embolicada, en Fargnoli va abandonar la botiga. En acomiadar-se només va poder agrair al seu antic ajudant la comprensió i no haver rebutjat obertament aquella compromesa donació.

—Gràcies a tu per haver-me explicat tantes coses i haver-me alertat. En tornarem a parlar d'aquí a uns dies, t'ho prometo —va dir en Martí Roura quan ja tancava la porta després d'encaixar amb en Fargnoli.

CAPÍTOL 11

L'hivern de l'any 1906 havia estat fred, especialment al centre de la Península, però la primavera s'havia obert pas en tota la seva esplendor a la capital del regne, i aquell final del mes de maig estava sent calorós. L'aire al centre de la ciutat era asfixiant i en Valentí Fargnoli, que feia dos dies que havia arribat a Madrid, enyorava la marinada de les terres gironines, els passejos en bicicleta i les nits fresques a la vora del mar a les contrades que habitualment visitava per fer les fotopostals.

El casament reial tindria lloc el 31 de maig, però en Fargnoli havia arribat a Madrid amb prou temps per fer les gestions que l'acreditaven com a fotògraf reial per decisió expressa de la futura reina, Victòria Eugènia, i familiaritzar-se amb els espais on se celebraria la cerimònia i per on, després, passaria la comitiva reial. Gràcies a la mediació del comte de Robert, ja havia fotografiat el rei Alfons XIII quan havia visitat Catalunya un parell d'anys abans. Es tractava d'un viatge propiciat per l'aleshores president del Govern espanyol, Antonio Maura, que buscava reforçar la figura del monarca, i de l'Estat, en una Catalunya on havien començat a arrelar amb força els moviments nacionalistes de la Lliga, el populisme de Lerroux i l'anarquisme, que havia fet forat entre els treballadors arribats d'arreu per buscar feina i més bones condicions de vida en una Catalunya que prosperava gràcies a la industrialització. El viatge reial a Catalunya havia estat un èxit. Alfons XIII havia desfilat a cavall per carrers i places curulls de gent que l'aclamava. També a Girona. Allà, en Fargnoli havia immortalitzat la imatge del rei i, conseqüentment, de l'Estat que Maura buscava, i les fotos havien arribat a la promesa del rei, Victòria Eugènia de Battenberg, a través del comte de Robert. La futura reina n'havia quedat fascinada, tant que va decidir nomenar en Fargnoli fotògraf reial. La promesa del rei va voler que formés part de l'equip de fotògrafs que estarien acreditats per moure's lliurement per Madrid el dia del seu casament. La futura reina, fins i tot, va donar ordres explícites perquè tingués assignat un lloc en un balcó que li permetés captar l'ambient popular del carrer al pas del seguici nupcial, tal com ja havia fet en les fotos de la visita reial a Barcelona de dos anys abans.

En Fargnoli, que no cobraria l'encàrrec fins a l'entrega de les fotografies, havia buscat un allotjament modest en una pensió de la Calle Mayor que tenia el doble avantatge d'un preu assequible per a la seva migrada economia i d'estar situada just davant del balcó que la Casa Reial li havia assignat per fotografiar la comitiva al bell mig del carrer per on els nuvis, en un carruatge estirat per cavalls, desfilarien en sortir de la basílica de San Jerónimo el Real, popularment coneguda com «los Jerónimos». Durant els dos dies previs a l'esdeveniment, en Fargnoli havia recorregut diverses vegades el trajecte des de l'església fins a la Calle Mayor per calcular el temps que necessitaria per anar dels Jerónimos, on faria les fotografies dels reis dins de l'església, fins al capdavall del carrer on s'allotjava, i arribar-hi amb prou temps per captar les imatges que més li interessaven: les de l'ambient al carrer, les de la gent esperant l'arribada dels nuvis, les de l'emoció popular que provocava l'esdeveniment que els diaris ja havien batejat com «el casament del segle».

En Fargnoli comptava amb la lentitud pròpia d'aquest tipus d'actes. Sabia que si sortia corrent dels Jerónimos abans que ho fes la parella reial, i s'afanyava evitant sobretot els carrers per on desfilaria la comitiva, que estarien plens de gent, podria fer el recorregut a peu en uns vint minuts, temps de sobres per arribar a la pensió abans fins i tot que els reis haguessin pujat al carruatge que els esperaria a la porta de l'església per portar-los fins al Palau Reial. Ho havia assajat tres o quatre vegades, i els comptes li sortien. Encara que sempre hi havia la possibilitat d'algun imprevist, en Fargnoli havia decidit córrer el risc. No volia renunciar a immortalitzar l'ambient popular, les cares de la ciutadania, l'ànima i l'emoció d'un poble. Persones senzilles que haurien esperat hores i hores sota el sol per veure, encara que fos només un instant, els seus reis de veritat, els de carn i ossos. Poder-los veure per poder dir anys després, amb una punta d'orgull: «Jo hi era».

«Al cap i a la fi, de fotos oficials i convencionals ja se'n faran moltes», es deia a si mateix quan dubtava dels seus càlculs i pensava que una cosa era fer el trajecte sense carregar la càmera, el trespeus i les plaques que necessitaria i una altra, molt diferent, seria fer-lo amb tot el material i movent-se entre la gentada que presumiblement maldaria per accedir als carrers principals.

El dia abans del casament reial, en Fargnoli va acabar de preparar tot el material i el va deixar a punt a l'habitació. Hauria de matinar per ser puntual a l'entrada reservada als fotògrafs que ja li havien indicat quan hi havia anat a acreditar-se.

—És molt important que el dia del casament arribi a l'hora —li havia dit el policia mentre escrivia amb una pulcra cal·ligrafia el seu nom en una targeta de cartró que en Fargnoli hauria de portar sempre a sobre aquells dies, el policia havia insistit en el «sempre» amb força èmfasi—. Els fotògrafs i tot el personal de servei estan citats aquí a les vuit del matí, i l'entrada a l'església serà a dos quarts de nou. Després d'aquesta hora no li puc garantir que el deixin entrar —havia afegit aquell home diligent amb una mirada amenaçadora, com de pare que adverteix el fill d'un càstig sever si no torna a casa a l'hora fixada.

En Fargnoli havia tramitat l'acreditació tan bon punt havia arribat a Madrid, just després d'instal·lar-se a la pensió de la Calle Mayor. No coneixia la ciutat i aquell primer trajecte fins als Jerónimos li va servir de primera presa de contacte. Tot i que ja fosquejava, travessar l'enorme esplanada de la plaça del Sol li havia semblat tot un repte. Feia una calor a la qual no estava gens acostumat. Era una calor seca que no el feia suar, però que li provocava una sensació d'ofec, com si li costés respirar i l'aire no li arribés als pulmons. Sabia que a prop de l'església dels Jerónimos hi havia el famós parc d'El Retiro, i esperava poder anar a fer un tomb entre els arbres quan acabés la feixuga tramitació de la targeta acreditativa. Amb aquesta esperança havia abandonat aquell primer dia els carrerons estrets i plens de gent atrafegada per travessar el passeig del Prado, on la temperatura era més suportable perquè els frondosos arbres d'aquell carrer, ample i poc concorregut, procuraven una ombra molt agradable. Les mesures de seguretat a tota aquella zona eren extremes, i la basílica de San Jerónimo el Real semblava una fortalesa militar.

Policies i soldats feia dies que patrullaven i envoltaven l'edifici fent del tot impossible que ningú sense la pertinent autorització s'hi acostés, tot i que grups de curiosos demanaven a crits poder veure l'interior del recinte on els operaris ultimaven els detalls decoratius. Uns desplegaven catifes vermelles al passadís central, altres carretejaven gerros i centres de flors que distribuïen als llocs prèviament indicats per un home alt i gros que semblava que ho dirigia tot. I encara uns altres retocaven el vernís dels bancs de fusta i una munió de noies joves armades amb plomalls i draps de cotó feien desaparèixer el més petit rastre de pols i donaven lluentor fins a l'últim metall. De la cua estant, aquell primer dia en Fargnoli havia vist tot aquell moviment i havia enyorat la seva càmera, amb la qual hauria pogut retratar per a la història aquells preparatius, la gent del servei, els anònims sense els quals el que passaria a la Història no hauria estat possible. A la cua de fotògrafs i periodistes, que s'alineava al costat d'una de les portes laterals del recinte, s'hi sentia parlar diferents idiomes. N'hi havia de tots els països d'Europa perquè totes les cases reials del continent havien enviat els seus membres més distingits a l'esdeveniment reial. Fins i tot li va semblar veure'n un de faccions asiàtiques, segurament procedent de Siam, perquè el seu príncep hereu també assistiria al casament.

En Fargnoli, que havia demanat al policia encarregat de les acreditacions poder entrar uns minuts a l'església per fer-se càrrec de l'espai i localitzar la zona des d'on hauria de treballar, havia quedat aclaparat pel luxe i la brillantor de l'interior del temple. No havia pogut evitar pensar en com n'era de diferent de la catedral de Girona. Ara, la solemnitat de la basílica estava garantida, i de ben segur les fotografies que pogués captar donarien testimoni del «casament del segle».

Abans de marxar, havia fet uns càlculs ràpids de llum i distància pensant que al matí —el casament estava previst per a les dotze del migdia— hi hauria molta més llum que a aquella hora de la tarda. Els grans finestrals laterals d'aquell majestuós edifici gòtic així ho feien pensar, però miraria de tornar-hi l'endemà a l'hora exacta per fer-ne una valoració més fiable. Com havia fet en d'altres ocasions, amb èxit.

Mentre recordava tot això, va plantar-se a la porta d'El Retiro i es va trobar el parc tancat. «Quina mala sort!», es va lamentar. Ho intentaria un altre dia.

No volia marxar de Madrid sense fer-hi un tomb. Creia també que, abans del dia de l'esdeveniment, li aniria molt bé gaudir d'una estona de descans enmig de la natura i amb una mica d'aire fresc. Com enyorava Catalunya, Girona i el mar!

Acabats tots els preparatius i havent fet diverses vegades el recorregut des de la Calle Mayor fins a la basílica i havent tornat per esbrinar quin seria el trajecte més ràpid, en Fargnoli va considerar aquell dia que ja ho tenia tot a punt i que s'havia guanyat una tarda de descans. La calor continuava tenallant la ciutat i els carrers de Madrid estaven a rebentar de gent. La premsa local, que havia repassat mentre esmorzava en una xocolateria propera a la pensió, parlava de quatre-cents mil visitants d'arreu del país que havien envaït la capital. No hi havia ni un llit lliure a la ciutat, i els que tenien parents a la capital n'havien ocupat les estances per no perdre's el casament del segle. El ràpid i inesperat prometatge d'Alfons XIII amb la neta de la reina Victòria, Victòria Eugènia, o Ena, com l'anomenaven els íntims, s'havia oficialitzat només uns mesos abans, el 25 de gener d'aquell mateix any, a Biarritz. Havia estat un nuviatge a distància amb tot el romanticisme que això comporta, i els rumors sobre el vestit que lluiria la futura reina el dia del seu enllaç matrimonial ocupaven pàgines i pàgines dels diaris i revistes que es publicaven al país. En Fargnoli llegia tota aquella faramalla en diagonal, mentre sucava els xurros a la xocolata calenta, com era tradició a Madrid, encara que a aquella hora ja hi fes una calor de mil dimonis. Ell se'ls prenia perquè li venien bé.

Aquell matí li va cridar l'atenció que els diaris parlaven del munt de postals que el rei espanyol havia enviat a la seva promesa durant tot aquell any per complir la tradició de col·leccionar-ne, tan arrelada entre les noies joves de bona família. Ell, que en feia, de postals, n'era ben conscient. Les informacions també revelaven altres detalls, com ara el de la Perla Peregrina que la núvia lluiria al pit i que se suposava que era falsa perquè la veritable l'havia robat, segons molts rumors, el rei Josep Bonaparte, que l'havia fet enviar a França. També es parlava, és clar, del vestit, amb una cua llarguíssima i tot brodat amb fil de plata, que, segons el costum espanyol, el nuvi havia regalat a la promesa. Aquelles xafarderies no interessaven gaire en Fargnoli, però li servien per anar-se ambientant per al casament i per saber en què s'hauria de fixar quan fos davant dels nuvis.

Acabada la xocolata, i sense més diaris per llegir, es va ajustar la gorra i va sortir a barallar-se amb el sol madrileny per refer per última vegada el trajecte que el separava de la basílica de San Jerónimo. Havia planificat una nova ruta, que, tot i que s'allunyava una mica dels carrers principals, semblava més ràpida i, presumiblement, estaria menys concorreguda. També aprofitaria la passejada matinal per visitar dues botigues de fotografia, acabades d'inaugurar, on esperava poder-hi veure, encara que no en podria comprar cap, les últimes novetats del sector.

A la tarda, i després de no parar de voltar, en Fargnoli estava rebentat i només desitjava passejar per El Retiro, asseure's en un banc i no fer res més durant una bona estona que gaudir dels arbres, de l'aire fresc i del cant dels ocells. Va entrar al parc per la famosa porta de Madrid, situada al carrer d'Alcalà, i pensava descansar una mica prop de l'entrada abans i, un cop refet, dirigir-se caminant fins a l'extrem oposat del parc, la banda més propera a la basílica dels Jerónimos, per on sortiria i provaria la nova ruta, que ja tenia perfectament dissenyada.

La majestuosa porta de Madrid era, en realitat, un conjunt de quatre portes de ferro forjat, dues de molt grosses per permetre l'entrada dels cotxes i dues de laterals, més petites, per als caminants. De fet, l'avinguda que començava en aquella porta es deia Paseo de los Carruajes i per allà hi passejava a cavall, en carruatge o en bicicleta la gent benestant de Madrid, després d'haver pagat la corresponent butlleta. Ara hi circulaven també alguns dels nous automòbils que ja començaven a envair la ciutat. De fet, aquest passeig acabaria sent conegut com a Paseo de los Coches.

Va buscar un banc en una de les avingudes laterals, lluny del soroll dels que tenien més pressa i agafaven el carrer principal. Allà, al conegut com a Paseo de los Lauros, perquè la majoria dels arbres que hi havia pertanyien a la família dels llorers, en va trobar un, de banc, situat a l'ombra on no hi havia ningú. D'allà estant, i tot i que se li tancaven els ulls, encara va tenir esma per contemplar tota aquella natura que l'envoltava: les fulles d'un verd intens dels joves llorers que tenia més a la vora, les flors blaves i liles dels agapants o flor de l'amor que vorejaven l'avinguda que s'estenia a dreta i a esquerra, i un magnífic exemplar de castanyer d'Índia que tenia just al davant i l'ombra del qual convidava a deixar-se anar i endormiscar-se una estona.

Abans de tancar els ulls del tot, va resseguir el tronc grisenc, gruixut i fort del castanyer, fins allà on ja despuntaven les primeres i espectaculars flors vermelloses que penjaven de les branques com gotims de raïm i que cada primavera omplien l'arbre de matisos de colors. La seva mirada es va perdre entre les fulles del castanyer, que filtraven els rajos de sol, i va ser aleshores quan, amb el cap recolzat al respatller del banc de fusta, es va adormir. Els crits d'una mainada que jugaven a prop el van despertar de sobte d'aquella petita migdiada. Amb una última mirada cap a aquell magnífic arbre a l'ombra del qual s'havia aixoplugat, en Fargnoli va emprendre el camí cap a la sortida del parc a pas lleuger. No volia fer tard al sopar i per travessar-lo necessitaria una bona estona, però va gaudir de la passejada. Havia de reconèixer que el parc era majestuós i una combinació molt harmònica de natura i obra humana, grans avingudes i petites places, arbres i flors, escultures i racons feréstecs. Un conjunt equilibrat que va procurar-li la sensació de benestar que tant necessitava després del viatge en tren des de Barcelona, del qual no s'havia recuperat del tot, i el tràfec d'aquells últims dies a la ciutat.

En sortir del parc, es va afanyar a recórrer els carrerons cada cop més plens de gent. Volia arribar a la casa d'hostes, canviar-se i fer un bon sopar per poder descansar a la nit. L'endemà l'esperava un dia ben atrafegat! En arribar a la pensió, però, va trobar-se una sorpresa.

En Fargnoli va demanar la clau de l'habitació amb la intenció de pujar un moment, rentar-se la cara i canviar-se per sortir a sopar a algun dels locals que li havien recomanat des de Barcelona. Seria un dels últims àpats a Madrid i creia que s'ho mereixia. Amb les claus a la mà va travessar la gran sala de la planta baixa, condicionada amb butaques i tauletes formant petits grups, on els clients podien gaudir d'una estona de descans, de lectura o de conversa. Al fons de la sala, just abans del començament de l'escala que menava a les habitacions, un home jove, alt i prim, molt moreno i amb un bigoti molt fi, llegia un llibre còmodament instal·lat en un confortable oreller entapissat amb discrets colors marronosos.

Va dubtar uns moments, però se'l va mirar bé, encara des de lluny. Quan va estar segur de qui era, en Fargnoli s'hi va acostar.

—Mateu? Mateu Morral? Ves quin lloc per trobar-nos! —li va dir mentre li feia un somriure i li allargava la mà per encaixar-hi. En Morral va aixecar el cap del llibre que estava llegint, *Un enemic del poble*, d'Henrik Ibsen, el va tancar lentament i el va deixar sobre la taula mentre li tornava el somriure i encaixava.

—Valentí Fargnoli! —va exclamar en Morral—. Què hi fa, aquí? —I li va oferir d'asseure's a la butaca que tenia just al davant.

En Fargnoli va acceptar amb un cop de cap i mentre es treia la gorra es va acomodar.

—Només m'assec un moment —va excusar-se—. He caminat una bona estona i estic cansat. Justament pujava a l'habitació a canviar-me per anar a sopar.

—Quina casualitat! —va fer en Morral—, jo també estic allotjat aquí! És un bon lloc, cèntric, net i força assequible. Quan vinc a Madrid acostumo a allotjar-me a l'Iberia, però aquest cop era ple. Amb aquesta gentada! Però si ha d'anar a sopar i està sol, podem anar-hi plegats, si no té cap compromís, eh?

—Sí, és clar. Pensava anar a qualsevol lloc proper, però tampoc en conec cap, tot i que vinc recomanat —va contestar en Fargnoli, que no sabia si acceptant l'oferiment feia bé o arribaria un moment que no sabrien de què parlar.

—No se'n parli més, doncs. Jo sempre sopo al Café Francés. El coneix? —va preguntar en Morral.

—No, no, no conec gaire res en aquesta ciutat —va contestar en Fargnoli, dubitatiu. No volia, ni tampoc podia, gastar massa, i patia pel preu de l'àpat en aquell local que proposava en Morral i que, pel nom, semblava un lloc sofisticat.

—Doncs l'espero aquí i hi anem plegats. És molt a la vora, i el lloc és molt agradable... i baratet —va afegir en Morral, que semblava haver endevinat l'origen de la preocupació d'en Fargnoli.

La passejada fins al Café Francés, una mica més enllà de la plaça del Sol, i situat en un passatge que antigament havia estat cobert i allotjava unes galeries comercials on es venia roba femenina d'última moda, el passatge de Matheu, va ser molt agradable. Ja no feia la calor sufocant de la tarda i la conversa fluïa sense dificultat, com aquelles altres vegades que havien passejat pels volts de l'Escola Moderna a Barcelona. En Morral explicava que el cafè on anaven era un local regentat per un propietari francès que havia fugit de París quan va fracassar el moviment de la Comuna i va començar la repressió.

—És un lloc tranquil i silenciós amb un ambient molt

diferent dels habitualment sorollosos cafès d'aquesta ciutat —explicava—. Més europeu —va afegir quan ja hi eren a prop.

»És aquí —va dir cedint el pas a en Fargnoli perquè entrés en un local ampli i acollidor on realment regnaven el silenci i la tranquil·litat, tot i que les taules eren plenes i al fons hi havia clients jugant al billar.

En Fargnoli va pensar que l'ambient que es respirava en aquell local esqueia perfectament al seu company. En Morral era un home cosmopolita, parlava cinc idiomes, havia viatjat per mig Europa i tenia coneguts a diversos països del continent.

—I què hi fa a Madrid, si es pot saber, és clar? —li va preguntar en Morral de seguida que van haver triat una taula i s'hi van asseure.

D'entrada, va dubtar de si dir-li la veritat i explicar-li sense embuts que, gràcies al privilegi que li havien concedit de subministrar fotografies a la Casa Reial, tenia permís per fer-ne del casament del rei Alfons XIII, que se celebrava l'endemà. Però ràpidament va canviar d'idea en recordar la conversa que havien mantingut a la biblioteca de l'Escola Moderna el dia que es van conèixer, i altres comentaris que en Morral li havia deixat anar en converses posteriors.

Quan es trobaven a Barcelona parlaven d'art i pintura, però també de política. Compartien un profund sentiment catalanista, però en Morral li havia reconegut que, basant-se en el principi de la llibertat individual, estava a favor d'un moviment polític i social que preconitzava l'abolició de qualsevol forma de poder polític i la socialització de la propietat. Més d'una vegada, li havia admès que estava poderosament influït per les idees anarquistes i que les seves accions estaven encaminades a fer possibles els objectius d'aquell moviment llibertari internacional. Amb aquests precedents, en Fargnoli va pensar que si li explicava que havia decidit fer servir aquell privilegi reial i el seu art als interessos del Borbó, potser el censuraria, i no hi estava disposat. Les converses amb en Morral, encara que escadusseres, eren molt interessants i completament diferents de les que mantenia normalment amb la gent del seu entorn més habitual. No dir la veritat li feia mal a l'ànima, però no l'hi volia explicar. I encara menys a algú amb aquelles conviccions anticapitalistes, antimonàrquiques i, en general, en contra de qualsevol cosa que tingués a veure amb l'ordre establert. Per això, i procurant que no se li notés, va respondre amb una mitja veritat.

—M'han encarregat que faci unes fotografies d'un palau —va deixar anar sense pensar-ho gaire. I de seguida, per evitar que en Morral li fes alguna altra pregunta compromesa que no sabria com respondre, va prendre la iniciativa—. I vostè? Què l'ha portat a Madrid?

—Oh! Hi vinc sovint!

Acabava de respondre això amb èmfasi quan un home alt i esprimatxat, amb unes celles poblades, un nas prominent i embotit en una armilla negra i una camisa blanca com la neu rematada amb un corbatí, es va palplantar davant de la taula amb la intenció d'anotar la comanda.

—¿*Qué tomarán, los señores*? —anava al gra.

—*Haremos el menú* —va contestar ràpidament en Morral—. Vaja, si li sembla bé —va afegir mirant-se en Fargnoli per buscar-ne l'aprovació.

Va assentir amb un moviment de cap i el cambrer va desaparèixer tan silenciosament com havia arribat.

—Aquest cop he d'anar a la Biblioteca Nacional. —Amb tota naturalitat, en Morral va reprendre la conversa allà on l'havien deixat abans de l'arribada del cambrer—. Tinc audiència amb el director, don Marcelino Menéndez Pelayo. Va ser alumne predilecte de Manuel Milà i Fontanals, el bibliotecari de l'Ateneu Barcelonès, i com que es coneixen amb Francesc Ferrer i Guàrdia, em rebrà perquè li porto uns catàlegs d'uns manuscrits que li interessen.

Al cap d'uns moments aquell cambrer escardalenc va tornar per servir-los el sopar: una truita a la francesa, unes verduretes gratinades, una tallada de bacallà fregit acompanyat d'una mica de pa i una gerreta de vi de la casa, i aleshores la conversa es va anar allargant. La van fer petar de fotografia, de filosofia, de política i, al final, del casament reial. Que seria un trasbals per a la ciutat, que mirarien de sortir d'hora perquè no els enxampés la multitud, que si això, que si allò.

Es feia tard i van decidir pagar i tornar a la pensió. Durant la passejada van comentar l'animació que, encara a aquelles hores, hi havia al carrer i com lluïen tots aquells balcons ornamentats amb domassos i flors.

Se'n van anar a dormir desitjant-se sort i salut en acomiadar-se a la porta de l'habitació d'en Morral. I l'endemà tots dos es van llevar amb la mateixa idea al cap:

fer passar el rei Alfons XIII a la història. Amb mètodes ben diferents, però.

De fet, l'endemà, i sense previ avís, hi va haver un canvi sobtat de plans.

En Fargnoli, que havia carregat els aparells fins a l'entrada de la basílica dels Jerónimos vetllant de ser-hi ben puntual, a les vuit del matí, va trobar-se amb la sorpresa que els policies de la porta no deixaven entrar ningú.

—*No, señores, las acreditaciones ya no sirven. No se puede entrar. Órdenes de los superiores. ¡Circulen! ¡Circulen!*

Malgrat les protestes dels periodistes i els reporters, nacionals i internacionals, que s'agombolaven davant el cordó policial i demanaven explicacions brandant les targetes acreditatives, no hi va haver manera. Semblava que el rei havia estat advertit de la possibilitat que es cometés un atemptat i havia ordenat extremar les mesures de seguretat. Per aquesta raó, l'entrada a l'església on se celebraria la cerimònia nupcial havia quedat restringida als convidats, i es prohibia l'accés als periodistes, als fotògrafs i fins i tot al personal de servei, malgrat haver estat contractat expressament per a l'ocasió.

Era un canvi de plans important, sí, però en Fargnoli no estava gaire amoïnat. Només li sabia greu haver perdut tantes hores buscant la millor ruta per fer el trajecte fins a la Calle Mayor al més ràpidament possible. Ara tindria tot el temps del món per arribar a temps al balcó que la Casa Reial li havia proporcionat just davant de la casa d'hostes, falcar el trespeus i enfocar la càmera per tenir la millor perspectiva.

De totes maneres, les noves ordres originades per la possibilitat que es produís un atemptat no deixaven de neguitejar-lo. Mentre caminava de tornada entre la gent, que ja omplia els carrers i s'amuntegava a les voreres per buscar entre empentes i cops de colze un lloc a primera fila, en Fargnoli confiava que no tindria problemes per accedir a l'edifici des d'on havia previst fer les fotografies de l'ambient popular. Es preguntava què passaria si allà esclatava algun d'aquells artefactes explosius dels quals havia sentit parlar, les bombes d'inversió, anomenades també *bombes Orsini*. Algunes ja havien servit per atemptar contra grans personatges de la política a Barcelona i a Madrid, o per protestar contra la burgesia, com aquella que havia esclatat al Liceu quan encara era un vailet. Segons es deia, eren bombes de fabricació fàcil perquè esclataven per impacte i no necessitaven cap dispositiu d'activació sofisticat. Deien que només calia disposar dels elements químics necessaris, d'altra banda força fàcils de trobar, i que es podien fabricar a casa sense córrer cap perill.

En Fargnoli va mirar de tranquil·litzar-se pensant que entre la policia i l'exèrcit podrien controlar la situació i que el dia acabaria sense cap ensurt. Ell havia d'agafar el tren aquell mateix vespre, i confiava a arribar a Barcelona l'endemà al matí, sa i estalvi.

Carregat amb la càmera, el trespeus i la resta de material no va tenir cap problema per accedir a l'edifici que tenia assignat, on un policia que protegia la porta va estudiar-ne l'acreditació i el va deixar passar. Un cop instal·lat i amb tot disposat, encara va tenir temps de tornar a baixar, travessar el carrer clafert de gent i pujar a l'habitació de la pensió per agafar alguna placa més perquè la comitiva encara trigaria a arribar i pensava que faria alguna fotografia més de l'ambient del carrer de les que inicialment havia previst. En entrar a l'hotel es va creuar just a la porta amb una dona, alta, elegant i de molt bona presència, que portava un ram de flors i que, després de parlar amb el recepcionista, va pujar escales amunt. No en va fer gaire cas. Ell també va fer cap a la seva habitació per agafar el material i tornar a sortir corrents per recuperar la posició al balcó.

El policia de guàrdia se'l va mirar de dalt a baix i amb un gest reprovatori el va comminar a no moure's més del seu lloc amb l'amenaça de no tornar-lo a deixar entrar si continuava anant amunt i avall. Però en Fargnoli ja no pensava tornar a sortir. Volia aprofitar el temps abans no arribés el seguici reial.

Tenia una posició excel·lent que li proporcionava una visió excepcional de tota la Calle Mayor. La comitiva reial havia d'internar-se per aquell carrer principal de Madrid i saludar la multitud des de la carrossa. Els reis eren joves, el poble se'ls estimava i la ciutat lluïa amb tots els carrers engalanats i plens de flors i amb els balcons d'on penjaven els domassos. La comitiva, segons havien informat els diaris, estaria formada per quaranta carrosses i la que transportava els reis aniria precedida per una companyia del regiment cinquantè de Wad-Ras i estaria escortada per la Guàrdia Reial a cavall.

Va aprofitar per immortalitzar alguns dels moments previs a l'arribada del seguici. Inevitablement, va fer una llambregada cap a les finestres i balcons de la casa d'hostes on s'allotjava perquè la façana s'alçava just a l'altre costat del carrer i li quedava al davant. En alguns dels balcons, els hostes també s'hi havien instal·lat i guaitaven tot el que passava al carrer assenyalant aquí i allà. Va posar les plaques al xassís, va comprovar la llum i va fer la primera foto enfocant la càmera cap a la gent que omplia la vorera del davant.

Mentre en treia la placa amb la intenció de carregar-la de nou va sentir que el volum dels crits i l'exaltació del carrer augmentaven. Va fer visera amb la mà i va comprovar que els primers cavalls que obrien el seguici ja treien el cap pel carrer. I va ser llavors, a mesura que s'acostava la comitiva reial, quan va girar la vista altre cop en direcció a l'hotel i va veure moviment darrere les cortines de la finestra del balcó del quart pis. Hi havia dues persones, una parella, però només en va veure la silueta, que es dibuixava a contrallum. Va tornar a concentrar-se en la feina. La cridòria augmentava anunciant que la carrossa reial s'acostava i havia de tornar a carregar la càmera. Encara tindria temps de fer una última fotografia de la multitud enfervorida abans de tornar-se a preparar i captar la imatge de la carrossa reial passant entre la gent.

«Llàstima que la fotografia no pugui captar el so», pensava en Valentí, mentre les mans, diligents i ben entrenades, canviaven la placa de la càmera. Aquí, tres noies joves, amb la boca ben oberta, cantaven una cançó popular que dedicaven a la ja reina d'Espanya; allà un grup d'homes llançaven visques al rei i a Espanya, i, més lluny, una parella s'agafava les mans i es mirava als ulls somniant probablement en el futur dia del seu enllaç matrimonial. Davant de l'edifici de la Capitanía General, al palau dels ducs d'Uceda, situat al final de la Calle Mayor, s'hi havia instal·lat una enorme tarima per a les autoritats, i una banda de música, que havia estat animant la festa amb marxes militars, va començar a interpretar la *Marxa Reial*.

La carrossa dels reis ja era ben a prop i en Valentí tenia l'última oportunitat per retratar el seu pas entre la gent. Amb els dits al disparador esperava el moment més adient per tal que la fotografia quedés ben enfocada. Calia sang freda i no precipitar-se. Era tot qüestió de segons. Massa aviat i la fotografia quedaria desenfocada; massa tard i hauria perdut la perspectiva frontal.

Ara! I va disparar confiant haver-ho fet en el moment precís. Creia que encara tindria temps per canviar la placa i fer-ne una altra, per si de cas, abans que la carrossa reial no desaparegués per tombar cap a la plaça d'Oriente.

Però es va quedar paralitzat. Una enorme explosió i una petita columna de fum li van gelar la sang, i els dits no li van respondre. «Sang freda», va tornar a dir-se. Va canviar la càmera de lloc i no es podia creure el que veia a través de l'objectiu. L'espectacle al carrer era esfereïdor. Els reis pujaven, ajudats per la Guàrdia Reial, a la carrossa de respecte, la que sempre va al darrere de la principal per si hi ha cap avaria. El blanquíssim vestit de Victòria Eugènia estava tacat de sang i tota ella tremolava; el rei l'abraçava i donava ordres a tort i a dret cridant; uns soldats a cavall apartaven els milers de ciutadans que corrien sense rumb d'una banda a l'altra per deixar pas a ses majestats. A terra, dels cavalls esventrats i dels cadàvers humans sorgien rius de sang negra que cobrien les llambordes i, més lluny, alguns soldats, moribunds, agonitzaven i es recargolaven com ninots rebentats.

Algunes de les persones que estaven entre el públic que mirava el seguici havien patit enormes ferides, i d'altres havien mort a l'acte. I un tercer grup de curiosos s'allunyaven xisclant com uns esperitats del lloc de l'atemptat. Ningú no sabia d'on havia sortit aquella bomba.

L'escena posava la pell de gallina, però en Fargnoli va poder mantenir la calma i va tornar a disparar. Ho va captar tot, però no en sabria el resultat fins que revelés el material. Després d'aquella última fotografia, els nervis van aflorar i va començar a tremolar. Li va costar Déu i ajuda recollir els estris i anar escales avall. El policia de la porta havia desaparegut, però travessar el carrer per tornar a la pensió i recollir-ho tot per marxar com més aviat millor d'aquell escenari dantesc va ser per a ell com fer el camí del calvari. Un silenci eixordador ho cobria tot i la bravada de sang i mort li feia venir ganes de vomitar.

Ben aviat les carrosses del seguici van ser desviades per un carrer lateral, i els serveis d'auxili van arribar per feinejar entre els cadàvers i els moribunds intentant esbrinar qui necessitava ajuda més urgent. Els reis van arribar a palau sans i estalvis gràcies al ram de flors que embolcallava la mortífera bomba Orsini, que pel que ja deien havia estat llançat des del quart pis de la pensió i havia quedat atrapat entre els fils elèctrics del tramvia, de manera que no havia aconseguit el seu objectiu, que era matar el rei.

En Fargnoli va aconseguir travessar el carrer a poc a poc, envoltat de gemecs, sang i silenci. Ningú li va dir res, ni allà ni en tot el trajecte que va fer a peu fins a l'estació de tren. Per arribar-hi va fer servir aquella ruta alternativa que tenia tan assajada.

El viatge a Barcelona va ser un infern. El tren semblava circular molt més a poc a poc del que era habitual i les hores s'escolaven lentes, pesades, eternes. Mentre esperava a l'estació, policies i soldats li havien demanat en diverses ocasions que s'identifiqués. Per sort, havia conservat la targeta acreditativa com a fotògraf de la Casa Reial i l'exhibició d'aquell salconduit l'havia protegit i li havia permès pujar al tren sense més entrebancs.

Encara amb la imatge d'aquell carrer, abans ple d'alegria i cridòria i després devastat, silenciós i inundat de mort, sentia que Barcelona era molt lluny i que no hi arribaria mai, però un cop va ser a casa, el neguit es va anar apaivagant i va reunir les forces necessàries per enfrontar-se al revelat de les fotografies. No volia reviure aquells moments, no volia tornar a sentir aquell terrible silenci de mort, però sabia que les plaques que descansaven a la cambra fosca es malmetrien si no les revelava aviat, i intuïa que potser serien un document gràfic de primer ordre. Calia posar-se a la feina.

Els diaris no parlaven d'altra cosa que no fos l'atemptat. Dos dies després, en Mateu Morral havia estat identificat a Torrejón de Ardoz com a autor material de l'atemptat. No hi havia hagut ni confessió ni judici, perquè, segons les informacions oficials, s'havia suïcidat en el moment de ser arrestat. A la seva habitació de la pensió, des d'on havia llançat la bomba, la policia deia que hi havia trobat un manual per a la fabricació d'explosius, flascons amb líquids químics, una luxosa bossa de viatge, un plànol de Madrid amb el recorregut dels reis marcat amb llapis i diverses peces de roba de luxe. Ara la policia buscava els possibles còmplices i perseguia tots aquells que haguessin tingut relació amb l'anarquista català. Per dirigir la investigació s'havia nomenat un jutge especial, Manuel del Valle, que assegurava que no pararia fins a trobar tots els responsables d'aquell fet que no podia haver estat comès per un home sol i sense ajuda.

A en Fargnoli no li arribava la pell a la camisa. Era molt possible que algú de la casa d'hostes l'hagués vist parlant amb en Morral a la sala d'estar o entrant o sortint junts la nit que havien anat a sopar plegats. Les fotos de l'anarquista eren per tot arreu i si algú establia cap connexió i donava el seu nom, la policia no trigaria gaire a localitzar-lo, i de poc servirien ni les credencials com a fotògraf reial ni les explicacions que pogués donar. Era clar que buscaven culpables i un càstig exemplar per tallar de soca-rel la violència. Un escarment per donar a la població la sensació d'ordre, control i seguretat.

Hi havia moments en què pensava que tot allò no era real, que en Morral només era un cap de turc, una víctima d'algun error policial. No podia ser que aquell home afable, culte i extravertit hagués estat capaç no només de cometre l'atemptat, sinó també d'haver sopat tan tranquil amb ell la nit abans, com si res no hagués de passar l'endemà. Només de recordar aquell sopar i l'agradable i intranscendent conversa que havien mantingut li venien calfreds i es posava a tremolar. Tampoc no podia deixar de preguntar-se què hauria passat si ell li hagués dit la veritat, que era a Madrid per fotografiar l'enllaç reial. Hauria servit perquè en Morral reconsiderés la seva decisió? Hauria pogut canviar res i salvar les més de vint-i-cinc persones que hi havien perdut la vida i els centenars de ferits? Se sentia culpable i traït, però per sobre de tot tenia por, molta por.

En Fargnoli no parava de donar voltes a la seva situació pensant què podia fer mentre esperava amb impaciència, a la seva cambra fosca, que els papers fotogràfics mostressin les fotografies que havia fet a Madrid. A poc a poc, el líquid de revelat impressionava el paper i es començaven a endevinar les zones més clares, després les grises i finalment les més fosques. L'última fotografia mostrava l'espectacle de l'horror just després de l'explosió de la bomba, la imatge que ell encara tenia a la retina i que havia quedat immortalitzada per a l'eternitat. Malgrat el malestar i la tristor que li produïa, no podia deixar de mirar-la. Hi tenia clavats els ulls i pràcticament havia deixat, abandonada al líquid de revelat, la fotografia que havia captat just abans d'aquella, uns segons abans de l'explosió. Quan finalment va ocupar-se'n, no podia creure el que la imatge, ja completament revelada, mostrava amb tota claredat. Era real! A l'altra banda del carrer, al quart pis de la casa d'hostes, i des d'aquell balcó on minuts abans havia vist la silueta d'una parella darrere les cortines de la finestra, hi havia en Mateu Morral brandant un ram de flors a punt de ser llançat al pas de la comitiva.

Aclaparat per la por, en Valentí es va deixar caure a la banqueta que tenia a la cambra de revelat i, per un moment, va desitjar no haver de sortir mai més d'aquell quartet fosc i segur. Ara tot encara es complicava més.

A la por pel que pogués investigar la policia, i que vinguessin a buscar-lo per la seva relació amb en Morral, s'hi afegia la por dels mateixos anarquistes, perquè tenia clar que aquella fotografia era la prova fefaent de la culpabilitat d'en Mateu Morral. Sense ella, la teoria del jutge investigador podia posar-se en dubte i els anarquistes i els grups afins podien reivindicar la innocència d'en Morral. Però la foto en certificava la culpabilitat i, si sabien que existia, no dubtarien a voler-la per desfer-se'n i potser, de passada, també desfer-se de l'autor.

El perill venia per totes bandes i la primera reacció d'en Fargnoli va ser destruir les fotografies i les plaques, i així eliminar proves. Però quan es disposava a fer-ho, un fre interior li va paralitzar les mans. «Això és un document històric», es va dir, «i algun dia aquestes imatges es podran fer públiques». I aquell pensament fugaç, però intens i clar, va fer que canviés d'idea. Amb la mateixa sang freda que el guiava quan havia d'esperar el moment precís per prémer el disparador, va acabar de revelar les fotografies de la sèrie, les va netejar curosament i les va penjar perquè s'assequessin. Després, va tancar amb doble clau la porta de la cambra de revelat, on només hi entraven ell i el seu germà, i va anar a trobar l'Adolf.

Les fotografies compromeses van quedar amagades a partir d'aquell dia al taller de l'Adolf, en un soterrani, i cap dels dos germans va parlar mai amb ningú de la seva existència.

Els diaris van continuar escopint notícies sobre l'atemptat i la recerca de culpables durant molts dies. José Nakens, el director del diari *El Motín*, que havia ajudat en Morral a escapar de Madrid i a amagar-se a Torrejón, i Francesc Ferrer i Guàrdia, el director de l'Escola Moderna de Barcelona de la qual en Morral era el bibliotecari, van ser acusats i condemnats a penes de presó. Sortien testimonis de sota les pedres que corroboraven la culpabilitat d'en Morral i pretenien reforçar la tesi de la conspiració del jutge instructor: cambrers que l'havien vist sopant o dinant aquí i allà amb persones que feien mala pinta i que podien ser obrers o conspiradors; dependents de botiga que asseguraven que havia comprat eines en una ferreteria, productes químics sospitosos en una farmàcia i fins i tot un entrepà poc després de l'atemptat en un carreró a prop de la redacció d'*El Motín*. Un dels testimonis, un militar retirat, va explicar en el judici que el 26 de maig havia vist que dos homes joves estaven gravant alguna cosa al tronc d'un dels arbres d'El Retiro. Després de l'atemptat, en veure les fotos d'en Mateu Morral als diaris, l'havia reconegut com un dels autors d'aquella inscripció que anunciava l'execució del rei el dia de l'enllaç. El 14 de juny el diari *El Imparcial* publicava la notícia del testimoni d'aquell militar i reproduïa el text de la inscripció:

Ejecutado será Alfonso XIII el día de su enlace. Dinamita. Un irredento

El dia 15 de juny, el diari *ABC* la corroborava publicant-ne una fotografia i descrivint l'arbre on, sempre segons el testimoni del militar, el 26 de maig en Mateu Morral i un altre home que no s'havia pogut identificar havien gravat la sentència de mort del rei Alfons XIII. Era un enorme castanyer d'Índia situat al centre del Paseo de los Lauros del parc d'El Retiro. A més de la inscripció que anunciava l'atemptat, ben visible al bell mig d'aquell tronc que en Fargnoli recordava, la fotografia mostrava aquelles flors primerenques que despuntaven tímidament el dia que les havia admirat la tarda abans de la desgràcia, ara plenament desenvolupades, enormes i que havien canviat el rosa pàl·lid per un to rogenc intens.

Capítol 12

En Fargnoli tornava a casa carregat amb la capsa dels secrets que en Martí Roura no havia acceptat custodiar. Encara tenia esperança perquè no li havia dit un no rotund, però creia que havia estat una manera educada de posar distància abans de rebutjar obertament la donació. No l'hi retreia, en cap cas. Ho entenia. En aquella Espanya de la dictadura tothom vivia amb por i qualsevol cosa podia ser motiu d'una denúncia, moltes vegades d'algun veí que busqués venjança o d'un rival professional. Els escorcolls indiscriminats sovintejaven i la policia podia entrar en qualsevol moment en una casa o una botiga, sense raó aparent, i posar-ho tot cap per avall. No, no podia retreure-li res a en Martí Roura, però la capsa cada cop pesava més i en algun moment d'aquell trajecte fins a casa va estar temptat de llençar les fotografies del sobre gris a la sèquia. Ja ben a prop de casa va decidir que en parlaria amb la Rosa. A llençar-les sempre hi era a temps, i la seva dona, sempre tan assenyada, segur que tindria alguna idea que ell, amb el cap emboirat per tots els records que la conversa havia fet aflorar, era incapaç d'albirar.

Amb més ànims i empenta, doncs, va recórrer l'últim tram de carrer i va entrar a casa, esbufegant i amb ganes d'enterrar la capsa en algun lloc on no la tornés a veure mai més. Però finalment la va deixar sobre la taula del menjador, ben visible, gairebé per provocar la pregunta de la Rosa i encetar la conversa que s'havia decidit a mantenir amb la seva dona.

—I aquesta capsa? Què hi fa, aquí, Valentí? —no va trigar gaire a preguntar ella mentre l'apartava una mica per poder parar taula per sopar tots dos després que les criatures ja fossin al llit.

—D'això justament vull parlar amb tu. Deixa-la aquí i, havent sopat, en parlem. —En Valentí no tenia gaire gana.

El licor d'herbes i la conversa amb en Martí Roura li havien regirat el cap i l'estómac, i aquell dolor que, cada cop més sovint, li tenallava els budells ara no el deixava viure. Però faria l'esforç de menjar una mica, per la Rosa i perquè no tornés a insistir amb allò que visités el metge.

—Doncs, apa, ja hem sopat, si d'això que has menjat tu se'n pot dir sopar... —va mormolar la Rosa mentre recollia els últims plats de taula i començava a omplir una palangana amb aigua per rentar-los.

—Ara no et posis a fregar! Fem-ho després, ja t'ajudaré —va dir en Valentí gairebé sense forces i amb més ganes d'estirar-se al llit que de posar-se a parlar.

La Rosa es va asseure al seu costat i va tornar a preguntar què feia traginant aquella capsa amunt i avall.

—Ja saps el que hi ha aquí a dins, no? —En Valentí va assenyalar la capsa i ella va assentir amb un lleu moviment de cap—. Avui he intentat que en Martí Roura se les quedés. No vull que quan jo falti les tinguis tu. És massa perillós, Rosa. No vull que tu i les criatures patiu per res, i això seria un perill. O se les queda en Martí Roura o les llenço. No hi ha res més a fer.

—No, Valentí, ni parlar-ne, de llençar-les —li va replicar sense pensar-s'ho ni un instant—. En primer lloc, no veig per quina raó has d'estar pensant en el dia que tu faltis i, a més, des del robatori que va espantar l'Adolf, sempre les hem tingut a casa i no ha passat mai res. No vull que les llencis!

Les paraules de la Rosa van transportar en Valentí a la nit en què, tancat al colomar de casa els pares, va revelar les maleïdes fotografies de Madrid i, mort de por, va decidir parlar-ne amb l'Adolf.

—Et volia ensenyar unes fotos. Les tinc a dalt. Havent sopat, puja amb mi i en parlem —li va dir quan seien a taula per compartir l'àpat amb els pares.

Un cop sols i a recer al laboratori on en Valentí havia deixat les fotos penjades per tal que s'assequessin, l'Adolf es va quedar bocabadat. Va reconèixer de seguida l'escenari i la situació.

—Són les fotos del casament reial que has anat a fer a Madrid?

—Sí, sí, però mira aquesta —va fer en Valentí assenyalant la foto en què es veia en Mateu Morral brandant el ram que contenia la bomba abans de llançar-lo des del quart pis de la pensió, on s'havien allotjat tots dos i on s'havien trobat abans d'anar a sopar plegats al Café Francés.

—És que no són només les fotos, Adolf. Jo coneixia aquest noi —va dir en Valentí amb el dit sobre la foto d'en Mateu—, vaig sopar amb ell la nit abans de l'atemptat, i segur que molta gent ens va veure junts i després... Després ell... mira'l... aquí... ho veus... És clar que és ell qui va llançar la bomba... i vam sopar junts la nit abans! —li fallava la veu, gairebé somicava recordant aquella nit a Madrid.

—Però tu no sabies res de tots aquests plans? Ell no te'n va pas parlar?

—No, és clar que no, però qui s'ho creurà si em venen a buscar?

—Sí, tens raó. No deixa de ser un perill que tinguis aquestes fotos. Ja entenc que no te'n vulguis desfer, però et comprometen, Valentí.

—Ja ho sé, és un doble perill: d'una banda, hi ha la policia, que busca culpables, i de l'altra, els anarquistes, perquè això —va tornar a assenyalar la fotografia amb un dit tremolós— demostra que va ser ell qui va llançar la bomba amagada al ram de flors. A més, jo sé que va tenir còmplices, almenys un, o una...

—Un, una? Com ho saps? —va inquirir l'Adolf.

Aleshores en Valentí va buidar el pap i li va explicar tot el que havia passat a Madrid: la trobada absolutament casual amb en Morral, el sopar al Café Francés i, sobretot, la dona amb qui havia topat a la recepció de la pensió i que duia un ram de flors, i després la silueta de la parella que havia vist darrere les cortines de l'habitació del quart pis.

—La dona darrere les cortines era la mateixa que duia el ram i que vas veure a la recepció? —va preguntar l'Adolf, inquisitiu, com si estigués enmig d'una investigació detectivesca.

—No ho podria jurar, però diria que sí. Era alta i molt elegant. Només vaig veure la silueta d'un home i una dona, però jo diria que eren en Morral i la dona que havia vist a la recepció. Deixant de banda la dona, però, en aquesta foto —en Valentí tornava a assenyalar la foto d'en Morral amb el ram a la mà— ell és al balcó de la seva habitació del quart pis, a la porta de la qual me'n vaig acomiadar en tornar de sopar la nit abans. Això sí que ho puc jurar!

L'Adolf no deia res. Necessitava pensar per trobar la millor solució. Rumiava mentre en Valentí s'impacientava.

—Adolf, necessito saber el teu parer. Creus que les haig de cremar? Jo no sé per on tirar. Faré el que em diguis.

L'Adolf Fargnoli es mirava i remirava les fotos amb posat greu, rumiant quin consell li podia donar. Buscava una solució per no haver de cremar-les, perquè entenia que allò era un document gràfic de primer ordre. Ara que... de què servia si no es podia fer públic? Valia la pena córrer el risc de guardar-les fins que vinguessin temps més favorables? L'Adolf va necessitar uns quants minuts per arribar a una conclusió.

—És evident que guardar-les no et fa cap bé, i aquest barri no és el lloc més segur, però cremar-les seria una pèrdua irreparable i per sempre. Ves a saber què passarà, i potser algun dia aquest material podria tenir molt valor. No ho sé, però m'inclino a pensar que hem de ser molt prudents, però que no les hem de destruir.

—I com ho fem, això? Guardar-les aquí a casa em sembla perillós i compromet els pares. Si els ho diem, els impliquem, i si callem, els traïm. No sé pas què fer, Adolf, no ho sé...

Després d'un altre llarg silenci, ara més asserenat, li va fer una proposta:

—Si vols, les podries amagar al meu taller. Allà estaran segures i ben protegides. Pensa que tots els que estem adscrits a la confraria d'artesans tenim l'aixopluc de la seva vigilància. Porta-me-les i les amagarem en un racó que només sabrem tu i jo.

En Valentí va veure com se li obria el cel. Era una solució de compromís, però li permetia guanyar temps sense haver d'adoptar-ne una de més radical i irreversible.

Un llamp va il·luminar tres figures que van emergir d'entre les ombres. Caminaven sigil·losament enganxats a les parets de les cases, que regalimaven aigua a dojo. Plovia a bots i barrals i els carrers del voltant de la catedral de Girona baixaven plens d'aigua. Anaven xops per la pluja, i la suor ja feia estona que els amarava el cos. No la suor que llisca per les aixelles o la cara després d'un esforç físic. No. Era d'una altra mena. La suor que ja havien notat alguna altra vegada. Aquella suor que marca la frontera entre la por i el perill, entre el bé i el mal. Una suor, potser més aviat com un calfred, els recorria el cos per fer-los prendre consciència que estaven fent mal fet. Temien ser sorpresos pel sereno.

Volien arribar dos carrers per sota la Seu, al de la Força, on hi havia els tallers dels artesans. Allà hi havia una confraria molt reputada i respectada que agrupava oripellers, guadamassilers i batifullers, però també argenters, ballesters, calderers i ebenistes.

Els primers feien i venien oripell, uns fulls de llautó fi i polit que brillava com si fos or i amb el qual es feien ornaments. Els segons dauraven i estampaven cuirs, cortines i coixins. I els tercers feien pa d'or, argent i altres metalls preciosos tot batent-los a cops de martell. El pa era l'objecte de desig d'aquells tres espardenyaires que estaven a punt d'irrompre en la quietud del taller. Es van aturar davant de la porta, van llançar un parell de mirades furtives a dreta i a esquerra i, un cop van estar segurs que no hi havia perill, van procedir a fer el que havien vingut a fer. Havien de fer cedir la porta, forçar-la. Es van sentir uns renecs i un clec. La intensitat amb què queia la pluja va amortir el soroll de les xarneres, que ploraven quan van obrir la porta. Aleshores ja res no els va aturar, ni la imatge que els va rebre. De fet un altre llampec va il·luminar la figura que guardava el taller i infonia respecte a aquell qui gosava entrar-hi. Van tancar ràpidament la porta darrere seu sense poder apartar la vista d'aquell guerrer que, abillat amb casc i cuirassa militar, l'arcàngel sant Miquel, duia visibles les mànigues de la camisa i la faldilla. Anava calçat amb botes fins a mitja cama i un mantell creuat i nuat a la banda esquerra que li queia per darrere lleugerament inclinat, cosa que el dotava d'un cert moviment, que anava en concordança amb el gest que tenia d'avançar el peu dret. Amb la mà esquerra subjectava l'escut amb la inscripció «Quis ut deus». Qui com Déu? Amb l'altra mà, la dreta, que tenia alçada, empunyava una llança daurada a punt per enfonsar al cos que jeia als seus peus. Un altre llampec els va permetre veure, trepitjat i vençut, el dimoni, una figura alada amb un rostre grotesc i barbat: un nas gros, unes orelles llargues i punxegudes, i una boca deforme i ampla. Eren els trets característics del diable, com les banyes o el color vermell de les carnacions. El cos, de forma humana, nu i amb una colla de nafres, era robust i s'hi intuïa una estesa de pèl per tot arreu. Malgrat aquesta imatge terrorífica, res no va aturar els lladregots en la seva intenció.

—No us encanteu! És només un tros de guix! —va ordenar el que duia la veu cantant—. Va, vinga, anem per feina!

Es van dirigir a un armari que hi havia al fons del taller. Es volien endur tot el pa d'or per vendre'l. La misèria començava a fer-se sentir a la ciutat i eren conscients que aquell pa d'or els podria procurar pa de veritat per a ells i les seves famílies.

Van arreplegar el botí, van rapinyar algunes eines que els farien servei i, de la mateixa manera que havien entrat, van sortir. Un cop al carrer les ombres els van tornar a engolir i una espessa cortina d'aigua els va aixoplugar de mirades curioses. L'endemà l'Adolf va denunciar el robatori i, visiblement amoïnat no només perquè feia servir pa d'or per a les arquetes, sinó perquè mai havien patit cap furt, li va recomanar a en Valentí que, pel que pogués passar, s'emportés les fotos del taller i els busqués un amagatall més segur.

—I després del robatori ja no vas buscar cap altre amagatall. Ai! Sempre igual, sempre ajornant les decisions —va riure la Rosa, que coneixia prou bé el seu home i li perdonava, com sempre havia fet, les petites imperfeccions.

—Bé, vaig decidir que les fotos no estarien enlloc tan segures com a prop meu. Podria controlar el perill, i si les coses es posaven peludes, sempre podria destruir-les. Me les vaig endur a l'Argentina i després, ja ho saps prou, sempre han estat a casa, amb mi... amb nosaltres —va reblar en Valentí amb una mirada dolça i còmplice cap a la seva dona—. Però ara convindria pensar en una altra solució, i per això les he ofert a en Martí Roura primer. Però s'ho ha de pensar, m'ha dit. Em sembla que em dirà que no les pot custodiar, i ho entendré. Aleshores haurà arribat el moment de destruir-les.

—Deixa-m'hi pensar —va demanar la Rosa— i esperem la resposta d'en Martí Roura. És un bon home i molt lleial. Ja ho veurem —va afegir mentre s'aixecava i es disposava a acabar d'arreglar la cuina abans d'anar a dormir—. Au, va! Ves a descansar, que estàs baldat. Ara vinc!

Capítol 13

En Valentí no va dormir gaire aquella nit. La conversa amb el seu vell company la tarda anterior havia fet aflorar records que tenia enterrats. I sobretot el neguit per aquelles maleïdes fotografies, que havia arribat a odiar, però a les quals, tanmateix, se sentia estranyament lligat, no l'havia abandonat al llarg de la nit. Una inquietud que li havia inundat els somnis d'imatges escabroses que ara, mentre encara endormiscat anava cap a la cuina, maldava per oblidar.

La fredor senyorejava en aquella estança presidida per una estufa de carbó que a aquella hora desprenia ben poca escalfor. La va tocar i encara estava tèbia. Per això va obrir-ne la tapa i hi va deixar caure un grapat de carbó. Es va fregar les mans i se les va bufar amb l'alè per mirar d'escalfar-se abans no s'encengués bé el foc de l'estufa. Se'n va anar cap a la cuina, es va tallar una llesca de pa i la va deixar sobre la tapa de l'estufa. Mentre es torrava, va arrencar un gra d'all de la cabeça que penjava d'un ganxo de la cuina i es va obrir una llauna de sardines. Quan ja va ser prou torrada, la va aixecar fent pinça amb els dits de la mà dreta, se la va posar al palmell esquerre i hi va fregar el gra d'all. De seguida, la fragància que va deixar anar, barreja de frescor i picant, va aromatitzar l'habitació, que feia de cuina, menjador, sala d'estar i taller de costura de la Rosa. Va tornar a fer pinça per agafar un parell de sardines de la llauna i estendre-les sobre la torrada. Com que tenia gana, s'ho va cruspir amb dues mossegades. Ho va engolir ben de pressa mentre s'acabava de fer el cafè. Era de mitjó. No era res de l'altre món, però aquell beuratge que aconseguia després de fer bullir per segona vegada el marro, residu del primer, el mantenia despert. I, a més, li agradava assaborir-lo a glopets mentre remenava la culleradeta de sucre que hi barrejava per amorosir-ne l'amargor. I se'l bevia a xarrups mentre sentia com el reconfortava i mentalment repassava i organitzava el dia.

En veure la Singer i l'estesa de roba, fils, retalls i patrons a la taula i als respatllers de les cadires, va tenir un pensament per a la Rosa, la seva fidel companya de tants anys i en la qual confiava per resoldre d'una vegada el tema de les fotografies, que ara era el seu principal neguit.

Ja no li importaven gaire les punxades a l'estómac, cada cop més doloroses, que l'obligaven a fer una vida més sedentària de la que havia portat de jove, i que ara havien tornat. Lentament, fent-se un massatge a la panxa per distreure el dolor, en Valentí va agafar la capsa dels secrets, que havia quedat sobre la taula del menjador la nit abans, i va dirigir-se a la cambra fosca per desar-la allà. Hi tenia tot el material que necessitava per fer un bon revelat. Per treballar amb una mica de claror havia substituït els llums que feien servir al principi amb el seu germà per una bombeta que havia pintat de color vermell. Penjada del sostre, projectava la claror necessària per assegurar el resultat d'una bona feina. I a les lleixes, ben disposats, hi havia els flascons, les safates, les plaques i els altres estris que li calien. A les nits, quan tornava d'una jornada de feina, s'hi tancava per revelar els negatius, que positivava en paper fotogràfic i després convertia en postals. Els consells que li havia donat el seu germà i els anys d'experiència feien que aquell procés el tingués molt a l'abast, i cada vegada fos més ràpid. Tanmateix, allò no treia que en Valentí, exigent i primmirat com era, no s'estigués de controlar tots els detalls. Aquesta actitud d'extrem rigor i correcció l'abocava a treballar sol. I sol s'encarregava de repassar minuciosament tots els detalls abans de lliurar una feina, des d'eliminar una ditada que li hagués pogut passar per alt fins a retolar correctament el lloc amb la data de l'excursió. Era polit, complidor i perfeccionista, amb ell mateix i amb els altres.

Per comprovar que tot era a lloc va escombrar amb la mirada aquell petit espai on cada nit es generaven les condicions perquè es produís l'embruix de fabricar records, i es va disposar a revisar les fotografies de la capsa un altre cop. No havia pres encara cap decisió definitiva, però, després de la conversa amb en Sebastià, havia sentit la necessitat de posar ordre als records. Triaria les fotografies. Les familiars quedarien en mans de la Rosa. De les altres, en faria dos feixos. En un hi posaria les que, al seu parer, tenien algun interès artístic o documental i no representaven cap perill. A l'altre, hi anirien a parar les del casament reial i les poques que s'havien salvat de totes les que havia llençat al començament de la guerra civil, quan es va espantar perquè n'hi havia moltes «de missa» i tot el que sonava a religiós era perseguit.

Ara les coses havien canviat i, ben a l'inrevés que en aquella Catalunya del començament de la guerra, l'Espanya catòlica i apostòlica de la dictadura no veuria amb mals ulls aquelles fotos d'esglésies i ermites d'arreu, calzes, santcristos, retaules i imatges de sants i santes, moltes de les quals es va veure obligat a llençar aquell maleït any 1938.

Recordava vívidament com un dia en tornar a casa s'havia trobat la Rosa plorant. Entre sanglots la seva dona li va dir que havien cremat l'estudi de fotografia de l'Unal perquè tenia moltes fotos «de missa». En aquells moments, tot el que fes olor d'encens, ho destruïen. A la Rosa li feia molta por que els vinguessin a buscar. Per això aquella mateixa nit en Valentí va baixar a la sèquia i va llençar moltes d'aquelles fotos a l'aigua. Era això o viure amb la por que li clavessin un bon ensurt. I pensar que el podien arrestar i anar cap als calabossos i deixar la Rosa sola amb la mainada... no podia ser.

«Sí, les coses havien canviat molt, però igual que ho van fer un dia cap a una banda podrien tornar a canviar cap a l'altra. No hi ha res de segur», pensava en Valentí arrossegant els peus del laboratori cap a la cuina per servir-se una altra tassa de cafè. Mentre l'escalfava, guaitava per la finestra. La casa estava en silenci i la ciutat immortal encara dormia. El vent fred i mandrós empenyia suaument els núvols blancs, que s'esfilagarsaven pel cel com si fos una flassada delicada. La remor xiuxiuejant del corrent de l'aigua del riu acompanyava la fressa que provenia dels carrers. Eren els remolins de pols i fulles que ballaven pels racons voleiant i perseguint-se, com si fossin un parell d'abellerols que s'empaitaven i no acabaven de tocar-se malgrat les empentes invisibles de l'aire de matinada que s'obria pas de bracet, amb un tímid raig de sol que gosava treure el nas per l'horitzó.

Palplantat davant la finestra i sense ganes de treballar ni de fer res, en Valentí recordava els dies llunyans en què es llevava també d'hora, com avui, però ple d'energia i amb ganes de menjar-se el món. Després d'un cafè ràpid i d'acomiadar-se de la Rosa, que ja era asseguda a la màquina de cosir, sortia amb tot el material a l'esquena: la màquina, el trípode, el decorat, el portaplaques i el llum de carbur per il·luminar el camí quan tornés ja de fosc, al vespre.

Encara recordava aquell dia. Feia estona que pedalava. S'acostava a Verges, on havia viscut una temporada curta abans que els pares decidissin instal·lar-se a Girona. I, de cop, el va sentir. Acanalat. Udolava pels camps de la plana vergelitana, baixant dels cims del Montgrí. Era el vent que li començava a bufetejar la cara. L'empenyia, però no pas endavant, sinó enrere, i no avançava. Les cames, agarrotades, li pesaven. Afuava els ulls per veure-hi i per evitar que hi entrés sorra i pols.

Es va calar la gorra fins a les orelles, es va alçar el coll de l'americana, però continuava anant de gairell. Sentia que perdia l'equilibri. Les ràfegues eren tan fortes i continuades que el feien anar d'un costat a l'altre del camí, com si fos un rostoll. De poc que en un determinat moment no cau daltabaix del cingle. I va ser per falta de bona visibilitat que no va poder, que no va saber, esquivar una pedra, que li va rebentar la roda i ara sí, li va fer perdre el control. Sense voler va donar un cop de manillar i al moment se li van trencar els frens. No podia dominar la bici i va anar a petar de morros a terra, i el quadre del vehicle va rebre un cop. Ben tort.

Quan va estintolar la bici per mirar l'abast del desastre, no s'aguantava dreta. Aixecava la roda de darrere i, amb l'altra mà, feia girar el pedal. Mentre la roda girava, mirava fixament la cadena. De fet tenia els ulls clavats en un punt de l'engranatge i gairebé no parpellejava, com si l'haguessin embruixat.

Per sort, el material fotogràfic no havia rebut tan fort, tot i ser molt delicat. Va comprovar l'estat de la màquina, el trespeus, el decorat, les plaques de vidre gruixut que duia ben embolicades i protegides dins de la carcassa de fusta del xassís i, per sort, tot estava intacte. L'únic que s'havia trencat era el llum de carbur. Hauria de tornar a les fosques, si és que podia, va pensar. Tanmateix, la seva prioritat era una altra. Havia d'arribar a Torroella, fos com fos, ja que començava la festa major en honor a sant Genís i les famílies aprofitaven que tots anaven de vint-i-un botons per fer-se fotografiar. Així que va armar-se de valor i va travessar com va poder el pont vell de Torroella. Va entrar al poble pel carrer del Roser, ranquejant.

La patacada l'havia deixat força masegat, sobretot a la zona de la ronyonada i de l'estómac, el mateix lloc on ja havia rebut feia temps aquell dia baixant dels Àngels. Ara, però, no tenia temps per llepar-se les ferides perquè havia de complir els compromisos adquirits. Com que era molt previsor, sempre sortia amb temps per si hi havia qualsevol entrebanc que el pogués endarrerir i així arribar a l'hora que havia quedat. I això era el que havia passat aquest cop. En consultar el rellotge per veure com anava de temps, va veure que tenia el vidre trencat i havia perdut una broca de resultes de la caiguda. N'hauria de comprar un, perquè no podia pas anar sense. Per l'hora que era li va semblar que encara tenia temps de portar la bici a arreglar. A l'entrada de Torroella mateix hi havia can Marcial, un taller mecànic que coneixia i on treballaven tot l'any, fos la festa major, Setmana Santa o Nadal.

—Gràcies a Déu que no respectes les festes de guardar, Marcial! —va fer alleujat—. Si no tinguessis aquest caràcter, no podria tornar a Girona al capvespre amb la bici arreglada!

—Cal aprofitar quan hi ha més moviment al poble, amic meu! Però valga'm Déu —va exclamar l'altre posant-se les mans al cap en veure l'estat en què estava la bicicleta—. Fargnoli, faré el que podré, però t'ha quedat feta una ferralla!

—No me'n puc permetre una de nova, Marcial —li va admetre—. O sigui que confio en les teves mans per poder tornar a casa aquest vespre. No tinc pas cap intenció d'agafar el cotxe de línia ni de quedar-me a dormir! I ara me'n vaig, que ja m'esperen! —I li va fer una salutació des del portal obert del taller.

Anar a fer retrats per Sant Genís, a finals d'agost, a Torroella era una bona feina. De fet, des de Sant Joan i fins després de la Mare de Déu d'Agost, en Valentí recorria gairebé totes les festes majors que se celebraven a les comarques gironines, tant del pla com de marina o de muntanya. Tenia molts encàrrecs de famílies que volien immortalitzar, cada any, aquell moment. I això era sinònim d'uns bons guanys. Traginava a coll el trespeus, la màquina i la resta de material quan es va creuar amb uns capgrossos que anaven cap a la plaça Major a reunir-se amb els gegants per fer la cercavila. Una corrua de vailets els seguien trotant al darrere.

El seguici s'anava desfent a poc a poc, perquè a mig camí trobaven les parades dels firaires, que organitzaven una exposició de quincalla i joguines que feien quedar bocabadada la mainada. Ganivets a trenta cèntims, anells i bufes a deu cèntims, xiulets, flabiols, tabals, nines, cavalls de cartró, agulles de pit, vanos i un munt de faramalla que durava de Nadal a Sant Esteve, però que eren la il·lusió de petits i grans. Entre els paradistes, va veure un home que en una voluminosa cartera de cuiro penjada a l'espatlla hi duia una capsa amb rellotges de butxaca.

—Ep, mestre! Són Roskof, els millors rellotges de butxaca! —va anunciar el firaire quan va veure que en Valentí se'l mirava—. Us n'interessa cap? —I li va ensenyar tot el mostrari.

—Quin preu tenen?

—Tinc aquests, que valen vuit pessetes, i els plans, que van de deu a quinze, depenent si duen un bany de plata o d'or.

—Em requen aquests cèntims, però no puc pas anar per aquests mons de Déu sense rellotge...

No s'hi va pensar més i n'hi va assenyalar un de planer, el més senzill que va veure.

—Molt rebé! Deu pessetes, doncs! —I mentre pagava ja li allargava el rellotge i se'l penjava a la butxaca.

La resta de petits firaires s'havia anat instal·lant: el de la baboia amb la ruleta i el dipòsit de neules; el de les anelles que s'havien d'encasquetar al coll de les ampolles de licor, que eren ofertes com a recompensa; el que muntava un cavallet de tisora i una fusta per taulell i amb un joc de cartes organitzava jocs d'atzar que premiava amb fàries o paquets de tabac, i el que amb tres escopetes de balins i una gàbia amb coloms exposava els ocells a la punteria dels aficionats a matar aus només pel pur plaer de fer-ho i presumir.

Per sort els sons alegres del piano de maneta de la Victorina ja anunciaven que els cavallets de fusta començarien a funcionar al cap de ben poc.

Com que eren dies especials, aquells que volien retratar-se aprofitaven per empolainar-se, enjoiar-se i, si calia, estrenar un vestit o espardenyes noves. L'ocasió pagava la pena. Era festa major i a la majoria de cases hi arribava el fotògraf. Per això aquell dia, a fora el portal de can Busquets, tal com li havia dit a en Marcial, ja l'esperaven. L'expectació era màxima.

—Déu vos guard, senyor Fargnoli! —el va saludar

la mestressa de la casa, la Carme. Era amb qui havia fet els tractes l'any anterior, per l'aplec de Santa Caterina—. Vol descarregar els *bàrtuls* i fer un traguinyol de vi, abans de començar? —I li va mostrar tot seguit on podia deixar els estris. Al costat de la porta hi havia una tauleta parada amb un gerro d'aigua i un porró de vi.

—Moltes gràcies! No us diré pas que no! Vinc assedegat! —va admetre el fotògraf, que un cop va haver deixat l'instrumental, es va treure la gorra per eixugar-se la suor del front amb un mocador.

La Carme anava ben mudada. Duia un vestit negre que, des de la cintura fins als peus, li dibuixava unes aigües de color morat que l'ensenyoria i la feia encara més elegant. Anava amb mitges blanques i unes sabates de mig taló. A aquesta imatge distingida, hi contribuïen els cabells recollits amb una trena en forma d'ensaïmada amb un fermall i unes arracades petites daurades que anaven de conjunt amb una fina cadena d'or d'on li penjava una creu.

Aquell any era el primer cop que a can Busquets es feien una foto i, lògicament, hi havia nervis. Tota la família anava endiumenjada, amb roba bona cosida a mà, els cabells ben pentinats i clenxinats, i somrients. El ritual els neguitejava perquè la càmera els imposava.

—Estem tots molt nerviosos! —va confessar la Carme, a qui van pujar els colors a les galtes, i es va haver de posar la mà a la boca per amagar un somriure tremolós.

En Valentí també somreia donant cops de cap mentre desfeia els nusos de les cordes amb què lligava les potes del trespeus.

—No patiu! Heu d'estar-vos ben quiets davant de l'objectiu perquè és la millor manera d'assegurar-se que no sortiu moguts! Palplantats amb els ulls ben oberts i la boca tancada, com si fóssiu un espantaocells. I encara és millor si teniu on recolzar-vos. Una cadira serviria —els va aconsellar.

Tot seguit la mestressa de can Busquets va entrar diligent cap a dins i en va sortir amb un bon exemplar, ben envernissada, robusta. La mainada era a qui més els costava de no moure's. Per això, perquè després poguessin anar a veure els gegants i no molestessin gaire, van decidir començar per la més menuda de la casa. La Carmeta tenia cinc anys. Amb el vestit blanc de puntes i una medalleta penjada al coll, s'arrapava a la faldilla de la mare.

En Valentí es disposava a situar la cadira davant del fons artificial que solia traginar sempre a coll, enrotllat, un decorat romàntic que s'estilava en aquella època. En tenia uns quants, de fet. N'hi havia un que representava un paisatge fluvial molt frondós, presidit per un arbre mòrbid que ombrejava una pèrgola i un tros-set d'escala que es perdia somniosament per un angle. Un altre era un teló de fons amb una mata de flors, un cortinatge amb una porta misteriosa que s'obria a l'infinit, una simulació d'escala amb un gerro incorporat. Era una bona alternativa al llençol blanc, estès amb quatre pinces a l'entrada de la cort o del graner. Va desplegar la tela pintada, que de tant estar plegada calia estirar una mica, i que més d'un cop l'havia tret d'un mal pas.

Era un decorat, pintat a mà per ell mateix, que evocava el saló d'un palauet, i al fons es veia l'absis d'un temple. Reflectia un indret que denotava prestància, que aportava un toc de distinció a la foto. D'aquesta manera semblava com si la vida fos més dolça o, per dir-ho d'alguna manera, més ben acabada. Sobretot, perquè els retratats sabien que el decorat amagava el que s'estimaven més no ensenyar: parets de pedra o arrebossats escantellats. Ara bé, amb el terra no s'hi podia fer res. No tenia pas cap estora que simulés un paviment que recordés els mosaics d'un palau o els marbres d'una església. Els fotografiats apareixerien literalment sobre el terra de rajola de teula o de sorra, amb pedretes i fulles, restes de palla... Tot depenia de cada casa.

—Miri que m'he escarrassat a escombrar, però... —va queixar-se l'àvia Maria, la matriarca de la família. Li va dedicar un somriure enmig de les arrugues que li solcaven la cara. Embolicada amb el seu mocador, d'on en sortien un ble de cabells blancs que li baixaven pel front, només deixava veure uns ulls marrons i uns llavis prims— sempre s'hi arremolinen fulles.

—No tenen pas una catifa? Donaria un aire més solemne a la foto.

Però en aquesta ocasió la Carme va moure el cap a dreta i esquerra per deixar ben clar que no en tenien cap, de catifa.

—És igual. No passa res! —va exclamar en Valentí—. Aquesta teula es veu prou neta i bona —i els va picar l'ullet.

»Vinga, Carmeta! —En Valentí animava la més petita a posar-se al centre del decorat. Però la nena estava aferrada a la mare i no tenia cap intenció de separar-se'n. I no era tant per la presència del fotògraf com del giny que portava. Se'l mirava amb les faccions contretes, pels nervis, i uns ulls espantats, a punt de vessar llàgrimes. Tenia por que aquell monstre de tres peus i amb un sol ull que havia arribat a casa seva i que s'estava plantat davant seu, mirant-se-la, se la pogués menjar.

En Valentí s'hi va acostar i es va ajupir per posar-se a la mateixa altura que la criatura, i li va preguntar:

—No tens cap nina, Carmeta? —I li va picar l'ullet a la menuda—. Cap amiga de drap amb la qual juguis i que t'acompanyi a l'hora d'anar a dormir?

Aquelles paraules van tenir un efecte immediat. La cara de la Carmeta es va il·luminar; va mirar la seva mare, que va assentir. La nena es va deixar anar d'una revolada de les faldilles i va sortir corrent cap a dins de la casa.

Quan en va tornar a sortir, ho va fer amb una nina que duia unes cuetes de color panotxa, un vestit mariner de ratlles i unes sabates blau marí de conjunt. L'abraçava i l'estrenyia contra el pit. L'omplia de petons. La seva taula de salvació. La seva amiga.

—T'agradaria que li féssim una foto a la teva nina?

La Carmeta va fer que sí amb el cap.

—I com es diu? Perquè deu tenir nom, aquesta nina tan bonica!

La nena anava perfilant un somriure i, després de mirar-se la nina i amb una veueta que a en Valentí li va recordar la de la seva Júlia quan tenia aquella edat, va dir:

—Marina.

Aviat el fotògraf ja era amagat rere la càmera per mirar per l'objectiu.

Va alçar el braç esquerre amb la mà oberta perquè no es bellugués, i en uns segons màgics la placa de vidre captava per a la posteritat la Carmeta i la Marina en una abraçada eterna. Era un instant irrepetible. Havia fabricat un record.

Acabada la jornada, en Valentí va poder tornar a Girona. En Marcial li havia arreglat la bicicleta i no hauria de fer nit al poble. Avançaria feina i revelaria els negatius a casa, unes delicades plaques de vidre que positivava en paper fotogràfic, si podia, just el mateix dia d'haver-les fet. Sabia que era molt dur tornar. Encara que fos planer, el camí se li feia costerut. Sovint resava a sant Orient, el patró dels traginers: «Sant Orient, feu-me seguir el camí bo i desviar-me del dolent». Carregat amb el material, doncs, content per la feina feta i cansat de pencar tot el dia, tornava pedalant cap a casa. La mestressa de can Busquets li havia deixat un petit llum de carbur, perquè el seu se li havia trencat, i el duia penjat davant del manillar per mirar de fer-se una mica de claror.

Pel camí va recordar que va ser una d'aquelles nits en què ja era a les envistes de la vall de Sant Daniel, a tocar de Girona, quan va ser conscient que els estralls de la lluita obrera, que fins llavors només llegia als diaris, també havia arribat a les comarques gironines. Va haver de frenar en sec: una dona que semblava una esperitada, un fantasma, un espectre, s'havia quedat palplantada al mig del camí. Duia els cabells llargs, que en el seu moment devien haver estat negres, però que ara eren de color d'ala de mosca, i llefiscosos. Portava un vestit de sac esfilagarsat i brut.

—Ajudeu-me! Ajudeu-me! —cridava amb una veu esgarrapada mentre li allargava el braç, un braç ple de sang resseca i d'esgarrinxades segurament d'haver corregut entre la malesa dels boscos.

Aquell dia en Valentí es va aturar i, amb la bicicleta entre les cames, va intentar entendre d'on havia sortit aquella dona estrafeta i malgirbada.

—Tinc set i gana! —cridava.

Com que duia unes quantes vitualles al sarró, ja que la mestressa de can Busquets de Torroella les hi havia donades per amorosir una mica més el camí, un trosset de formatge i algunes peces de fruita, va enfonsar la mà al sac i les hi va oferir. Quan la dona ho va veure, va badar uns ulls rodons i blaus que semblaven d'òliba i s'hi va abraonar, afamada, i de poc que no el fa caure de la bicicleta.

Ella es va arraulir al costat d'un arbre arran del camí per devorar-ho tot, com si algú l'hi hagués de prendre. Mentrestant, ell havia deixat la bicicleta a terra i amb el llum a la mà se li va acostar.

Menjava amb desfici. Tan de pressa que del formatge no en quedava ni una engruna. Ara queixalava amb delit una poma. Mastegava com un rosegador.

—D'on ha sortit?

La dona va fer una ganyota, es va eixugar els llavis amb la vora del vestit arrossinat i li va clavar els ulls, que ara se li havien ennegrit, sota unes bosses liloses. Només es veia la foscor d'una mirada en un pou sense fons, d'un abisme insondable.

—Del no-res —va respondre amb una veu ronca.

—Dona, però bé deu haver fugit d'algun lloc i pretén arribar a algun altre, suposo.

—Fa dies que vaig fugir del manicomi de Salt, però m'estimo més no recordar per què m'hi van tancar.

—Què vol dir?

—Les meves idees m'hi van portar. En diuen sanatori, però en realitat allà dins hi fan tancar tots aquells elements que d'alguna manera o una altra els fan nosa, aquí fora. I un cop allà dins, t'obliguen a fer... coses, certes feines, i si t'hi negues, et torturen.

En Valentí estava horroritzat.

—I no recorda res més?

—Recordar... —i va posar els ulls en blanc—, recordar. Un dia em van explicar que aquesta paraula ve del llatí, i que vol dir 'tornar a passar pel cor', i a mi se'm van negar els ulls, perquè vaig pensar que un record és ben bé això. Una emoció que lliguem a un fet que ens porta a una altra època passada. —Va fer una pausa—. Portar a la memòria a través del cor —va dir mentre es tocava amb la mà sota el pit esquerre—. I jo aquesta part de la meva vida la voldria oblidar, però sé que no ho puc fer, que no ho podré fer. Sap què vol dir això? És un suplici. No es pot viure. Hi ha res pitjor que no voler recordar i que els records et persegueixin nit i dia?

—Com es diu?

—Agustina.

—Agustina... —I aleshores en Fargnoli es va asseure al seu davant i va posar el llum entre tots dos perquè es veiessin les cares.

—Saps de què fujo? De la indecència que pot viure al cor de les persones.

I tot seguit l'Agustina li va explicar una història terrorífica que feria només de sentir-la.

—Saps? Les dones som el motor de la indústria i ens volen silenciar. Jo treballava a la Cómicros, una de les indústries tèxtils més importants de la riba del Ter. Allà les condicions de treball eren molt dures. —Va fer una pausa dolorosa—. I temo que ho continuen sent. Recordo que hi vaig entrar a treballar amb catorze anys i només de posar-hi els peus la primera impressió va ser horrorosa.

»Vaig notar molta escalfor, i era estranya, asfixiant, com si fos un núvol de boira i pols, que t'ofega i t'encega. A la sala dels telers, on em van dur, el soroll era molt fort, tant, que fins i tot el continuava sentint quan arribava a casa.

En Fargnoli va alçar les celles en senyal de sorpresa. L'escoltava embadalit.

—Només li diré que per comunicar-nos entre nosaltres ho fèiem amb signes. —I va tornar a aturar-se per fer un glop de l'aigua que ell li havia donat.

»Era una animalada, la feina que fèiem. Havíem d'agafar peces de cent o cent cinquanta metres de roba enrotllada i posar-les a la màquina. Per això estic tan fotuda de braços i esquena. I les pallisses que he rebut m'han deixat encara més masegada —va dir mentre s'amanyagava el tou del braç dret amb la mà esquerra i se li dibuixava una ganyota de dolor—. La jornada laboral era de seixanta-cinc hores setmanals, és a dir, entre dotze i catorze hores diàries. I ha de pensar que en aquest règim d'esclavatge hi havia nens de sis i set anys, i els feien treballar de valent. No els quedava temps per a res, ni per anar a l'escola ni per jugar —va fer petar la llengua—. Pobres, eren criatures, i com totes, jugaven i saltaven, i els encarregats els renyaven constantment i els castigaven de manera severa, sobretot a les nenes. A nosaltres, les dones, si ens enxampava xerrant, el cap de sala també ens cridava i ens parlava com si fóssim gosses. —Va recordar amb amargor el tracte que rebien.

En Fargnoli no gosava interrompre-la i se l'escoltava amb el cor encongit.

—També ens amenaçava de sancionar-nos i dir-ho a la direcció si, segons ell, ens veia parlar més del compte. Semblava una presó —va reconèixer amb els ulls tristos mirant-se les mans.

»Recordo el dia que va venir i ens volia explicar un acudit enmig d'aquell soroll infernal de les màquines, i jo que li dic "Què he de fer ara, riure? No puc xerrar amb la companya o no puc anar ni a buscar un cafè, i t'haig de riure les gràcies?".

L'Agustina va tornar a aturar el relat i la veu se li va enfosquir.

—Es pot dir que va ser aquí quan vaig patir les primeres conseqüències del meu inconformisme. Però no em vaig pas arronsar, al contrari. El que em va fer, em va servir per enfortir-me i veure que havia de lluitar per aconseguir canvis.

La dona no va entrar en més detalls i en Valentí es va guardar prou de preguntar-los-hi. Es podia imaginar que només de recordar-ho li feia mal perquè la ferida encara era molt tendra.

—No era fàcil. Les dones estàvem soles.

—I els homes de la fàbrica, què hi van dir? Què van fer? —va aprofitar per preguntar.

—Res. De fet, dins de la fàbrica encara patíem una segona discriminació: la dels homes. Ells cobren més, gairebé el doble que les operàries més ben remunerades, les teixidores de les màquines automàtiques. Els homes es justifiquen dient que ells treballen més que les dones, cosa que és falsa. A més dels sous i l'autoritat, ells tenen privilegis, com poder entrar a la sala menjador. Nosaltres havíem de menjar a peu dret, i només ens hi deixaven passar per anar a buscar el cafè. Si ensopegaves que hi havia homes, et feien comentaris desagradables, i si venia l'encarregat, ja podies córrer. En canvi, ells podien estar-s'hi fins a vint minuts. I fer el que els vingués de gust. Em vaig rebel·lar contra aquesta situació i vam començar a protestar amb un parell de companyes de la secció d'ajudants de teixidores. Vam demanar canvis perquè allò no es podia aguantar.

—I què van fer?

En Valentí sentia curiositat.

—Vam amenaçar de fer una vaga si no s'atenien les nostres reivindicacions.

—Què els van demanar?

—La majoria de reclamacions eren de justícia: millors horaris de feina, augments de sou, la fi dels assetjaments sexuals, i també qüestions de disciplina, canvis en les relacions amb els comandaments i els encarregats, que es respectés la maternitat...

—I no us van escoltar?

—Aquells dies es va espatllar una màquina i van tenir l'excusa que havíem estat nosaltres qui l'havíem fet malbé perquè estàvem en desacord amb l'empresa, i es van empescar que havíem embogit i que ens convenia una teràpia correctiva de les més severes al manicomi. Ningú no ens va defensar. Ningú no va aixecar la veu contra l'amo. De fet, les meves companyes encara hi són, allà tancades, rebent... teràpia —va abaixar la veu—. Per no dir tortures...

L'Agustina va fer un silenci llarg. En Valentí no se'n sabia avenir, del que acabava d'escoltar.

—No passa ni un dia que no maleeixi el moment que vaig fugir i que no pensi que hauria d'estar amb elles i no pas aquí fora, vagarejant per camins i dreceres sense rumb fix.

—Agustina, no tens amics o família que et puguin ajudar?

—No, amics, no... Ja vaig veure aviat que no en tenia després de l'episodi de la màquina. I família, tampoc. No puc acudir a ningú. Estic sola i, a més, qui es creuria una boja? —es va lamentar.

Ell se'n va compadir i li va oferir la seva ajuda, però ella la va declinar amb un gest cansat de la mà, i només li va fer una petició.

—Gràcies, no la voldria pas comprometre. Però si m'ho permet, sí que li voldria demanar una cosa...

—Digues, Agustina...

—Que recordi el que li he explicat.

—No ho dubtis pas. Tot el que m'has dit m'ha quedat gravat a la memòria i preservar-ho és gairebé una obligació.

L'Agustina li va dedicar un somriure i tot seguit es va fondre entre la vegetació del bosc.

En Valentí va agafar el llum que havia presidit la

conversa, el va penjar al manillar de la bici i va seguir, pensarós, el camí cap a casa, a Girona. Tenia feina. Malgrat el cansament que arrossegava de tot el dia, s'estimava més revelar només d'arribar a casa. La seva professionalitat, intuïció i sensibilitat feien que, un cop revelades les fotografies i comprovats l'encert i el bon resultat plasmat, no tingués la necessitat de repetir visites, com ho havien de fer d'altres. Ell ja en podia fer les còpies, que feia per contacte, sense enquadrar de nou, de manera que allò que fotografiava era el que després lliurava al client. Era un procés laboriós que l'obligava a treballar fins que ja clarejava.

Amb aquest ànim va arribar a casa. Per això aquella nit va tenir una ajudant inesperada: la seva filla gran, la Júlia. S'havia despertat amb la fressa que havia fet en entrar. Es va fregar els ulls i va decidir sortir del llit. En posar els peus a terra, va notar la fredor de les rajoles, que li va fer venir esgarrifances. Descalça i de puntetes per no despertar ningú més, es va embolicar amb el jersei de llana que tenia als peus del llit i va baixar fins al petit habitacle que en Valentí havia muntat al soterrani del pis i que feia de laboratori fotogràfic. La Júlia s'interessava per tot el que envoltava la fotografia, que per a ella era plena de màgia. Qui sap si algun dia voldria seguir els passos del seu pare.

—Bonica, què hi fas, aquí? Que no tens son? —I li va amanyagar els cabells despentinats mentre li feia un petó a cada galta.

La Júlia, amb cara de son, brandava el cap.

—Sí que tinc son, però t'he sentit i per això he vingut —li va reconèixer amb un fil de veu.

Al laboratori, van encendre la bombeta vermella i l'ambient es va fer més càlid. Per a una nena, assistir a aquell procés de revelat era com entrar dins d'un conte. El seu pare era com un mag que, en la penombra, projectava un raig de llum sobre un paper blanc, el banyava en uns líquids i, misteriosament, apareixia la cara d'una persona o la imatge d'un paisatge suggeridor i enlluernador. Era com un sortilegi. Era màgia.

La fascinació omplia els ulls d'aquella criatura captivada per l'encant de la feina del seu pare.

—Fixa-t'hi bé, Júlia. Si vols captar una imatge, ja sigui l'ànima d'una persona o d'un lloc, has de saber mirar —va xiuxiuejar.

—I en puc aprendre, de mirar, pare? —va preguntar obrint els ulls de bat a bat.

—És clar que sí, filla! Jo n'he après i, si tu vols, te'n puc ensenyar —va fer, satisfet.

Aquella nit va ser la primera de moltes durant les quals la Júlia va entendre que la fotografia era un ofici que no només servia per fabricar records, sinó que, a més, li ensenyava a mirar, ja fos un paisatge o una persona, per després fixar-ho en un paper per sempre més. Sense límit de temps, per a la resta de la vida.

—És un joc d'ombres i llums... Com si el sol i la lluna ballessin en la foscor... Mira! —I li va mostrar, entre dues aigües, com es perfilaven i començaven a fer visibles les primeres imatges de la placa fotogràfica. Li estava revelant els secrets per immortalitzar moments—. Ho veus... Ho entens? Allò que revela...

—...vela —es va afanyar a dir la nena amb els ulls brillants i un gest còmplice.

Capítol 14

El cafè tornava a ser fred. En Valentí encara era allà, palplantat davant la finestra, amb la tassa a les mans, quan la Rosa se li va atansar. Duia la camisa de dormir i s'havia tirat un xal de llana sobre les espatlles.

—Diria que no has descansat gaire, oi? —li va dir a cau d'orella mentre li feia un petó fugisser fregant-li la galta amb els llavis.

—Justet, justet —va replicar tornant-li el petó—. Estic neguitós i no veig el moment de tornar a parlar amb en Sebastià, a veure si enllestim el tema d'una vegada. Tu, en canvi, has dormit força!

—Sí, massa i tot. Tinc feina endarrerida i no me la trauré de sobre si no m'hi poso de seguida. Què has de fer avui? No et vull tot el dia per aquí com un borinot, eh? —va dir rient.

Però en Valentí sabia que ho deia seriosament. A diferència d'ell, que disposava d'un laboratori on podia tancar-se, la Rosa sempre havia cosit a la sala menjador aprofitant les hores del vespre, quan les criatures ja dormien, o durant el dia, mentre eren a escola i ell voltava per la comarca. Ara tot era diferent. Ell sortia molt menys i la Rosa ja no acceptava tantes feines. Només treballava per a les clientes de tota la vida, a les quals no podia, ni volia, fallar.

—No pateixis, tinc feina al laboratori —va tranquil·litzar-la pensant en les fotos de la capsa que s'havia decidit a classificar—, però m'acabo el cafè amb tu. M'agrada veure't cosir.

La Rosa es va asseure a la màquina, es va posar darrere l'orella aquell ble de cabells rebels que encara conservava de quan era jove i es va concentrar en la feina. En Valentí se la mirava.

Quantes vivències havien compartit! Recordava com si fos ara el dia que les coses els van començar a anar bé, després de tants esforços i tantes estretors. En Carles Rahola l'havia anat a trobar i li havia parlat de l'interès d'un bon amic seu, l'arquitecte Rafael Masó, per les fotografies que feia per al suplement literari d'*El Autonomista*.

—Escolta, Carles, aquest fotògraf que tens al setmanari, en Fargnoli, és molt bo! —li havia reconegut un dia en Masó—. M'agraden molt les fotos que fa. Tenen una altra llum, un altre aire. Són diferents de les dels altres. Sap captar l'ànima tant de les persones com dels objectes. Li podries dir que em vingui a veure? Li voldria encarregar una feina.

La cita va tenir lloc al despatx que l'arquitecte compartia amb el seu germà, en Santiago, que era advocat, a la casa que la família tenia al número 29 del carrer

Ballesteries de Girona. Després de la conversa amb en Rahola, en Valentí no va trigar ni un dia a atansar-s'hi. Abans de picar al timbre, es va entretenir a contemplar tots i cadascun dels detalls que embellien la façana de l'edifici, que ja era tota ella una declaració d'intencions. Desprenia un aire noble, de casa pairal, amb motius heràldics que aconseguien donar la solemnitat i l'elegància que buscava. «Si està tan cuidada per fora, per dins deu ser un palau», va pensar en Valentí.

I, efectivament, no s'equivocava. En Rafael Masó havia dissenyat, construït, moblat i previst tots els elements que s'estenien per aquell habitatge, una casa que, malgrat l'aire de museu palau, tenia l'habilitat de semblar acollidora. La combinació equilibrada entre pedra, fusta, ferro i vitralls aconseguia una composició tan harmoniosa com distingida. D'entre totes les obres d'art que embellien el menjador —escultures, quadres, ceràmiques, a més de l'imponent llum de ferro amb el farbalà brodat que penjava del sostre—, els ulls d'en Fargnoli es van aturar en una obra en concret: una arqueta que va distingir sobre d'un moble al flanc esquerre d'aquella cambra noble.

—El seu germà és un artista! M'encanten aquestes arquetes!

En Rafael Masó va entrar al menjador lloant una de les petites obres d'art dissenyades per l'Adolf Fargnoli.

—Aprecio la companyia que ens fan els mobles interiors, siguin de la mida que siguin —va dir mentre s'acostava per amanyagar l'arqueta—, perquè en cap altre lloc com en una habitació privada les hores poden ser tan abismals, silencioses i secretes...

»No troba que un racó de la casa val tant com un món? —va preguntar somrient.

—Té raó —va concedir.

—Les arquetes atresoren una essència que les fa úniques. Penso que són una mica com les fotos que fa.

—L'hi agraeixo, senyor Masó —va dir un pèl ruboritzat.

Tot seguit l'arquitecte va treure el diari que duia sota el braç i el va brandar davant seu.

—Ha llegit això del manicomi de Salt? Diu que se'ls ha escapat una dona! —va anunciar-li en Masó.

—Què diu ara? —va exclamar ell.

—Sí, però ja no em sorprèn que algú es pugui escapar d'un lloc tancat i presumiblement vigilat. Es veu que hi malviuen en condicions insalubres i deplorables. I una cosa és estar malament del cap i una altra de ben diferent és ser un ximplet. I si en un lloc no et tracten bé, el més lògic és que en vulguis fugir.

—Ja ho pot ben dir —va reblar en Valentí, que no podia evitar pensar en l'Agustina.

—Ho sé perquè m'ho ha explicat el meu bon amic, en Prudenci Bertrana. Ell coneix el doctor Diego Ruiz, que ha estat el director de l'hospital aquests últims quatre anys, i li va fer cinc cèntims de la situació del centre. En Bertrana m'explicava que, abans que hi arribés el doctor Ruiz, la Guàrdia Civil es feia uns tips de tornar a l'hospital interns que se'ls escapaven. Quan la Diputació de Girona va comprar els terrenys del Mas Cardell, ho va fer amb la intenció d'atendre-hi els malalts mentals desemparats de la província. Per això van convertir l'espai en l'hospital dels colèrics, dels dements, dels bojos, i, de retruc, hi anaven a parar totes aquelles persones que no convenien o que feien nosa als cacics, perquè els dements rics ja tenen clíniques privades i balnearis. Són unes pràctiques que s'han estès arreu, i tenen l'empara dels governants, però estan corcant la nostra societat. Les hem de denunciar totes, i hem de desterrar-les abans no estiguin tan arrelades que malmetin el futur de les noves generacions. Ja ho diu en Rahola, que només la República pot garantir la llibertat i la democràcia.

En Valentí assentia tot recordant la nit que s'havia trobat l'Agustina.

—I parlant d'en Rahola... De fet, el volia conèixer perquè després de veure la feina que fa per a *El Autonomista*, tinc molt d'interès que fotografiï algunes de les meves obres.

—Per a mi serà un honor i un privilegi, senyor Masó.

—Doncs ja em pots tractar de tu. Digue'm Rafel! —li va exigir l'arquitecte, somrient—. Havia pensat de fer un catàleg amb les que trobo més significatives: la Farinera Teixidor, la Casa Salieti, un palau que he reformat al carrer Ciutadans, Can Ensesa, i després anar fins a Olot per retratar la Casa Masramon i a Palafrugell, la cooperativa L'Econòmica Palafrugellenca.

I així ho van fer. Els resultats van ser tan extraordinaris que en Masó va quedar molt content de la feina i no va dubtar ni un instant a recomanar-lo per a un projecte de més gran abast.

Al cap d'uns quants dies de tot allò, en Rafael Masó li explicava el que s'havia decidit fer en una reunió a la

Diputació de Barcelona, que dirigia el seu amic Jeroni Martorell.

—Farem el retrat d'un país! —havia anunciat en Martorell als antics companys d'Arquitectura, amb qui es reunia un cop l'any a les dependències de la Diputació de Barcelona. Entre els assistents a aquelles trobades no hi faltaven Pere Domènech i Roura, el fill de Lluís Domènech i Muntaner; Josep Maria Pericàs, que venia de Vic; Josep Maria Jujol, que pujava de Tarragona; Eduard Maria Balcells, l'arquitecte municipal de Cerdanyola del Vallès i que es coneixia al mil·límetre els dos Vallesos, i en Rafael Masó, que baixava de Girona—. Crearem un gran arxiu fotogràfic del patrimoni monumental del país amb la voluntat de catalogar-lo, difondre'l i evitar-ne l'espoli a què es veu sotmès.

Aquest era l'objectiu del Repertori Iconogràfic d'Espanya, que havia de generar un seguit de confluències entre el poder polític, l'econòmic i el cultural.

En Martorell continuava:

—Per catalogar, però, cal documentar, i per documentar s'ha de fotografiar.

—I qui ho farà? —va preguntar en Domènech.

—L'ingent treball que suposa coordinar aquesta feina recaurà en l'Adolf Mas, un fotògraf de prou prestigi i reconeixement per fer-ho. I un servidor hi serà per ajudar-lo des del Servei de Conservació i Catalogació de Monuments de la Diputació de Barcelona.

En Martorell, director de l'entitat, era un home compromès en la defensa del patrimoni i era molt conscient que per protegir primer calia conèixer.

—Tenim uns antecedents que ens avalen: la missió

arqueològica del 1907 als Pirineus va significar el punt d'arrencada d'una política que perseguia localitzar, conèixer, documentar, sistematitzar i catalogar el patrimoni historicoartístic de Catalunya a partir de premisses científiques i professionals. —Va agafar aire per continuar—. I aquesta política d'ordenació i protecció amb la voluntat de crear un catàleg és una bona mesura i suposa la salvació de qualsevol obra que pugui caure al mercat privat del comerç artístic.

Després d'una petita pausa per beure un glop d'aigua del got que tenia a prop, va continuar:

—Amics meus, el Repertori neix amb la ferma voluntat que en menys d'una dècada s'hagin pogut catalogar tots els béns patrimonials del nostre país, tant públics com privats, que es mereixin ser conservats. Retratarem aquests.

—I amb què compta per tirar endavant aquest projecte tan gran? —va voler saber en Jujol.

—Darrere de la iniciativa hi ha noms de gran relleu polític i cultural que donaran validesa, cobertura econòmica i credibilitat a un projecte ambiciós. Noms com els de Francesc Cambó, el del marquès de Comillas, el mateix president de la Mancomunitat, Josep Puig i Cadafalch, mossèn Josep Gudiol o Josep Pijoan. Ara bé, per tenir èxit, és d'extrema importància que sapiguem teixir una àmplia xarxa de complicitats en diferents territoris com els indrets d'on veniu. És un projecte d'una ambició cultural sense precedents al nostre país. I per aquest motiu trobo que cal valorar i reivindicar aquesta feina, perquè és una obra que amb el temps es convertirà en un referent. Si volem transcendir, si volem ser recordats com una societat culta i cívica, ho hem de fer bé.

—Ja ho deia el poeta T. S. Eliot: «Una societat que no valora l'art dels seus avantpassats és una societat bàrbara» —va apuntar en Pericàs.

—Exacte! En Mas i jo mateix també tenim molt clar que les persones que han de desenvolupar aquesta feina han de treballar de manera homogènia. Han de seguir unes instruccions segons un patró predeterminat que els donarem. Això vol dir que els fotògrafs hauran de fer unes fitxes on hi haurà de constar el nom del municipi i el partit al qual pertany la localitat descrita. La informació de cada monument fotografiat haurà de ser detallada, però telegràfica, molt sintètica. Pot sonar a contradicció, però no és així —va admetre el mateix Martorell.

—Però... què hauran de fotografiar? —va preguntar en Balcells.

—Tot! —va exclamar somrient—. Monuments arquitectònics civils, militars i religiosos; masos, cases pairals i masies antigues, però també orfebreria, mobles, peces de ceràmica, teixits, escultures, pintures. Sense oblidar dòlmens, coves, menhirs, balmes, paisatges exuberants i conjunts pintorescos. Igualment caldrà tenir prou sensibilitat per reflectir els costums típics de cada poble i contrada. Això voldrà dir fotografiar menjars, festes, trobades, rituals i la indumentària que es facin servir per a l'ocasió.

—Però és una feinada monumental! —va reconèixer en Masó.

—Cert! I per això abans d'executar les fotografies hi

ha unes persones que tenen un paper tant o més important que els mateixos fotògrafs. Seran els corresponsals de cada zona, que es dedicaran a determinar què podrà ser inclòs al Repertori i què en quedarà fora. Volem teixir una xarxa de col·laboradors, i confiem en vosaltres i en les vostres coneixences als vostres respectius territoris per trobar els més idonis. Necessitarem fotògrafs, arxivers, arqueòlegs, geògrafs, historiadors i bibliotecaris. Ells hauran de discriminar en les seves zones i regions què caldrà ser inventariat, catalogat, retratat per al Repertori.

»Un cop els experts en les diferents zones geogràfiques hagin seleccionat els elements patrimonials que s'han de reproduir, arribarà el moment decisiu: constituir l'equip de fotògrafs que hauran de retratar tot un país.

La trobada va continuar, i quan ja tothom s'acomiadava, en Martorell va haver de córrer perquè en Rafael Masó baixava escales avall i gairebé tenia un peu fora de la Diputació.

—Rafel! —va cridar-lo—. Volia parlar amb tu!

I va baixar grimpant de dos en dos els esglaons fins a plantar-se al vestíbul.

—Digues, Jeroni!

—Gràcies! —somreia mentre esbufegava per l'esforç.

Un cop es va haver refet li va exposar el tema.

—Tenim problemes per trobar el fotògraf que ens cobreixi tota la zona de Girona, des de la costa fins a les muntanyes passant pels pobles i les ciutats de les planes i les valls. I he pensat que li podries donar un cop de mà a l'Adolf Mas per trobar el millor per a aquesta feina. Què me'n dius?

—Tinc l'home que estàs buscant! —va anunciar-li.

Amb en Jeroni Martorell, a part d'una bona amistat, col·laboraven en diferents projectes de restauració patrimonial. No en va, en Masó era l'arquitecte delegat de l'Institut d'Estudis Catalans, dins del Servei de Conservació de Monuments, soci corresponsal a Girona del Foment de les Arts Decoratives, membre de la Comissió Provincial de Monuments i acadèmic corresponent a la Real Academia de Bellas Artes de San Fernando. I igual que en Jeroni Martorell compartien una motivació: la recuperació dels valors patrimonials.

—Justament fa unes setmanes que li he encarregat de retratar algunes de les meves obres. És un fotògraf ambulant que té la sensibilitat d'un artista. No te'n penediràs. Es diu Valentí Fargnoli.

Quan en Masó va tornar a Girona, li va demanar a en Valentí que enviés algunes postals i fotografies a Barcelona perquè tant en Mas com en Martorell poguessin veure com treballava, tot i que li va assegurar que la feina era ben seva.

—Amic Fargnoli, has de considerar que ser delegat oficial de l'Adolf Mas per al projecte del Repertori Iconogràfic és la gran ocasió de la teva vida! —li va fer notar mentre li sacsejava les espatlles.

—Sí, sí, en soc conscient, Masó —va reconèixer a mitja veu.

—I, a més, en pots treure un doble profit.

—Ara no t'entenc —va fer, desconcertat.

—Si fas clixés per a en Mas i el seu Repertori, després els pots convertir en postals per vendre i així anar creant un arxiu de fotos que reflecteixi la vida quotidiana, amb escenes de tradicions i oficis que amb la teva mirada tindrà, amb el pas dels anys, categoria de document històric. Un país és la seva gent i la vida que porten. Entre capitells, relleus, esglésies, retaules medievals, casulles, candelers... estic segur que seràs capaç de captar l'essència de la vida del poble i del camp, de les viles marineres i dels llogarrets de la muntanya, de les persones que hi viuen, de les feines que fan i de les festes que hi celebren. Tindràs un fresc que fixarà per sempre més en el temps les nostres vides. I d'aquí a cent anys les futures generacions podran veure el patrimoni arquitectònic i cultural, i també l'humà! —En Masó estava exultant. I en Valentí donava cops de cap confirmant les paraules del seu amic arquitecte, i visionari.

—Hi estic d'acord, Masó. De tota manera, no puc pas desatendre ni abandonar els encàrrecs que em fan per tot el territori ajuntaments i entitats perquè em garanteixen uns ingressos que m'asseguren l'estabilitat familiar. Que a casa som la Rosa, un servidor, els quatre petits i una criatura que està en camí. La Rosa, pobra, prou que m'ajuda cosint, però...

Després d'aquella conversa, en Valentí va enviar les fotos i aviat va rebre un sobre que venia de Barcelona. A dins, hi va trobar dos documents: un era el nomenament de delegat fotògraf de l'inventari del Repertori Iconogràfic d'Espanya, el delegat C, i l'emplaçava per a la setmana següent a assistir a una reunió a Barcelona per signar el document i parlar dels detalls d'un viatge d'una setmana per fer fotos al Baix Aragó. I l'altre era el contracte que regulava les relacions i formalitzava les obligacions entre les dues parts.

Segons constava en el contracte que havien de signar els delegats, si hi estaven d'acord, havien de fer una quantitat mínima de tres-cents cinquanta clixés útils mensuals, entregar-los degudament revelats, posar epígrafs a les proves i retornar, útils o inútils, la mateixa quantitat de plaques rebudes. Les despeses del viatge, la manutenció, les plaques i els líquids per a l'elaboració dels negatius anaven a compte dels delegats. Eren uns diners que no recuperarien fins que haguessin acabat la feina i justificat les despeses amb comprovants i rebuts.

En Mas i en Martorell, per la seva banda, tenien molt clar que les persones que haurien de desenvolupar aquella feina havien de treballar sota els mateixos criteris. Que havien de seguir unes instruccions segons un patró predeterminat i establert pels dos artífexs del Repertori.

Les fitxes, per exemple, havien de ser totes iguals i hi havien de constar el nom del municipi i el partit de la localitat descrita, i la informació de cada monument fotografiat havia de ser rica en detalls, però breu. Aquelles dues premisses semblaven contradictòries, i afegien complexitat a la feina del fotògraf, perquè, a part de captar una bona imatge, l'havia de descriure amb una gran profusió d'informació amb una exagerada economia de paraules. Així, per exemple, en el cas d'una foto d'una església parroquial, calia detallar-ho de la manera següent: interior tres naus, altar major, retaule gòtic a la capella lateral dreta, pica baptismal, calze, creu processional, robes, claustre, absis. Si es tractava d'un castell, calia que s'anotés: torres, restes d'un saló, fossar, muralla dreta, contraforts, etc.

Aquella constància i disciplina, gairebé militar, anaven en contra de la manera de fer i de treballar que tenia en Valentí. Ell era molt disciplinat i treballador, però estava acostumat a anar al seu aire, sense presses, sense pressions, i temia que els terminis que li imposaven l'escanyarien. Ell era un esperit lliure, i no ho acabava de veure clar, però també sabia que era una bona oportunitat per fer el que li agradava. A més, així col·laborava en un projecte històric i rebria a canvi uns bons calés.

En Valentí es va mirar la seva dona, concentrada com estava en una delicada feina d'incrustació d'una fina punta al coixí en una roba blanquíssima.

—És una camisa de dormir per a l'aixovar d'una núvia —li va dir la Rosa, que, sense alçar els ulls de la feina, havia endevinat la mirada del seu home—. Encara m'agrada fer aquestes feines tan delicades! —va afegir apartant els ulls un moment de l'agulla i el fil, que van quedar suspesos entre els seus dits. De seguida s'hi va tornar a posar, però.

Aleshores va recordar que els dies que havia rebut el nomenament com a delegat fotògraf de l'inventari del Repertori Iconogràfic d'Espanya, a ella li havien fet un gran encàrrec. Encara la veia arribant a casa feliç i contenta.

Anava carregada amb uns llibres i un rotlle de tela per fer un vestit. Ell estava revelant unes fotos que havia de convertir en postals per a una orquestra de jazz de Sant Feliu de Guíxols. En aquella època en feia moltes, de fotos d'orquestres de jazz, que proliferaven per tot Girona. Feia una bona estona que era al laboratori perquè volia enllestir la feina abans de la sortida, que el tindria més de vuit dies fora de casa.

La Rosa va entrar somrient al laboratori i va anunciar-li:

—Valentí, la senyora Esperança m'ha encarregat el vestit que portarà per a la inauguració de la Biblioteca Pública de la Dona. En serà la directora!

L'Esperança Bru de Masó era una dona amb caràcter i empenta. Fruit de l'amistat del seu home, en Rafael Masó, amb Francesca Bonnemaison, que havia fundat l'Institut de Cultura i la Biblioteca de la Dona a Barcelona, l'Esperança hi havia fet amistat i s'havia ben imbuït de la seva filosofia. Els contactes sovintejats amb la Bonnemaison la van acabar esperonant per convèncer una colla de gironines, com ara la dona de l'alcalde, Manuela Carreras, Carme Auguet, la directora de l'Escola Normal de Mestres, i dues professores del col·legi, per obrir una sala de lectura femenina a l'Escola de les Dominiques.

La iniciativa va tenir tant d'èxit que l'espai aviat va quedar petit i de seguida es van haver d'espavilar per traslladar-se a un lloc més gran i més cèntric, a la seu de la Caixa de Pensions, que era a tocar del Pont de Pedra.

Ara l'Esperança estava a punt de convertir-se en la primera directora de la nova Biblioteca Popular de la Dona. A finals del mes de juny inauguraven el nou edifici i volia estrenar un vestit per a l'ocasió. Havia estat el seu marit qui li havia suggerit que anés a veure la Rosa. En Valentí li havia comentat més d'una vegada que era un gran cosidora. Ella no ho va dubtar gens i es va posar a les seves mans.

—Enhorabona, Rosa! —va fer en Valentí en una mostra d'entusiasme contingut.

—L'ocasió és única! Totes podrem accedir a la cultura i fer-ho a través de la lectura.

La Rosa, exultant per la feina i per l'obertura de la biblioteca, li explicava la trobada amb tots els detalls. Nerviosa per l'encàrrec, s'havia presentat puntual a la cita. S'esperava al saló principal de la casa pairal dels Masó repassant el bon gust i l'elegància que desprenia la decoració d'aquell espai quan la senyora Esperança havia entrat a la cambra. Encara que vestia de manera modesta, tot en ella era elegant, harmoniós i amb estil. Els colors de la brusa i els pantalons, perfectament combinats, amb el camafeu d'ònix blanc i negre que feia unes aigües sobre la figura d'Atenea i unes arracades petites que eren dos punts de llum en una cara que desprenia distinció i proximitat. Duia un recollit que n'afavoria la lluminositat del rostre, amb uns pòmuls, una barbeta i una boca de formes arrodonides i amables. La Rosa s'havia aixecat ràpidament i li havia fet una salutació mig acotant el cap. L'Esperança l'hi havia agraït, però de seguida l'havia fet sentir còmoda agafant-la de bracet i emportant-se-la.

—Rosa, gràcies per haver vingut. Em fa molta il·lusió que em facis un vestit. M'han parlat molt bé de tu i d'aquestes mans. —I havia aprofitat per sostenir-li els dits, tremolosos i una mica humits de suor.

—Gràcies, senyora Esperança. Per a mi és un honor

poder-vos-el fer. És una gran notícia, l'obertura de la biblioteca.

El vestit que es volia fer fer l'Esperança el lluiria el dia de la inauguració. Avançaven per un passadís en direcció a la biblioteca de la casa. Quan hi van entrar, la Rosa va quedar bocabadada amb el reguitzell de lleixes que hi havia, curulles de llibres. Volums de diverses mides i en totes les llengües. Resseguia amb la mirada els lloms d'una punta a l'altra del moble i no donava a l'abast.

—Al meu marit i a mi ens agrada molt llegir —li havia explicat mentre s'acostava als prestatges—. Els llibres tenen el poder de generar-nos emocions, d'enriquir-nos, d'eixamplar les nostres mirades, de fer-nos viatjar, de fer-nos créixer, de fer-nos viure altres vides. —I aleshores s'havia girat cap a la Rosa i havia dit—: Ens convé llegir per enfortir l'esperit crític i perquè ens conforta l'ànima.

La Rosa li havia donat la raó assentint.

—Abans de casar-me amb en Valentí i que vinguessin els fills tenia molt de temps per llegir. M'encantava! Però haig d'admetre que les obligacions m'han allunyat dels llibres.

Tot seguit amb la cinta mètrica havia començat a prendre-li les mides mentre parlaven de literatura.

—S'hauria de descalçar perquè li pugui agafar ben bé la mida exacta —li havia demanat la Rosa. L'Esperança hi havia accedit de seguida.

—És una llàstima, Rosa. I què llegies!?

—Em vaig enamorar de *Solitud* i de la Mila —li havia reconegut mentre amidava l'altura, el coll, la cintura, el contorn del bust i després el del maluc.

—Aaah, de la gran Víctor Català!

—La Víctor Català!? —havia exclamat la Rosa, estranyada per aquell article femení.

—Sí! La persona que va escriure *Solitud* és una dona, però ja fa temps que signa amb nom d'home.

—I per què?

La Rosa havia arrufat les celles mentre li agafava l'altura del maluc, l'interior i l'exterior de les cames, la llargada d'esquena, el braç i l'amplada d'espatlles.

—Perquè les convencions socials de l'època no ho toleraven ni ho toleren encara. No es podia concebre que una dona escrivís, i menys sobre certs temes.

—Però què va escriure? Pot seure en aquesta cadira i arrambar-se a la paret, si us plau?

Li havia de mesurar l'altura de l'entrecuix, asseguda, des de la cintura fins al seient.

—Es va presentar als Jocs Florals d'Olot amb dues obres: un poema titulat *Lo llibre nou* i un monòleg, *La infanticida*. I quan el jurat va saber que qui signava aquella petita obra de teatre protagonitzada per una dona que mata el seu fill era una jove escriptora que es deia Caterina Albert, van decidir retirar-li el premi.

—Verge santa!

—No va voler renunciar a escriure, i per això des d'aquell moment va començar a signar els llibres amb el nom que ara coneixem.

—Caterina Albert... —havia sospirat la Rosa, que acabava de descobrir tot un món.

—Vet aquí que amb la Biblioteca esperem canviar mentalitats amb la cultura i la lectura! —havia exclamat l'Esperança.

—Això ja ho tenim, senyora —havia anunciat la

Rosa, que acabava d'apuntar les últimes mides en un paper.

L'Esperança ja s'havia aixecat i tornat a calçar. S'havia acostat cap a una de les butaques on hi havia estintolat un rotlle de tela.

—Aquesta és la roba que necessites per fer el vestit —li havia anunciat la mestressa de la casa Masó.

La Rosa s'hi havia acostat per notar-ne el tacte. Era una peça de tela de lli molt suau estampada amb uns ventalls de color blau marí.

—Li quedarà un vestit molt fi i elegant, senyora —va vaticinar la Rosa.

—T'agrada?

—Molt! Trobo que el que m'ha demanat, amb la seva figura i aquest estampat, la farà brillar.

—Abans d'anar-te'n, Rosa, voldria que agafessis això. —Aleshores l'Esperança s'havia atansat a una de les lleixes i n'havia tret dos llibres—. Té, són per a tu!

—Gràcies, senyora!

Els ulls de la Rosa es van il·luminar quan va llegir-ne els títols: *Madame Bovary* i *Anna Karènina*.

En Valentí es va fixar ara en els llibres que la Rosa duia sota el braç juntament amb la tela i les mides per fer el vestit.

—Què passa? Què tens? Que no te n'alegres? —va preguntar la Rosa al seu home en veure la mirada que feia.

—Res, dona. És clar que estic molt content per tu, però he rebut aquesta carta de Barcelona. —I li va ensenyar el sobre estripat—. Jo també tinc bones notícies: en Mas i en Martorell m'han contractat per prendre part de l'equip del Repertori Iconogràfic d'Espanya, i em volen veure.

—Totes ens ponen. I quin mal hi ha?

—Cap mal, però volen que me'n vagi vuit dies al Baix Aragó a fer fotos.

—Una setmana per aquells mons de Déu i amb aquesta calorada? Valentí! —La Rosa va posar el crit al cel.

—Ho sé, ho sé, però no crec que m'hi pugui negar.

—Potser sí que pots. Digues que no vols anar-hi —li va respondre—. La perspectiva d'estar una setmana sola amb la mainada a casa i havent de fer el vestit per a la senyora de Masó, més els altres encàrrecs... No sé pas com me'n sortiré, la veritat. Potser la teva mare i la meva germana em podrien donar un cop de mà —va fer pensativa pessigant-se la barbeta—. Ja els ho preguntaré.

—En soc conscient, Rosa, però no tenen ningú més, i van amb el temps just. Em pagaran bé la feina, molt, t'ho asseguro i... —Se li va acostar per abraçar-la i fer-li petons a la base del coll. La Rosa primer es feia l'esquerpa, però al final es va deixar fer i es van anar enfilant—. Celebrem que tenim un parell de bons encàrrecs que ens suposaran un pic de feina, ens convé.

Es van enriolar i es van estimar al menjador mateix, entre fils i retalls de roba. Aquella nit la Rosa i en Valentí van concebre en Pere, el setè fill.

Capítol 15

Després d'aquella nit i de la conversa amb la Rosa, en Valentí va veure clar que s'havia de fer valer. La feina de col·laborador del Repertori Iconogràfic li feia il·lusió, i la considerava una bona oportunitat, però això no volia dir que l'hagués d'acceptar amb unes condicions que no li semblaven prou dignes.

Sense donar-hi gaires més voltes, quan l'Adolf Mas el va citar a Barcelona per signar el contracte, ja havia decidit el que li diria, i esperava sortir-se amb la seva i aconseguir una retribució més alta per aquells desplaçaments a l'Aragó.

En Valentí va anar a Barcelona amb tren per a la reunió amb en Mas al seu estudi del carrer Rosselló, a prop de la plaça Cinc d'Oros. Hi va arribar el dia abans i va fer nit en una fonda humil que hi havia al pla de la Boqueria, a tocar del districte cinquè.

Volia aprofitar el temps lliure que tenia per anar a fer un tomb pel carrer de l'Om, per veure la casa on havia nascut trenta-quatre anys abans. Els seus pares eren immigrants italians provinents de Belmonte Castello, un poblet entre Nàpols i Roma que no podia oferir gaire res als seus habitants, i per això la majoria optava per guanyar-se la vida lluny de la vall. Els Fargnoli Ianneta havien anat a Catalunya a buscar fortuna i es van instal·lar en un pis petit d'aquell carrer integrat en un barri sòrdid, brut i pobre a prop del port on acabaven d'arribar. Va accedir al carrer pel Portal de Santa Madrona, allà on el carreró, llardós, es feia estret, llarg i asfixiant.

S'hi respirava una extrema humitat covada amb una fortor que barrejava el salobre marí i de peix podrit amb els fems dels cavalls de les casernes militars. L'ambient hi era molt marginal; era ple de mercats improvisats on es venien tota mena d'objectes, majoritàriament robats, i on no hi havia cap mena de control. Li havien dit que era el refugi de molts malànimes, però també hi vivien famílies que, malgrat la pobresa, eren honrades, com havia estat la seva i ho eren les que ara hi sobrevivien regentant tavernes, botigues i altres negocis amb què intentaven plantar cara a la pobresa.

Va aixecar un moment la vista per observar com s'alçaven les façanes rònegues i escrostonades de pisos i cases d'un costat i de l'altre del carrer ben arrenglerades, tant que semblava que es toquessin. Només s'escolava per aquests edificis malgirbats un fil de llum del capvespre, barreja de groc i lila, que donava a l'escena una pàtina decadent i que, malgrat tot, el convidava a capbussar-s'hi. En Valentí es va internar per aquell teixit bigarrat de sons, olors i colors que acollia dolor, inconsciència i pecat. Els bordells i els prostíbuls hi havien proliferat. Es va aturar a pocs metres d'un local del número 22. Del portal en sortia una llarga corrua d'homes. A fe que no hi anaven pas atrets pel so, pel grinyol esgarrapat de la pianola que s'endevinava que hi havia a l'interior. Si els homes hi acudien com mosques a la mel, empesos pel desig i la luxúria, era perquè aquell establiment podia presumir de tenir els preus més populars en els serveis dedicats al conegut popularment com l'ofici més vell del món.

Cal Manco era la «casa de pepes» amb més anomenada entre la classe baixa. De fet, el local havia rebut aquest nom perquè a l'amo, en Rafael Salvà, li faltava un mà.

Les enraonies deien que era manco des que quan era petit havia trobat una granada i pensant que era una pinya havia volgut agafar-la, i li havia esclatat a la mà. N'hi havia que, rosegats per l'enveja de la prosperitat del seu negoci, li deien amb sornegueria que per tenir-ne només una, de mà, era prou hàbil i traçut amb els negocis, i que ja es veia que hi tenia la mà trencada. D'altres, amb la mateixa mala llet, li etzibaven que era evident que servia per a aquells menesters perquè tenia molta mà esquerra. Fos com fos, el Manco era poc més que l'amo dels baixos fons, perquè també regentava, no gaire lluny, una típica taverna flamenca que es deia cal Manquet. Els negocis li rutllaven malgrat les condicions miserables en què les dones exercien la prostitució. Però en Valentí no tenia pas intenció d'entrar-hi. En va tenir prou de passejar-hi la vista perquè li quedés gravat a la retina aquell exòtic paisatge urbà que s'estenia davant seu i que el traslladava a la més tendra infància. Era el paisatge que havia vist de ben petit, tot i que, aleshores, no sabia què hi passava, allà dins.

La vorera estava animada i plena d'homes i dones expectants. Ells les sotjaven amb els ulls brillants i salivant, i elles, repenjades o assegudes als portals, s'oferien impúdicament als clients per endur-se'ls cap a dalt.

La seva mirada es va aturar a l'entrada del local, custodiada per un colós que vigilava la concurrència. A la porta, hi havia un bon tros d'home, amb unes cames com dos troncs i un cul enorme i rodó que vessava pels dos costats de la cadira on era assegut. Embotit en una samarreta imperi de color de gos com fuig i de la llebre quan l'atrapa, li sobresortia una panxa grossa com un bocoi i dos pits prominents que feien que amb prou feines se li distingís el coll. Encaixada entre els dos muscles, apareixia la cara arrodonida, que semblava un préssec de dos colors de pell pàl·lida i vermellosa. Quan respirava, piafava com un matxo cansat de sirgar, i les galtes se li bellugaven de manera que no se li veien les arrugues. Estava tan embofegat, que semblava que no tingués ni ulls ni nas. El cap que rematava aquella figura era, en contrast amb tot el cos, petit i calb. Li costava respirar. Panteixava contínuament i es ventava amb el matamosques quan no el feia servir per aixafar aquests insectes, que infestaven els carrerons del barri.

Va decidir deixar aquell carrer i abandonar el barri que formava part del seu passat. Va enfilar cap a l'hostal pensant en els seus pares. No es penedia de res, tan sols de no haver portat la càmera per poder endur-se un record del que havia estat el paisatge de la seva infantesa.

La nit a la fonda no va ser gens plàcida. Va passar calor i, a més, els veïns d'habitació van fer soroll tota la nit. Quan no se sentia grinyolar el catre, eren els crits dels amants, que, més que xiscles de plaer, semblaven els esgarips d'un vedell a l'escorxador. En llevar-se, en Valentí va fer un esmorzar senzill, una torrada fregada amb un gra d'all i una arengada, i un cafè, i se'n va anar directe cap al despatx d'en Mas. Va deixar el pla de la Boqueria i va caminar Rambla amunt, i tot seguit va travessar la plaça Catalunya per pujar xino-xano pel passeig de Gràcia. Quin ambient més diferent del que havia copsat la tarda anterior al seu antic barri! «I tot és a tocar», pensava en Valentí caminant passeig amunt. Aquí tot era elegant i sumptuós. Les dones ben arreglades passejaven tranquil·lament, aixoplugades sota ombrel·les elegants i delicades; les minyones atrafegades carregaven cistells curulls de fruites i verdures, i encara que ja era una mica tard, alguns homes sense pressa s'enfilaven als carruatges per anar a treballar i a controlar els negocis.

Mentre amb la vista enquadrava diferents racons de la ciutat, no podia deixar de pensar en el que estava punt de fer. Tenia molt clar que acceptaria el que li proposés l'Adolf Mas, però no pas a qualsevol preu. Li volia exposar una sèrie de greuges perquè en Mas se'n fes el càrrec i valorés, tal com calia, la feina que faria.

I ja davant d'en Mas, va anar directe al gra.

—L'altre dia vaig fer Susqueda i Querós, i cregui'm que va ser un viatge d'allò més carregós. Del Pasteral a

Susqueda hi ha dues hores de distància, i molt mal camí. I s'ha de pagar i tot per passar-hi!

En Mas l'escoltava amb atenció.

—És clar —va dir—. Pel camí cap a l'embassament no hi pot transitar qualsevol —va apuntar alhora que es feia una pipa i se l'encenia mentre en Valentí seguia amb el seu relat.

—I de Susqueda fins a Querós dues hores més per un camí d'animals de bast amb uns precipicis i unes cingleres que fan feredat. I si un s'hi troba cap animal, ja es pot encomanar a sant Antoni que el guardi perquè... —Va fer una pausa—. Penseu que en una fonda un home em va demanar fins a cinc pessetes per acompanyar-me! Al final, vaig invertir més de cinc hores entre anar i tornar sota un sol canicular que ho cremava tot, i només per fer tres plaques bones del pont de Querós. Vaig quedar baldat i inútil per a tot un dia.

Va aturar el relat com si hagués d'agafar forces. En Mas, que se l'escoltava atentament, va treure de la boca un núvol de fum. I en Valentí va continuar:

—A Oix, hi vaig pujar per uns camins de ferradura, drets i empinats, a ple sol. La meva intenció era retratar els retaules de l'església, però resulta que el rector no hi era i l'alcalde, que és qui em va rebre, em va dir que sense el permís del mossèn no gosava obrir-me el temple. Vaig quedar mort —va exclamar—, perquè això volia dir que me n'havia de tornar cap a casa sense les fotos i anar-hi el dia que el senyor rector pogués estar per mi.

—Me'n faig el càrrec.

En Mas va fer una altra pipada.

—Estic acostumat a la duresa de les condicions, però sé que les dificultats seran més extremes. És un país sec i calorós. —En Valentí es va aturar un moment i va agafar aire abans de l'andanada definitiva—. Per ser francs, senyor Mas, o m'augmenteu l'assignació per cada placa negativa que faci o aquesta feina l'haureu d'encarregar a algú altre. A mi, amb aquestes condicions, no em surten els números...

—Amic Fargnoli —el va interrompre en Mas mentre tornava a xuclar la pipa i n'expulsava el fum—, ja entenc que passeu moltes angúnies quan aneu per aquests indrets deixats de la mà de Déu, però heu de procurar fer-ho amb tanta comoditat com sigui possible. Vull dir que en aquesta ocasió feu-vos acompanyar per algú de la zona, i que us porti la màquina, també. Aquesta feina al Matarranya no és com la d'aquí. No us heu de fatigar si voleu sortir-ne ben parat.

I tot seguit va fer una pausa perquè volia donar transcendència a l'anunci que li volia fer.

—Per això, amb en Martorell, hem pensat que us mereixeu que us paguem les fotos a una pesseta. Us sembla bé aquest tracte? —va preguntar.

—Em sembla just —va reconèixer en Valentí, que sabia que aquella feina de dues setmanes al Baix Aragó i al Matarranya significarien quinze dies infernals. Dubtava que fos el millor moment de l'any, al pic de l'estiu, per anar per aquells verals, amb calor asfixiant, sequera, males carreteres, distàncies llargues, pocs indrets que valguessin la pena de ser retratats, condicions pèssimes d'allotjament, males viandes. I, econòmicament, l'esforç tampoc no ho compensava. Ben mirat, no hi havia ben res que el motivés. Però no li convenia tensar la corda amb en Mas i en Martorell, perquè li anaven oferint feines que l'engrescaven.

Prou content, doncs, amb el que havia obtingut, i amb les idees clares sobre la feina, en Valentí va anar per feina i es va dirigir cap a l'estació per facturar vint-i-quatre dotzenes de plaques i agafar el tren que el portaria cap a Casp. Hi va fer nit, i l'endemà ja era a La Puebla de Híjar, a Terol. Per no passar angúnies, havia fet cas dels consells d'en Mas i procurava tenir les màximes comoditats possibles. Les que es podia permetre.

Així que, arribats allà, res de pedalar. Va agafar carruatges, va llogar tartanes i cavalls, i es va fer acompanyar per un mosso que li portava la màquina i el material. Tot i això, els trajectes eren llargs i feixucs, d'entre cent vint i cent cinquanta quilòmetres per males carreteres.

Al final del dia acabava baldat, i quan s'aturava per refer-se, el menjar era dolent i l'aigua gens bona. Un dia, es van haver d'aturar a mig camí del monestir de Rueda perquè va notar un rebombori al ventre que el va fer saltar del carro i sortir corrents a amagar-se darrere uns matolls per evacuar. No es trobava bé. Estava ben esventrellat. Era ben clar que aquella aventura no li provava gens, de moment, però tenia un compromís adquirit i el compliria. De fet, desitjava arribar a Vall-de-roures, on li havien parlat d'una fonda que tenia molta anomenada. Abans, però, tot i que estava una mica afeblit, va treure forces de flaquesa per fer Alcanyís. En acabat, no es va estar de donar una propina al sagristà que l'havia acompanyat i que li va trobar un automòbil per portar-lo fins a la fonda de Vall-de-roures, on comptava refer-se i recuperar forces per encarar l'últim tram de feina: l'església de Queretes.

Travessant el pont de pedra als peus del castell medieval que presidia el poble, s'obria la plaça de la Vila i allà, al costat de l'ajuntament, hi havia la Casa de Viajeros Enrique Blanc, una fonda, una *posada*, com en deien allà, on lluïa un rètol en què es vantava de ser la més antiga d'Espanya.

Va aixecar la vista per repassar la façana del que antigament devia haver estat un palau medieval d'algun senyor aragonès. S'hi veien una torre de defensa i unes finestretes petites amb arc de mig punt, i de la cornisa en sobresortien unes gàrgoles que escopien l'aigua els dies de pluja.

En Valentí hi va entrar amb un sentiment a mig camí de la incertesa i la recança. Li feia por que l'interior, malgrat la fesomia exterior, hagués envellit malament i no fos tan llustrós com semblava des de fora.

—Déu vos guard! —L'hostaler el va rebre amb els braços oberts—. Sigueu benvingut a casa vostra.

Es va fixar que tenia les aixelles suades i el front ben perlejat. Li va venir una bravada entre rància i agra que el va ofendre. Era un home grassonet, amb la cara plena de grans, el nas vermell i les orelles peludes, embotit en una armilla negra del mateix color que els pantalons.

—Voldria una habitació per a un parell de dies.

—Acompanyeu-me, doncs. —I va fer un senyal a un mosso escardalenc i prim que va sortir de darrere del taulell per fer-se càrrec de l'equipatge.

En comptes d'anar escales amunt, l'hostaler el va endinsar cap a un passadís que desembocava al pati de la fonda. Allà hi havia un parell de carruatges, un munt de fenc i un parell de bales de palla distribuïdes pels racons. Es va obrir una porta i en Valentí va veure venir de cara una dona malcarada i malhumorada i amb la faldilla fins a les aixelles. En una mà hi duia un ganivet i a l'altra una peça d'aviram agafada pel coll. La pobra bèstia espeternegava i batia les ales en va. La dona la mantenia ben ferma.

Es van fer un cop de cap amb l'hostaler, i ell va apartar la vista de la dona, que va desaparèixer suposadament cap a la cuina. Es va estimar més mirar enlaire.

Va veure una doble fila de galeries de dormitoris amb velles balustrades matusseres que se situaven en paral·lel a les dues cantonades.

—És per aquí! —li va indicar l'amo assenyalant unes escales de fusta que s'enfilaven davant seu.

El cruixit de les llates sota els peus i els esbufecs de bou que feia l'hostaler a cada pas van acompanyar el camí d'ascens dels dos homes cap a l'habitació. Un cop a dalt, el terra, que també era de fusta, semblava més ferm perquè no es queixava pel pes dels que hi caminaven. Amb quatre gambades es van situar davant de l'habitació.

—Ja hi som —va dir, i mentre s'eixugava la suor del front amb la màniga de la camisa, es va treure de la butxaca una clau de ferro per obrir la porta de l'estança que en Valentí ocuparia les dues nits següents.

Les xarneres van grinyolar i davant seu ja hi tenia la cambra. L'home s'esperava repenjat al pas de la porta amb un somriure postís penjat dels llavis que el nou client li donés una propina. Però es va clavar un truc als morros perquè l'únic que li va donar van ser les gràcies. I tot seguit en Fargnoli va tancar la porta darrere seu per instal·lar-s'hi.

Era una habitació petita amb les parets blanques, enguixades de dalt a baix, i una finestra que donava al pati. Sota l'obertura, hi havia un bagul per guardar-hi les pertinences. Al davant, un llit amb matalàs que no sabia si era de palla o de llana, llençols i coixí. Damunt del catre hi penjava una creu de fusta i, a sota, una gibrella on fer les necessitats i que se suposava que buidaven cada matí. Un cop va haver deixat les coses, va baixar per sopar.

L'espai destinat als àpats era rònec i tronat, i el parament de la taula, brut. No hi hauria menjat ni ous amb closca, però amb el tragí que duia, calia que fes l'esforç. El potatge que li van servir li va pujar i baixar de l'estómac a la gola tota la nit. Encara no tenia prou assentat l'estómac i aquell plat se li va entravessar. No va ser l'única cosa.

A més del malestar provocat per aquell sopar infecte, no va poder aclucar l'ull. El llit estava infestat d'habitants que es van encarregar de deixar-li picades per tot el cos, sobretot a cames i braços. Era una coïssor que el turmentava, però no es podia gratar perquè era pitjor. La picor no el va deixar dormir. Les ganes de rascar-se eren tan fortes que per fer-se-les passar va prendre una decisió.

Es va aixecar i amb la samarreta imperi i els pantalons arremangats fins als genolls va sortir de l'habitació i va baixar al pati. Recordava que en una punta hi havia una menjadora de fenc per als cavalls i al costat un petit abeurador. La llum de la lluna el va ajudar a localitzar-los de seguida. La cremor a braços i cames era insuportable. Hi anava de cap per enfonsar-les-hi fins als genolls i, de passada, refrescar-se els braços. Sabia que gratar-se amb les ungles era pitjor, perquè es podia fer una sagnia que encara se li podia infectar i engegar la campanya a rodar. I no valia la pena.

Fet allò, va dormir com va poder, i l'endemà al matí no va dir res a l'hostaler. En acabat de prendre un esmorzar frugal, va pagar el que havien acordat per a aquelles nits i se'n va anar tan de pressa com va poder.

Es volia concentrar en la feina. Només li faltava fotografiar la impressionant església de Queretes, dedicada a l'Assumpció de la Mare de Déu. No era gaire lluny de Vall-de-roures i hi va arribar de seguida. Va entrar al poble, i el va sobtar la quietud i el silenci que els van rebre.

En Fargnoli va continuar endavant i ho va fer passant per sota de l'arc d'una antiga casa construïda probablement el segle XIV o XV que tenia unes finestres gòtiques molt boniques.

Des d'aquella casa fins a la plaça Major va resseguir un entramat de carrers que replicava una estructura que ben bé podria remuntar-se fins al traçat musulmà medieval. A mesura que s'acostava als carrers pròxims a l'església, va sentir una remor, una fressa que semblava que provenia d'una concentració. No anava equivocat. Mig centenar llarg de persones s'arremolinaven al voltant de la porta de l'església de l'Assumpció.

Aquella extraordinària façana goticorenaixentista, que conjugava diversos motius clàssics amb columnes jòniques acanalades que li donaven una brillantor especial, estava enfosquida per la presència de mitja dotzena de soldats. Armats i tocats amb unes boines vermelles, feien guàrdia davant de la porta del temple i amenaçaven la multitud, que cada vegada s'acostava més a l'església. En Valentí va quedar parat amb aquella escena que tenia davant dels ulls, i observava atentament les cares dels vilatans, que reflectien una barreja d'angoixa, incertesa i ràbia. Hi havia homes, dones i nens.

Finalment, es va acostar a un dels veïns per preguntar.

—Perdoni, Déu vos guard —va saludar-lo aixecant-se un pèl la visera de la gorra—. Què passa aquí? Què representen tots aquests soldats?

L'home, baixet i refetó, se'l va mirar des de sota un barret de palla i, posant-se bé la faixa, li va respondre:

—És que avui ha de sortir lo Florit!

—Qui diu?

—Lo Florit. Lo Pasqual Andreu! —li va aclarir. Però en veure la cara inexpressiva d'en Valentí n'hi va fer cinc cèntims—. És un bandoler que per la traïció d'un de la banda es va refugiar en lo temple i avui és lo darrer dia que es pot acollir a sagrat!

Segons es regia pel dret comú, aquell que s'acollia a sagrat quan entrava en una església quedava sota protecció del superior del temple, i tenia un termini de quaranta dies per rendir-se a les autoritats, ser jutjat i confessar públicament la seva culpabilitat.

De cop, es van sentir tambors que s'acostaven i la multitud es va estremir. Els soldats de la porta de l'església van alçar les escopetes apuntant els veïns, que s'agitaven inquiets mentre el so dels tambors es feia més present. Una patrulla de sis soldats va aparèixer custodiant una dona i un nen que duien la pena i la tristor a la cara.

—Són la dona i lo fill —va apuntar amb un fil de veu el confident d'en Valentí.

Els tambors retrunyien fort pels carrers estrets que portaven cap a l'església. El nen es va posar les mans a les orelles perquè el so se li feia insuportable i va tancar els ulls, pensant que quan els obrís tot allò hauria passat. Al cap d'un moment, però, va aparèixer un petit destacament capitanejat per un oficial que muntava dalt d'un cavall negre. En Valentí, que hi havia anat a retratar un element arquitectònic, estava sent testimoni del desplegament de poder per acoquinar un poble que no volia deixar sol un home que havia fet molt per la gent de la vila, el tal Florit.

Quan els tambors van deixar de sonar, el capitost va baixar del cavall i es va dirigir cap a la porta de l'església. Ningú d'entre la gentada no va gosar increpar-lo, i tothom es va apartar com un sol home per fer-li un corriol perquè pogués passar. El militar i el seu seguici es van plantar davant del temple, on la resta de la guarnició li van oferir una salutació. Dret davant de la porta, la va picar amb decisió. I al cap d'uns segons es va obrir i en van sortir el capellà i un home barbut i capcot.

—Pare!

—Pasqual!

Mare i fill van cridar i van fer el gest d'arrencar a córrer cap al Florit, que va aixecar el cap en sentir i reconèixer-ne les veus. Se'ls mirava penosament entre els plomalls dels barrets dels qui ara el custodiaven, però de seguida va veure com eren retinguts per les culates dels soldats.

Se sentien plors, sanglots i alguns gemecs d'impotència entre la multitud. Pasqual Andreu, *lo Florit*, sortia custodiat pels soldats que hi havia al pas de la porta de l'església i pels que havien vingut amb els tambors. Se l'emportaven davant de la mirada plorosa i indignada dels veïns, que eren obligats a tornar cap a casa i a desallotjar la placeta que s'obria davant del temple.

L'home que havia estat parlant amb en Valentí s'havia tret el barret en senyal de respecte quan havia passat lo Florit, com si es tractés d'un funeral. De fet, no se l'enduien enlloc per ser jutjat, perquè la sentència ja estava dictada.

Quan en Fargnoli es mirava la foto de la façana de l'Assumpció de Queretes no podia evitar recordar tot el que hi havia passat.

Capítol 16

Tot i haver arribat a un acord sobre la remuneració que satisfeia ambdues parts, en Valentí sempre arrossegava una mica de mal humor quan anava a Barcelona a visitar els seus caps per entregar la feina setmanal. En Mas i en Martorell tenien pressa per enllestir el material que anava engruixint a poc a poc el Repertori i exigien cada cop més. Així que un dia, després de tornar altre cop del Matarranya i el Baix Aragó, mentre repassaven algunes de les fotografies que formarien part del catàleg, en Valentí s'hi va quadrar.

—Si voleu que faci els pobles de pressa, no puc entretenir-me, i per no entretenir-se, el millor és anar a fer el que és més fàcil i està més a prop. Ara, si voleu que faci coses diferents, extraordinàries i úniques, es necessita temps i voluntat, perquè anar a certs llocs és carregós. A més, heu de saber que sovint em trobo amb falta de col·laboració sobre el terreny i, de vegades, no n'hi ha prou amb les cartes de recomanació, autoritzacions, permisos i influències —va dir d'una tirada, amb un mal humor que es feia evident en el to que usava i en les celles arrufades—. Em trobo sovint amb capellans de parròquies i majordomes de rectories que t'avien sense miraments ni contemplacions. Per no parlar de la desconfiança. Era i és un impediment raonable, sobretot quan cal convèncer els amos d'una casa de pagès o una masia del motiu de la visita, de què vull i per què se'ls retrata. T'emportes més d'un xàfec, no gaires paraules boniques, i és una gran pèrdua de temps.

—Entesos, entesos... —va acceptar en Martorell mirant de trascantó en Mas, que arrufava el front, potser recordant l'anterior conversa.

—A més, a mi m'agrada, i vostès també ens ho demanen, conèixer la persona que fotografio, les històries que hi ha al darrere dels rostres que tinc al davant. I això vol dir entretenir-se una estona amb la gent, que agafin confiança. Només així les fotos tenen vida i parlen de les vides dels qui hi surten. Així que, senyors, si volen que la feina surti, i bé, no em menin tanta pressa. Paciència, senyors, que jo en tinc molta i encara no l'he acabada. Com deia la meva mare «*piano piano si va lontano*».

—Ens en fem el càrrec, Fargnoli. Però el temps és or i nosaltres, desgraciadament, no en tenim, ni de temps ni encara menys d'or. Per tant, tan lleuger com es pugui anar, l'hi agrairem —va fer en Martorell en un to més conciliador.

—Mirin, justament l'altre dia, sense saber-ho, vaig entrar en una masia de Palol d'Onyar i me'n vaig emportar dues joies. —I per justificar-se una mica els ensenyava la foto.

—Què voleu dir? —va fer en Mas mentre amb la imatge a les mans l'interrogava amb la mirada.

—Doncs que la fortuna, sense presses, em va somriure, perquè el primer tresor va ser capturar un moment, aquest... —i amb la barbeta assenyalava la foto que sostenia en Mas—, un instant en la vida quotidiana d'una parella de pagesos a la cuina de casa seva que era al mateix temps menjador i sala d'estar. Hi ha moltes persones que viuen així, que el seu món passa per aquelles quatre parets ennegrides de sutge i envernissades per les històries que s'expliquen els que hi habiten. I és l'estampa d'aquesta rutina, la persistència dels seus hàbits, ho veuen?, i malgrat la pena que els afligeix, el que genera la imatge és altament evocador i ple de bellesa fins i tot.

Aleshores es va aturar a explicar amb pèls i senyals els detalls que feien d'aquella fotografia un moment únic.

—La quietud detinguda de l'home, assegut davant de la llar de foc, mirant fixament els clemàstecs, on sempre hi ha penjada una olla que bull.

El perol, que ara apareixia ennegrit, havia estat d'aram, i tot el dia bullia, i a més ajudava a oxigenar l'espai, que bona falta hi feia. A l'olla s'hi feia una sopa amb un raig d'oli i un ou batut, els va dir, que en deien «sopa de clares d'ou». L'home estava d'esquena a la dona, que, atrafegada al fons de la imatge, semblava que busqués alguna cosa que no era dins la pastera. Resulta que estava fent pa, pastant amb farina anomenada mestall, una combinació de blat i sègol. Com que era més barata, i perquè allargués més, a vegades s'hi barrejava farina d'ordi. El sègol el feia més durador i afavoria que no s'assequés tan aviat. L'ordi feia el pa més negre i menys mengívol.

—Aquest pa és el que em van oferir. Ens vam fer una torrada grossa fregada amb un parell de grans d'all, un polsim de sal i tot ben regat amb oli.

—I què té d'especial aquesta masia? —va interrogar-lo en Mas amb un punt d'impertinència mentre sacsejava la foto.

—Aquí hi ha la segona joia —va dir en Valentí tot seguit—. Mentre menjàvem, en Janot, que és com es diu l'home, em va preguntar que què hi havia anat a fer a casa seva perquè ara tothom se n'apartava. Ningú en volia saber res.

»En Janot em va explicar que abans era conegut com el Castanyer, i que feia poc que havia deixat el camp i el bosc i s'havia convertit en el botxí del poble. Ara era un funcionari i vivia amb la dona als afores del poble, com un proscrit, i anava a beure a la taverna, cada vespre, per ofegar la pena que el corsecava.

»Tot el poble el mirava malament i li feia vores, l'evitaven, fins al punt que no podia tocar res amb les mans si no es posava guants. Estava mal vist, era com si el perseguís una maledicció, se sentia pitjor que un empestat. Quan anava a l'hostal a beure, s'hi havia de portar el seu got, i quan anava a comprar, havia d'assenyalar el que volia, ja que no ho podia tocar sota cap concepte. Deien que les seves mans estaven permanentment en contacte amb la mort i amb cadàvers.

»Aquell home, amb la cara arrugada i d'un color lletós només ombrejada per una barba grisa que semblava retallada a cop de tisora, s'empassava els gots d'aiguardent de dos en dos per oblidar. Aclaparat, com una ànima en pena, no vivia des que li havien pres el que més s'estimava: la filla.

»Afirmava que era com si li haguessin entrat a robar a casa i se li haguessin endut la joia més preuada. De fet, el Govern no es va molestar a fer perseguir els malfactors, que altres maldecaps devia tenir que fer cas d'un pobre desgraciat. Em va explicar que li van violar i matar la filla. I aquell fet el va fer decidir: passaria la resta dels seus dies sent un botxí. Es va presentar voluntari per a una plaça que ningú més no volia ocupar. Ell ho va tenir claríssim. Així, confiava que algun dia ell mateix podria penjar el que li havia pres la filla aquella diada de Tots Sants que va sortir per anar a buscar castanyes, com feia cada dia, i ja no va tornar.

Va acabar el relat que anava lligat a aquella fotografia i en Mas va quedar uns instants en silenci. Era evident que dels delegats que en Mas tenia repartits pel territori, en Fargnoli, que era el delegat C, a més de bones imatges podia omplir les fitxes i les paperetes amb detalls que enriquirien encara molt més tot aquell patrimoni amb apunts de la crua i dura realitat que podien reflectir els rostres de les persones que capturava amb la càmera.

—Amic Fargnoli, veig que no només teniu un do per encapsular moments, sinó que també teniu la sort de trobar una història darrere de cada fotografia.

—No sempre és així, senyor Mas, però estareu d'acord amb mi que si és important la nostra mirada, també ho ha de ser l'oïda.

L'artífex del Repertori assentia donant-li la raó.

—Hi estic d'acord, Fargnoli. S'han de saber escoltar les històries que hi ha darrere les persones que surten a les fotos. Si es coneix el relat que acompanya la foto, es pot tenir una visió completa del nostre temps —va sentenciar en Mas, complagut amb la feina del seu fotògraf preferit i content d'haver-lo contractat malgrat el mal humor i les queixes que l'acompanyaven sempre quan es reunien.

Després d'uns moments de silenci, en Martorell ho va reblar:

—Teniu molta raó. El material que estem aplegant per al Repertori són documents molt valuosos de la terra, de la vida, de la nostra història. Quan l'hàgim completat, serà un fresc extraordinari d'una època, un llegat que s'haurà d'anar revisant i ampliant generació rere generació per no perdre'n la perspectiva. Endavant, Fargnoli! Estem fent història!

El que en Valentí no va explicar als seus caps, ni explicaria mai a ningú, és que la feina al Matarranya va donar-li l'oportunitat d'aclarir una incògnita que el perseguia des d'aquell dia llunyà a Madrid, el dia de l'atemptat contra els reis, quan va veure una silueta desdibuixada darrere les cortines d'una habitació de la pensió de la Calle Mayor.

Després de la condemna a mort de Ferrer i Guàrdia, altres companys seus que també havien estat jutjats van ser condemnats a l'exili. La sentència els obligava a anar a viure fora de Catalunya, i les autoritats els van desterrar a la capital del Baix Aragó, Alcanyís. Era allà on en Fargnoli havia d'agafar el tren per tornar a Barcelona, però va decidir allotjar-se una nit a la Fonda Morera, disposat a dedicar unes hores a esbrinar el que feia tants anys que el neguitejava i que les fotos de l'atemptat no havien revelat.

—Déu vos guard —el va saludar un cambrer que feinejava darrere el taulell.

—Bon dia!

—A veure si em pot ajudar. Voldria trobar una persona que va arribar fa temps a la ciutat amb el cotxe de la fonda. Venia de Barcelona, custodiat per la Guàrdia Civil.

—Quant fa d'això, senyor?

—Uns deu anys!

—Valga'm Déu! Jo no hi era pas, aquí, aleshores. Però potser l'amo, el senyor Isidre, en sap alguna cosa. Ara el crido. —I va desaparèixer darrere unes cortines.

Al cap d'uns minuts va sortir un home esblaimat. Era d'alçada mitjana, prim i camallarg. La camisa i els pantalons li sobraven per tots costats. Tenia la cara llarga i esgrogueïda, com si una malaltia li hagués fet perdre el bon color.

—Què se li ofereix?

—Busco una persona, i el seu cambrer m'ha dit que potser vostè em podria ajudar.

—De què es tracta?

—Sé que ara fa deu anys el cotxe de la seva fonda va portar de Barcelona fins aquí sis persones custodiades per la Benemèrita per complir una pena de desterrament.

—Ui sí, ja me'n recordo! Els anarquistes! Va ser sonat, allò! —I per un moment el seu rostre va recuperar la llum que li faltava.

—Sí, exacte! Eren cinc homes i una dona.

—Aquella dona era tota una senyora, elegant, bonica i d'unes maneres exquisides. Van fer estada aquí un parell de dies i després els van allotjar en cases separades i vigilades. Hi va haver una mica d'enrenou, però només durant les primeres setmanes.

—Què vol dir?

—Això, al capdavall, és un poble i per a uns nouvinguts com ells la situació no era fàcil. El que més els preocupava al principi era quina seria l'actitud que adoptaria la gent amb els desterrats. Confiaven que l'estada forçosa no seria gaire llarga perquè els van enviar aquí, però no els van dir per quant de temps.

L'home li va explicar que algun diari, com ara *El Noticiero* de Saragossa, s'havia dedicat a fer campanya contra la presència d'aquella gent. I, fins i tot, els van batejar com els «hostes dolents» que allotjava la ciutat. En un editorial es queixava que l'arribada podia pervertir els sentiments de la societat d'Alcanyís, cristiana i pacífica. La resposta dels desterrats, encapçalats per la senyora, va ser escriure una carta signada i enviar-la al director del diari. Després de saludar tota la ciutadania i de presentar-los els seus respectes, els deia que la causa i la manera com els havien portat fins allà no els privava de complir el més elemental deure de cortesia, i els va voler traslladar el ferm propòsit que tenien que mentre residissin en aquella ciutat s'esforçarien a merèixer la franca i noble hospitalitat aragonesa. Després d'això, ja ningú no en parlava. La gent tenia altres maldecaps.

L'home li va dir que estava gairebé segur que aquella senyora vivia amb els seus germans i la seva mare en una casa al carrer de sota la muralla del castell. Però li va recomanar preguntar-ho per allà i demanar per l'anarquista.

En Valentí va sortir de la fonda i va posar rumb al punt més alt de la ciutat. La fortalesa es veia des de qualsevol indret, i per sobre el recinte emmurallat en sobresortien les torres. A mesura que s'acostava al veïnat, que estava paret amb paret amb la muralla del castell, els carrerons es feien més costeruts. Cases blanques, baixes i ben distribuïdes s'aferraven les unes a les altres com si tinguessin por de caure, encimbellant el turonet d'accés al gran baluard. Es va atansar a diverses persones que va trobar pel carrer i cap no li va saber donar cap referència de l'anarquista, fins que una dona menuda que vestia de negre i duia els cabells recollits en un monyo li va assenyalar una direcció i li va dir que vivia al número 22 del carrer Calatrava.

Mentre es dirigia cap a aquella adreça, mirava d'ordenar les idees i les preguntes que podria fer-li, però sobretot el neguitejava com s'ho faria per abordar un tema com aquell, tants anys després. Aquestes cavil·lacions el van mantenir ocupat fins que sense adonar-se'n va arribar al número 22. Hi va trucar. Va sentir unes passes que s'atansaven i que entreobrien la porta d'entrada.

—Què vol? —Era la veu d'una dona que, parapetada darrere la porta, va escopir la pregunta sense deixar-se veure del tot.

—Déu vos guard —la va saludar traient-se la gorra—. Perdoni, la senyora Soledad Villafranca viu aquí?

—Qui ho vol saber? —va preguntar, sorruda.

En Valentí no sabia què respondre perquè no li tanqués la porta als morros. Havia de reaccionar ràpid.

—Soc un amic d'en Mateu Morral —va dir aguantant la respiració i confiant que allò fos un salconduit prou eficient.

L'efecte d'aquell nom en la dona va ser instantani. La porta es va obrir una mica més.

—Entri.

—Gràcies —va dir, i va obeir, alleujat.

Aquella dona, tot i que hi tenia una retirada, no era la Soledad Villafranca. En Fargnoli l'hauria reconegut d'una hora lluny encara que només l'havia vist una vegada. Perquè la tenia gravada a la retina. Era l'elegància personificada.

—Segui. La meva germana ja no viu aquí. Es va estar dos anys amb nosaltres, amb els meus germans i la meva mare. Després la van fer anar dos anys més a Terol, i quan li van afusellar el marit, el 1913, va tornar a Barcelona.

En Valentí estava desencaixat i decebut per la resposta, però la dona ja havia picat l'ham i ara era ella qui volia saber-ne més, d'ell.

—Com és que ve fins aquí per parlar d'en Mateu Morral?

—Miri, ara mateix l'hi explicaré tot, però ja que he vingut fins aquí potser també em podria respondre una pregunta sobre la seva germana.

Potser havia comès una equivocació, però no se n'aniria d'aquella casa sense respostes.

Li va explicar la seva estada a Madrid el dia de

l'atemptat contra el rei Alfons XIII, i el sopar el dia anterior amb en Mateu Morral, la conversa intranscendent que havien mantingut i el comiat davant la porta de l'habitació abans d'anar-se'n a dormir. La dona l'escoltava amb atenció i sense interrompre'l, però assentia amb el cap a cada frase. Quan va haver acabat, en Fargnoli li va etzibar la pregunta sense més miraments:

—Voldria saber si la seva germana li va portar un ram a en Mateu Morral, perquè juraria que ens vam creuar a la recepció de l'hotel.

Es va fer un silenci espès, incòmode. Van ser uns instants durant els quals en Valentí i la germana de la Soledad Villafranca es van aguantar la mirada. Ella parpellejava ràpidament, i ell, que estava tan avesat a mirar que havia après a educar la mirada, la va saber desxifrar de seguida. Va entendre ràpidament que aquells ulls deien més que una llarga explicació.

No va allargar més la visita. Ja tenia la resposta que hi havia anat a buscar i sabia que la seva retina avui, com el que va veure aquell dia a Madrid, no el traïa.

Capítol 17

Una setmana després d'aquella llarga conversa a la rebotiga d'en Martí Roura, la Rosa i en Valentí ja començaven a perdre l'esperança de rebre'n cap resposta, i si arribava, que fos positiva. Però tampoc no pensaven gaire en aquelles fotos compromeses que tornaven a estar amagades a la cambra fosca. En Valentí estava tocat de salut i li costava llevar-se cada matí, però seguia negant-se a deixar-se visitar per un metge. Com a màxim havia accedit a arribar-se a la farmàcia Pérez Xifra, on li tenien preparat un xarop per al restrenyiment que no acabava de fer-li cap efecte beneficiós. Si hagués anat al metge, l'exploració hauria mostrat que el que tenia realment era conseqüència d'aquell fatídic accident, de temps reculat, en què es va clavar el fre a l'estómac. Des d'aleshores havia anat fent forat en la seva salut. Es tractava d'una apendicitis que aquell mateix dia sabrien que havia derivat en una peritonitis.

Un matí que eren asseguts a la sala on en Valentí

intentava esmorzar una torrada minúscula i un got de llet que la Rosa havia deixat sobre la tauleta, ella va atacar el tema de les fotos, decidida a prendre una decisió definitiva:

—Esperarem encara uns dies més, si et sembla bé, i si realment penses que les hem de cremar, ho farem. Però vagi per endavant que jo no voldria pas desprendre-me'n. Aquestes fotografies sempre seran les teves fotografies —va afegir, posant tot l'èmfasi en el pronom possessiu, dient sense dir-ho que aquelles fotos sempre li recordarien el que era i havia estat l'home de la seva vida, i que no volia renunciar a aquell record de cap de les maneres.

Feia dies que la Rosa intuïa que el final d'en Valentí era imminent. Veia el seu marit cada cop més dèbil, cada dia menjava menys, i el rostre li havia agafat un color que no presagiava res de bo. No s'hi volia resignar, però la tossuderia d'ell, entestat a no anar al metge per més que ella l'hi implorés, era un bastió que feia temps que sabia que no podria conquerir mai. Malgrat que li costés, sabia que estaria més tranquil si el tema de les fotos se solucionava d'una vegada, d'una manera o una altra, i per això havia decidit entomar l'afer de cara, tot i que allò li semblava una manera d'acceptar que en Valentí aviat els deixaria.

—Doncs, sí, esperem quatre o cinc dies més i després les cremem —va dir ell amb un fil de veu i mastufejant sense gana la torrada que mantenia amb els dits entre el plat i la boca.

—O potser encara millor... Saps què? Que me'n vaig a veure en Martí Roura. No l'escanyaré pas, però li diré que necessitem saber-ne alguna cosa com més aviat millor. —La Rosa ja s'havia tirat un mocador sobre les espatlles, s'arreglava el monyo i enfilava cap a la porta—. Podràs quedar-te uns moments sol, oi? No et moguis. Torno de seguida!

Però, en obrir la porta del carrer, un paper doblegat se li va enganxar a la sola de la sabata. Es va ajupir per recollir-lo i va tornar a entrar a la sala. Pressentia què era i sospitava que no serien bones notícies.

—Ja ets aquí? —va preguntar en Valentí sense moure's de la cadira on continuava intentant empassar-se l'últim rosegó de la torrada.

—Si ni he sortit! Mira el que he trobat! Algú l'ha passat per sota la porta —va dir ella brandant aquell tros de paper on es veien unes lletres manuscrites.

La nota no duia cap firma ni data, però el matrimoni Fargnoli no va tenir cap dubte que es tractava de l'esperada resposta d'en Martí Roura, i que l'antic ajudant hagués anat fins allà a deixar-la i no hagués gosat entrar-hi, no augurava res de bo.

Estimat amic,

Després de pensar-hi, lamento comunicar-te que no puc pas acceptar el regal que em vas anunciar. Sé que, com em vas dir, entendràs les meves raons i espero que això no canviï la nostra amistat de tants anys.

Era curta, concisa i clara. La Rosa va llegir les paraules d'en Martí Roura i es va deixar caure en una cadira mentre es posava les mans al cap. Ara es veurien obligats a cremar aquell tresor del qual ella no volia desprendre's, però sabia que el seu marit no hi renunciaria, malgrat la seva debilitat.

Van passar els minuts. La nota havia quedat sobre la taula del menjador i en Valentí es va voler aixecar per tornar-la a llegir, però un dolor agut al baix ventre va debilitar-li les cames i es va desplomar al terra del menjador. La Rosa va intentar ajudar-lo a aixecar-se, però no en va ser capaç i va haver de demanar ajuda als veïns, que se'l van emportar de seguida a l'hospital. Inconscient, el van ingressar amb una peritonitis molt avançada, amb l'intestí perforat i el pus escampat.

Va tenir un xoc sèptic i una fallida multiorgànica. Era el 7 d'abril de 1944. Li faltaven cinc dies per fer cinquanta-nou anys. La Rosa es quedava vídua i amb cinc criatures.

L'endemà de l'enterrament, quan tothom ja dormia, la Rosa va entrar al petit laboratori on en Valentí revelava les fotos. La humitat s'havia ensenyorit d'aquell espai on encara es podia respirar la seva olor. No en va entre aquelles quatre parets hi havia la seva essència, el seu esperit. Ho podia percebre.

Tot estava endreçat, tot en ordre. De fet, semblava com si en qualsevol moment en Valentí hagués d'entrar per la porta per posar-se a treballar. No li calia tancar els ulls per poder veure'l feinejar, positivant, esperant el moment precís per treure les fotografies d'un dels líquids i passar-les a l'altra gaveta, amb la camisa arremangada fins a sota el colze i els tirants penjant-li pels costats, la mirada concentrada i les mans executant amb precisió els moviments que li dictava el cap. La

Rosa amanyagava la càmera, el xassís, les plaques. Va escombrar amb la mirada aquell traster ombrívol que havia estat el lloc on el caràcter d'en Valentí s'havia anat revelant. I es va aturar al racó on, ben amagada i embolcallada amb una saca, descansava la capsa de les fotos del casament reial i totes les altres que guardaven els records personals d'una vida. Va somriure, per primera vegada després de la mort del seu marit. En Valentí se n'havia anat, però les fotos eren allà, i eren el testimoni del seu pas per la vida, per la seva vida i per la de tots els qui l'havien compartit amb ell.

Al cap d'uns dies, malgrat la profunda tristor que l'envaïa constantment, la Rosa havia anat recuperant un bri de força, almenys la que necessitava per continuar treballant. Tenia compromisos de feina que no podien esperar i estar ocupada l'ajudava perquè les hores i els dies passessin més de pressa.

La màquina no parava, i ara que ja no podia comptar amb els ingressos d'en Valentí i que els estalvis tampoc no permetien pensar en un futur segur, s'havia d'espavilar tota sola. Li convenia quedar bé amb totes les clientes i fins i tot aconseguir-ne de noves.

Mentre cosia, feia números i calculava ingressos i despeses; les feines que tenia compromeses i que cobraria aviat; les factures que hauria de pagar a final de mes... Va ser enmig de tots aquells pensaments que van trucar a la porta.

—Passa, passa, Sebastià —va dir la Rosa després d'obrir.

Estava un xic estranyada per aquella visita que no s'esperava.

—Daixò, estàs enfeinada? Si et molesto, puc passar més tard —va fer ell sense atrevir-se a entrar.

—No, i ara! Sempre treballo, i més ara —va replicar-li alçant els ulls al cel—, però tinc un moment per als amics. Només faltaria.

Un Sebastià Martí Roura una mica compungit, amb les espatlles encongides, va enfilar el llarg passadís que portava a la sala i es va quedar allà dret fins que la Rosa li va fer un gest perquè s'assegués en una de les butaques de la saleta, la mateixa que en Valentí havia ocupat durant llargues hores els últims dies de la seva vida.

Contràriament al que en Martí Roura havia previst, la rebuda de la Rosa va ser càlida i no semblava que estigués dolguda per la nota on què deia que rebutjava fer-se càrrec de les fotos. Així i tot, va procedir amb peus de plom perquè no sabia com devien haver encaixat la negativa.

—Rosa, ja ho vaig fer el dia de l'*enterro* de donar-te el *pèsam* però volia que sabessis que t'acompanyo en el sentiment per la mort d'en Valentí. Quina pèrdua! I tan jove... Encara tenia feina per fer i èxits per endavant —va dir amb la veu greu mentre s'eixugava una llàgrima dels ulls que a la Rosa li va semblar sincera.

—Sí. No ens ho esperàvem, però era tan tossut... Potser tots tenim dret a morir com vulguem, no ho sé. Prou que li vaig dir que anés al metge...

—Ni a cal Llaminer?

En Martí Roura sabia que quan deia que estava espatllat, abans d'acceptar-ho i d'anar a veure el metge, s'estimava més fer una visita a cal Llaminer. Ara, li recordava el dia que en Fargnoli li va explicar com l'havia conegut.

En Pere Quintana havia estat pastor i era un sanador de Torroella que tenia molta anomenada perquè tornava al seu lloc els ossos que n'havien sortit i feia prendre un beuratge que refeia a l'instant. Era una persona que feia de metge sense ser-ho, i la seva eficàcia era sorprenent. Era el que en deien un curandero. L'anomenaven el Llaminer perquè no cobrava el servei en diners. Se sentia ben pagat amb qualsevol llepolia o llaminadura. Dolços i confitures que li servissin per amorosir el paladar més que no pas per alimentar-lo. I en Fargnoli, com que anava sovint a l'Estartit i Torroella, es va decidir a anar-lo a veure. Era alt i apersonat, amb un cap de cabells blancs i una barba igualment blanca i frondosa. Li va allargar la mà i l'encaixada va ser ferma i franca. Eren les mans que l'haurien de posar a to. Les va retratar amb la mirada. Eren nerviüdes, fortes i colrades. Les imaginava àgils i precises com les d'un pianista o les d'un rellotger.

Aquell primer dia el va fer seure en una cadira baixa i es va assegurar que els peus li reposessin ben plans a terra. Li va ordenar que deixés el cos relaxat, sense fer força i amb l'esquena dreta. I li va agafar els dits grossos de les mans, mentre amb els genolls hi travava els seus i el feia anar endavant. Baixava els braços i els tornava a aixecar per fer-los anar endavant. El Llaminer l'agafava pels dits grossos de cada mà, i feia com si li espolsés els braços fent un gest cap avall abans de tornar-los a aixecar fins a nivell de l'articulació de l'espatlla, paral·lels als genolls. En Fargnoli estava cruixit. Es queixava que tot li feia mal. Estava espatllat, sí. El Llaminer li va explicar que si els dits no coincidien en llargada, volia dir que li caldria fer els exercicis uns tres o quatre cops fins que quedessin igual. Només estaria refet del tot si, en creuar els braços per davant fins a tocar-se les espatlles, els dits coincidien. Mentre s'explicava, en Fargnoli es deixava fer, i es posava les mans darrere el clatell. L'altre li agafava un colze per darrere i el premia contra el seu pit, i amb unes fortes estrebades li feia cruixir les vèrtebres del coll. Era la confirmació que tot s'anava posant a lloc, li deia. En Fargnoli renegava i el Llaminer n'ignorava els exabruptes i repetia l'operació un cop més amb altres variants.

Quan va veure que ja no es queixava tant, li va preguntar si notava una sensació de benestar i alleujament. En Fargnoli feia tota una altra cara mentre s'amanyagava aquelles parts del cos que li havia masegat. I no era només una sensació: el dolor li havia desaparegut. Per completar la sessió, li va passar el dit polze per la mà i pel canell, i va prémer fort. Era molt dolorós, però era el cop de gràcia d'una cura completa. Després, encara va rematar la feina, aquest cop oferint-li una mica de pa amb vi i sucre.

Abans d'anar-se'n, i sabent què li agradava, aquell dia en Fargnoli li va pagar la feina amb un parell de xuixos, uns pastissets de crema i sucre. Era una *dulça* que feien en una confiteria veïna de casa seva.

—No, ni a cal Llaminer —va respondre taxativa la Rosa.

En Martí Roura i la Rosa es van mirar fixament als ulls i es va fer un silenci espès que ella va trencar en aixecar-se d'una revolada per anar a escalfar el cafè que li havia sobrat de l'esmorzar i que ell va acceptar.

—Gràcies per haver vingut fins aquí, Sebastià. Ets un bon amic —va dir-li un cop asseguda al seu davant amb el cafè i uns xuixos.

—He vingut per donar-te el condol i per fer-te una mica de companyia, si no t'és molèstia, però també perquè m'he penedit de la nota que us vaig fer arribar.

El record d'aquella nota va transportar la Rosa al moment just de la tragèdia, abans que en Valentí caigués desplomat i ja no hi hagués gaire res a fer. Ara va ser a ella a qui se li va escapar una llàgrima.

—Sí, la nota... No sé ni on va anar a parar perquè vam sortir corrents cap a l'hospital. Sí... després la vaig trobar i la vaig llençar. No pateixis, no era compromesa i va anar directament a les escombraries —va contestar la Rosa, encara amb la veu entretallada per l'emoció del record.

—No, dona. No pateixo per això. Ja vaig mirar de ser prudent i no dir res que ens pogués perjudicar. Però em penedeixo de no haver acceptat les fotografies que en Valentí volia que jo custodiés. Va ser un gest egoista per part meva. No vaig pensar que ell patia pel que us pogués passar a vosaltres quan no hi fos.

—Sí que patia, sí. Fins i tot estava disposat a cremar les fotografies més compromeses si tu no n'acceptaves la custòdia...

—M'ho imaginava i hauria hagut d'acceptar —va interrompre-la en Sebastià.

—Ell les hauria cremat si no hagués estat perquè el mateix dia de l'arribada de la teva nota se'l van endur a l'hospital. Però jo no hi estava d'acord. Mira, vine amb mi. —La Rosa es va aixecar i va conduir en Sebastià, que la va seguir intrigat, fins a la cambra fosca. Un cop allà va assenyalar cap al racó més amagat—. Mira, mira. Aquí hi ha la capsa. Els últims dies va estar enfeinat triant les fotos. Ara aquí dintre ja només queden les del casament. Les altres, les personals, les va anar ordenant i datant. Aquestes sí que me les he mirat, però la capsa no he gosat tocar-la d'on ell la va deixar. Li buscaré un amagatall millor, però no penso cremar-la. Hi he donat moltes voltes i he decidit córrer el risc. Al cap i a la fi, fa anys que tenim aquestes fotografies a casa i mai ha passat res. Esperem que algun dia puguin sortir a la llum, i llavors tothom sabrà qui les va fer —va dir la Rosa mentre un petit somriure, el segon des de la mort del seu marit, se li dibuixava als llavis.

—Em permets? —va preguntar en Martí Roura mentre agafava la capsa i la dipositava sobre el taulell de revelar. Va desembolicar-la a poc a poc i la va obrir. Per segona vegada tenia davant dels ulls aquelles fotografies tan especials i, ara que el seu amic ja no hi era, encara li semblaven millors. No només pel que mostraven, pel valor documental que tenien, sinó perquè tècnicament eren molt bones. Mentre les passava d'una mà a l'altra i n'observava els detalls, no va poder estar-se d'afegir—: El teu marit era un gran fotògraf i algun dia tothom en reconeixerà els mèrits.

La Rosa li va agrair aquelles dolces paraules. Va tornar a embolicar la capsa amb la saca i, quan es disposava a tornar-la al seu lloc, ell li va dir:

—Si vols, jo les amagaré. Això és el que venia a dirte avui, encara que no les tenia totes. Coneixent el teu marit i els seus rampells, em feia por que les hagués cremat.

La Rosa va girar-se d'una revolada i va tornar a deixar la capsa sobre el taulell.

—No, no. No sé què hauria fet ell pel seu compte, però jo, sempre que en vam parlar, em vaig oposar a destruir-les. Ell sabia el que jo pensava i suposo que això el va fer dubtar de prendre una decisió irreversible —va replicar amanyagant aquella capsa amb els ulls amarats de llàgrimes.

—Ara que veig que encara les tens, no vull que pateixis més per res —va dir en Martí Roura amb veu ferma—. Són teves, però jo, si m'ho permets, les guardaré fins que me les demanis i ja no hi hagi perill. Prou feina tens ara a tirar endavant tota sola amb la mainada i només et faltaria haver de patir per això. Deixa-m'ho fer pel meu mestre i per tu, que, al cap i a la fi, vas ser la que vas aconseguir que jo entrés a treballar amb ell. Mai no t'ho podré agrair prou!

La Rosa se'l va mirar agraïda. Sabia que podia confiar en aquell home bo que sempre havia estat lleial i que havia treballat amb el seu marit, sempre entregat a la feina, sense queixar-se mai de res i sense buscar cap mena de protagonisme.

Sense més paraules, i encara amb llàgrimes als ulls, li va entregar la capsa, ben embolcallada amb la saca. Li costava desprendre's d'aquell tresor, però sabia que el deixava en les millors mans possibles i que no hauria de patir perquè ell les valorava i les preservaria.

Es van va acomiadar amb un sentiment agredolç. En Martí Roura se sentia satisfet d'haver pogut esmenar l'error que havia comès en rebutjar la custòdia de les fotografies, però lamentava que el seu mestre hagués mort amb la sensació que el seu lleial ajudant li havia fallat a l'últim moment, el moment en què potser més l'havia necessitat.

Capítol 18

En Tià Martí Calvo, el fill d'en Sebastià Martí Roura, espera assegut al despatx del doctor Masgrau que el director del Centre de Recerca i Difusió de la Imatge arribi a la cita. Fa tard. I mentrestant s'entreté repassant les fotos que hi ha curosament emmarcades i distribuïdes per les parets de l'habitació. Belluga les cames en un acte que amaga un lleu nerviosisme i nota la capsa que reposa entre els seus peus. Hi ha les fotos d'en Fargnoli que guardava el seu pare i que les hi va confiar abans de jubilar-se aquell juny llunyà del 1990. Se la mira i no pot evitar que se li enfilin els records.

En Tià, el fill gran, era el preferit del pare. D'ell, n'havia après l'ofici de fotògraf, i era el que ara projectava la marca familiar fora de la botiga o del taller laboratori fotogràfic, com solia dir-ne en Martí Roura. S'ocupava dels encàrrecs industrials i d'institucions públiques, sobretot per a l'Ajuntament o el Manicomi. També feia reportatges de casaments i postals per a la firma Oscarcolor; il·lustrava llibres per encàrrec, i, de tant en tant, publicava a *Los Sitios* i a la revista *Usted*, que eren propietat del seu padrí i bon amic del seu pare, el periodista Jaume Sureda i Prat. Però en Tià també feia fotografies de carrer sempre que podia, que era tot sovint, perquè solia sortir amb la càmera penjada al coll i s'interessava per les imatges en un sentit artístic. La Rolleiflex d'en Tià Martí havia captat ja nombroses escenes de la vida quotidiana d'una ciutat en transformació constant i alhora atacada per les adversitats. Els aiguats, les nevades, la processó de Corpus, les fires, les activitats esportives, les escenes i els personatges clau de la transició política, les preteses aparicions de la torre Gironella, els monuments artístics i carrers trastocats per les obres, una granja de guatlles, objectes de museus o actes culturals. Eren reportatges documentals reveladors d'una personalitat intuïtiva i creadora davant de realitats establertes o inesperades.

No era un fotògraf de premsa a sou d'una empresa, ni feia exposicions de la seva obra, però estava dotat d'una gran capacitat tècnica, herència familiar, que havia ampliat gràcies a les seves experiències en la professió i les lectures d'imatges d'altres creadors. En Tià només volia deixar constància dels esdeveniments que veia, i així descobria els enquadraments ideals sense fer fressa. De fet, semblava que no formava part de l'escena, però realment hi era. Així va ser com va saber copsar el gest i l'expressió de rostres singulars i de la gent anònima que animava el decorat de la vida pública del moment. Eren nombroses escenes d'uns anys excepcionals de la història de Girona, instants precisos d'una realitat fugaç plasmats amb concentració personal, sensibilitat i sentit compositiu. De vegades, quan el seu pare veia algunes de les seves fotos, li deia que li recordaven les que feia en Fargnoli.

Al seu germà, en Pitu, li va tocar una feina no tan vistosa ni agraïda, però no menys important en el negoci familiar. Va estar al capdavant de la botiga durant una colla d'anys i ajudava el pare en els encàrrecs dels aficionats i les feines del taller: revelatge de pel·lícules, rentatge, assecatge i esmaltat de les còpies, i acoloriment de postals. També feia les fotos de carnet. En Pitu servia els clients amb eficiència, bon caràcter i dedicació. Però un dia, potser perquè no se sentia prou valorat, va tocar el dos per provar altres coses.

Al seu pare li va saber molt de greu i no se'n va refer mai del tot, perquè es culpava de no haver-lo sabut mantenir al seu costat. El mes de juny en què es va jubilar, s'ho retreia constantment. Recordava que un vespre abans de tancar, just quan faltaven només tres dies per retirar-se, en Sebastià va cridar en Tià des de la rebotiga.

—Fill —li va dir—, saps aquestes ampliacions murals que fem de les fotografies d'en Fargnoli a través de les plaques de vidre?

—Sí, i tant, pare. Comencen a tenir una sortida selecta —va assentir en Tià traient el cap entre les cortines que separaven la botiga del taller, situat darrere el taulell.

—Ho sé, i n'estic molt content. M'alegra que la gent apreciï l'art de qui va ser el meu mestre. —I es va ajupir per agafar una capsa que hi havia sota d'una taula al fons de la rebotiga—. Vine, si us plau. Vull ensenyar-te una cosa. Aquí en tinc unes, de fotos d'en Fargnoli, que no les ha vistes gairebé ningú. Tenen una llarga història al darrere que ja t'explicaré, però el cas és que em va demanar de custodiar-les i aquí han estat tots aquests anys.

—Segur que són bones, de tanta o més qualitat que el material que ja tenim d'ell.

—Tià, fill, aquest material és molt sensible. Ell mateix em va dir que no les havia tret a la llum perquè eren unes imatges compromeses, sobretot per a ell. —En Sebastià va tornar a abaixar la veu, però ara no era tant per la por com perquè va recordar l'episodi de la seva negativa, i aquella era una espina que, per més anys que haguessin passat, encara duia clavada al cor.

—Però ja fa temps que va morir, pare! I segur que deuen tenir un valor històric incalculable.

—Ara que et faràs càrrec del negoci, Tià, et pertoca a tu la decisió de fer-les públiques o no, aquestes imatges.

—Però què hi ha, aquí dins? —va impacientar-se.

—Són les fotos de l'atemptat a Madrid del casament del rei Alfons XIII.

—Collons! Què dius ara!

—...i això no és tot.

—Ah no?

—S'hi veu ben bé en Mateu Morral, el bibliotecari, el jove anarquista que va tirar la bomba amagada al ram. En Fargnoli, que el coneixia, em va explicar que estaven allotjats al mateix hotel. Van parlar la nit abans dels fets i fins i tot van sopar plegats.

En Sebastià havia anat abaixant la veu i ja gairebé xiuxiuejava per por que el pogués sentir algú. Realment, les coses havien canviat molt al país, però la gent gran encara tenia el costum, adquirit durant la dictadura, d'abaixar la veu quan es parlava de qualsevol cosa que tingués relació amb els afers polítics d'altres temps, com si no s'acabessin de creure tot allò de la democràcia i la llibertat d'expressió. Les havien vist de tots colors i ves a saber...

En Tià, amb molta cura, va obrir la capsa, rosegada pel pas del temps i que portava tants anys en la foscor. A poc a poc al començament però cada cop més entusiasmat amb el que veia, en Tià va anar repassant les fotografies, l'una rere l'altra, i tornava a començar passant-se-les entre els dits, d'una mà a l'altra, com feia tants anys havia fet el seu pare a la rebotiga la tarda que en Fargnoli li havia portat la capsa dels secrets. Finalment, el va mirar i va concloure:

—Són unes fotos magnífiques, pare, tècnicament esplèndides, com tot el que ell feia. —En Tià estava realment meravellat—. Potser no canviaran pas la història, que ja és prou coneguda a hores d'ara, però ajudaran a explicar-la amb més detall i en donaran testimoni, un testimoni indiscutible. Al cap i a la fi, pare, és el que sempre hem buscat, tant tu com jo, com en Fargnoli: retratar un país. Les has guardat fins ara, però no ens pertanyen. Són un patrimoni universal, pertanyen a la memòria col·lectiva i s'han de fer públiques.

Amb aquella conversa amb el seu fill gran, en Sebastià va tancar una etapa determinant de la seva vida, la de fotògraf. I en aquell moment també s'alliberava del pes dels últims anys de custodiar la capsa de les fotos secretes d'en Fargnoli.

En Tià, endut per l'entusiasme del que acabava de

descobrir, semblava decidit a fer-les públiques. Així ho va entendre el seu pare, que ja havia decidit deixar-lo fer, malgrat que encara tenia por i albirava algun perill. No obstant això, no va dir res. Ho havia dit de tot cor, allò que era decisió seva, i estava convençut que era el seu fill qui havia d'actuar. Però, finalment, en Tià s'hi va repensar. Com abans havia fet el seu pare, ell també va optar per guardar-les i les va conservar ben amagades durant gairebé vint anys.

Però ara que era ell qui es jubilava i tancava definitivament la botiga del carrer de la Cort Reial número 23, havia de fer un cop de cap. Va decidir que havia arribat el moment que les fotografies secretes d'en Fargnoli veiessin la llum.

I com si es tractés d'unes imatges captades tot just abans-d'ahir, van sortir de la foscor del taller laboratori, i així es va revelar el misteri que feia tants anys que guardaven. Un cop inventariades, restaurades —algunes no podien amagar els efectes del pas del temps— i curosament tractades, en Tià va demanar audiència amb el doctor Masgrau, que es va interessar de seguida pel material que li portava i va posar en marxa tota la maquinària. Finalment, tothom va poder veure aquelles fotografies en l'exposició que es va inaugurar el 7 d'abril de 2014.

La data no era casual. Es commemoraven els setanta anys de la mort d'en Valentí Fargnoli. Era una mostra itinerant que es va poder veure fins i tot a Madrid. El doctor Masgrau es va encarregar de comissariar-la i també de posar-li el títol: *Valentí Fargnoli, el fabricant de records.*

Agraïments

Si he pogut escriure aquesta novel·la ha estat gràcies a la col·laboració de diverses persones, sobretot les que amb el seu coneixement m'han permès entendre l'època i la feina d'en Valentí Fargnoli. Una feina que he mirat de captar i retratar per compartir-la amb tots els lectors.

A en Joan Boadas i Raset, arxiver municipal de Girona; a en Josep *Pitu* Pérez Pena, llicenciat en Belles Arts i conservador de fotografies; a en Juli Campey, del Taller d'Història de Maçanet de la Selva; a en Rossend Casanovas, de la Fundació Rafel Masó; a l'Anna Victòria Paul i a l'Elena Sau, de la Fundació Mascort.

I als meus editors, la Glòria Gasch i l'Emili Rosales, i la meva agent, l'Anna Soler-Pont.

I a tu per la confiança de voler viatjar en el temps.

Bibliografia

Albardane i Llorens, Francesc. «La lenta agonia dels envelats», *Revista de Girona*, 2008.

Albertí, Jordi. *Maçanet de la Selva vist de prop*. Girona: Editorial Gregal, 2016.

Audivert, Marcel·lí. *L'Estartit i les Medes. Biografia d'un poble de la Costa Brava*. Girona: Edicions Cal·lígraf-Entitat Municipal Descentralitzada de l'Estartit, 2017.

Boada i Raset, Joan. *Fotografia en temps de noucentisme. Adolf Mas, Valentí Fargnoli i Jeroni Martorell i el Repertori Iconogràfic*. Girona: Ajuntament de Girona, 2018.

Clara, Josep. «Els Martí, fotògrafs de Girona», *Revista de Girona*, 324, 2021.

Diversos autors. *Fotografiar Girona (III). Creació, tècnica i memòria. Conferències a l'Arxiu Municipal*. Girona: Ajuntament de Girona, 2018.

Diversos autors. *Rafael Masó. Ciutadà de Girona*. Girona: Ajuntament de Girona, 2006.

«Dossier Valentí Fargnoli, El fabricant de records». *Revista de Girona*, 316, setembre-octubre del 2019.

Girona Fotògrafs. Valentí Fargnoli. Girona: Ajuntament de Girona, 2010.

Grassot i Radresa, Marta. *Valentí Fargnoli 1885-1944. De la fotografia artística a la nova objectivitat*. Fundació Mascort, 2013.

Olcina, Júlia, i Garriga, Päivi. «Dones del tèxtil, el motor silenciat de la Coma Cros», *17190 UniverSalt*, abril del 2016.

Valentí Fargnoli. Una memòria persistent. Quaderns de Fotografia, INSPAI, Centre de la Imatge, Diputació de Girona, 2019.